KB117970

발코니에 선 남자

MANNEN PÅ BALKONGEN
by Maj Sjöwall and Per Wahlöö

Copyright © 1967 by Maj Sjöwall and Per Wahlöö
Introduction copyright © 2009 Jo Nesbø
Korean Translation copyright © 2017 by ELIXIR, an imprint of Munhakdongne Publishing Corp.
All rights reserved.
The Korean language edition is published by arrangement with
Maj Sjöwall and the Estate of Per Wahlöö c/o Salomonsson Agency through MOMO Agency, Seoul.

이 책의 한국어판 저작권은 모모 에이전시를 통해
Maj Sjöwall and the Estate of Per Wahlöö c/o Salomonsson Agency사와의
독점 계약으로 '엘릭시르, (주)문학동네'에 있습니다.
저작권법에 의해 한국 내에서 보호를 받는 저작물이므로
무단 전재와 무단 복제를 금합니다.

이 도서의 국립중앙도서관 출판예정도서목록(CIP)은
서지정보유통지원시스템 홈페이지(http://seoji.nl.go.kr)와
국가자료종합목록 구축시스템(http://kolis-net.nl.go.kr)에서 이용하실 수 있습니다.
(CIP제어번호: CIP2017023681)

발코니에 선 남자

마이 셰발, 페르 발뢰 지음 | 김명남 옮김

Martin Beck

엘릭시르

차례

서문 요 네스뵈 …007

발코니에 선 남자 …017

서문

예술가들은 자기 앞에 먼저 왔던 사람들의 어깨를 딛고 선다. 그들이 그 사실을 좋아하든 싫어하든, 의식하든 의식하지 못하든 무조건 그렇다. 춤을 추는 사람이건, 축구를 하는 사람이건, 책을 쓰는 사람이건 우리는 누구나 선구자들의 작업 위에서 창조한다. 그런데 세상에는 유달리 넓은 어깨가 있기 마련이고, 그 위에 선 사람들이 그곳에 섰다고 해서 다들 같은 높이에 이르는 건 아니다. 예를 들어, 여기 이 셰발과 발뢰의 어깨는 오늘날의 모든 범죄소설가를 포용할 수 있을 만큼 넓다. 그리고 우리는 모두 그 위에 서 있다. 셰발과 발뢰의 책을 한 권도 안 읽은 사람이라도, 그래서 자신은 그들의 영향을 받지 않았다고 여기는 사람이라도 그들의 어깨 위에 서 있다. 왜냐하면 셰발과 발뢰는 레이먼드 챈들러, 대실 해밋, 조르주 심농 같은 작가들과 더불어 범죄소설이라는 장르를 구축하고 독자들이 범죄소설에 무엇을 기대하는가 자체를 처음 만들어낸 이들이기 때문이다. 책 표지에 '범죄소설'이라는 장르 규정 딱지를 붙인 작가라면 누구든 독자와의 소통을 시작할 때 딛는 최초의 출발점, 즉 원점을 만들어낸 이들인 것이다. 물론 그 출발점으로부터 어디로 가느냐는 작가들 개개인에게 달려 있고, 그들은 당연히 새로운 것을 만들어낼 수도 있다. 셰발과 발뢰가 그랬던 것처럼.

『발코니에 선 남자』는 이 스웨덴 2인조 작가가 1967년 발표한 작품이다. 1963년 여름 스톡홀름의 공원에서 놀던 두 어린 여자아이가 누군가에게 유인되어 성폭행당한 뒤 살해되는 사건이 발생했는데, 소설은 그 실제 사건에서 영향을 받았다.

이 소설을 읽는 독자가 처음 받는 인상도 바로 그것, 이야기가 사실적이라는 것이다. 객관적 시점에서 묘사되는 첫 장면은 차분하게 서술된다. 극적인 드라마는 없고, 어떤 면에서도 긴장감이라고는 없는 분위기다. 잠에서 서서히 깨어나는 도시, 사회의 일상적인 일과, 그 일과에 등장하는 사람들, 질서 있는 사민주의 스칸디나비아 도시의 어느 발코니에서도 관찰할 수 있을 듯한 사소한 사건들이 모자이크처럼 묘사될 뿐이다. 그런데 왜 이 첫 시퀀스에서 이상하고 으스스한 느낌이 드는 것일까? 내 생각에는 두 가지 단순한 이유가 있다.

첫째, 이 책은 '범죄소설'로 분류된다. 따라서 우리는 맨 처음부터, 이름도 행동도 모르는 무명의 남자를 소개받는 순간부터, 심지어 범죄가 언급되지도 않은 순간부터 이 장르에 따르는 모든 기대와 두려움을 마음속에서 일깨우고, 어쩌면 우리가 벌써 이야기의 악당을 만났는지도 모른다고 의심한다. 둘째, 소설의 제목이다. "발코니에 선 남자"라는 제목은 이 장소와 이 사람이 소설의 핵심이라고 일러준다. 그러나 어쩌면 이 사람이 다른 발코니에 선 다른 남자를 목격할 수도 있을 테니, 작가들이 채택한 시선에는 불확실성도, 또한 긴장도 담겨 있다. 첫 장면과 제목의 상호작용은 '발코니에 선 남자'를 범죄소설 역사상 가장 좋은 제목 중 하나로 만들어줄뿐더러 첫 문장에서부터 독자의 집중을 한 단계 높인다. 그리고 그 집중은 이후에도 내내 같은 수준으로 유지된다.

이윽고 우리가 이야기에 출연하는 경찰들을 소개받았을 때도 손에 잡힐 듯한 현실감은 역력하다. 이 경찰관들은 평범한 운명의 평범한 사람들, 평범한 생각과 문제와 즐거움을 가진 사람들, 현실보다 더 부풀려지지 않은 사람들, 그렇다고 해서 더 줄여서 묘사되지도 않은 사람들이다. 평범하게 영웅적인 주인공 마르틴 베크이든 평범하게 혐오스러운 군발드 라르손이든

(라르손은 이 책에서 처음 등장한다) 모든 출연진은 그저 현실적인 인품을 지닌 사람들이다. 작가들의 서술 방식과 사건의 진행 과정도 차분하고 엄격하기까지 한 사실주의를 한층 강화한다. 이야기는 엄격하게 시간순으로 진행되고, 살인 수사에만 철저히 집중한다. 문장은 최대한 압축되어, 가령 경찰이 용의자를 신문하는 장면에서는 오직 대사만 나열되고 말하는 사람들의 이름은 머리글자로만 표시된다. 덕분에 우리 독자들도 형사가 된 것 같고, 우리를 위해서 틀어준 테이프를 듣고 있는 것 같으며, 그것을 듣고서 우리도 나름대로 결론을 내려보게 된다.

이것은 우연한 효과가 아니다. 『발코니에 선 남자』는 실제로 수사물이기 때문이다. 첫 장면은 발코니에서 본 시점이지만, 이후 시점이 바뀐다. 그다음에는 여러 인물들의 시점을 오가지만, 그래도 늘 경찰의 시점이다. 사소하면서도 역시 현실적인 1960년대 경찰 업무의 세부 사항들이 내레이션에 색깔을 입힌다. 경찰 조직의 관료적 요식과 감식 결과를 기다리는 시간이 갈색이라면 노란색, 빨간색, 초록색은 스톡홀름의 집들, 거리들, 공원들과 스칸디나비아의 여름에서 온다.

한 번도 가보지 않은 도시를 사랑할 수 있을까? 물론이다. 그러라고 문학이 있는 것이니까. 1970년대에 십 대 시절을 보낸 나는 여느 스칸디나비아 사람들처럼 울프 룬델의 성장소설 『야크』를 읽으면서 스톡홀름에 대한 동경을 키웠다. 『야크』는 속속들이 스톡홀름이라는 도시에 의존한 이야기였다. 하지만 내가 진정 스톡홀름과 사랑에 빠진 것은 이 도시를 조심스럽게, 심지어 수줍어하는 것처럼 보일 정도로 섬세하게 배경으로 활용한 『발코니에 선 남자』를 읽고 나서였다. 지금 다시 『발코니에 선 남자』를 읽으면서 생각해봐도, 작가들이 정확히 어느 지점이나 시점에서 스톡홀름의 이미지를 구축했는지, 어떻게 특정 시기와 장소의 분위기를 소설 속에 살렸는지를 짚어 말하기는 어렵다. 과학소설 작가 레이 브레드버리는 널따란 캔버스에 호방하게 붓질을 하여 독자가 화성이라는 낯선 행성을 생생하게 느끼도록 만들었는데, 셰발과 발뢰는 경찰 무전에서 흘러나오는 거리 이름 하나를 언급하는 것만으로 똑같은 효과를 낸다. 어떻게 그러는지 나는 모른다. 내가 아는 것은 퍽 짧은데다가 교외 묘사는 짧게만 나오는 소설, 살인 사건과 수사에만 명료하게 집중하는 소설, 몇몇 경찰관의 삶을 살짝 엿보는 이 소설을 읽은 것만으로 내가 직접 방문해서도 못 그럴 만큼 실감나고 가깝게 스톡홀름을 느꼈다는 것이다. 왜 이렇게 단언할 수 있는가 하면, 이제는 내가 정말 스톡홀름을 가보았기 때문이다. 나는 그 혼란스러운 도시에 갈 때마다 매번 길을 잃는 느낌이었고, 도시의 물리적 외관과 사람들의 외면 너머까지 파고들지 못한 채 고독하게 그 표면을 응시할 뿐이었다. 어쩌면 내가 스톡홀름을 소설에서 더 가깝게 느끼는 이유는 딴 사람의 널찍한 어깨 위에 서서 보는 편이 더 쉽기 때문인지도 모른다.

『발코니에 선 남자』는 왜 이렇게 흥미진진할까? 기본적으로 충분히 현실에 있을 법한 이야기이기 때문이다. 이 소설에는 현실에 존재하는 일탈, 정상성, 무의미함이 있기에 현실적이다. 대개의 이야기꾼은 이런 종류의 사실주의를 꺼리는데, 왜냐하면 사실성은 그들이 이야기의 건축가이자 시공업자로서 휘두르는 권능을 박탈하기 때문이다. 『발코니에 선 남자』에서 우리는 앞으로 펼쳐질 일을 결정하는 것이 화자가 아니라 현실이라는 느낌을 받는다. 행동은 극 전개상의 필요성, 플롯의 재미, 좀더 넓고 보편적인 이야기를 할 요량으로 주인공이 내리는 도덕적 선택 따위에 따라 결정되지 않는다. 『발코니에 선 남자』에서 이야기의 형태에는 억지스러운 이음매가 없고, 전개는 1960년대를 대표하는 또 다른 목소리인 밥 딜런의 표현마따나 "운명의 단순한 장난"에 따라 결정되는 것 같다. 섬세한 인물 초상들, 극 전개상의 사소한 불규칙 박자들, 사건이 우발적으로 벌어진다는 느낌은 예측이 절대로 불가능한 듯한 분위기를 조성하므로, 우리는 범죄의 해결은 고사하고 그럴듯한 설명조차 장담할 수 없을 것 같다는 기분이 든다. 요컨대 이것을 진짜 이야기라고 믿게 된다. 그리고 그것은 표지에 '범죄소설'이라고 적힌 책으로서는 나쁜 성과가 아니다. 아니, 어쩌면 거의 예술이라고 믿어도 좋을 것이다.

요 네스뵈*

---

* 노르웨이의 추리소설가. 형사 '해리 홀레' 시리즈 외 다수의 작품을 집필했다.

스톡홀름
바나디스 공원
칼베리스베겐
오덴가탄
스베아베겐
사밧스베리
병원
달라가탄
노르말름
토르스가탄
쿵스가탄
스투레가탄
외스테르말름
나르바베겐
바사가탄
올렌스 백화점
스트란드베겐
유르고르스브론 다리
쿵스홀름스가탄
스톡홀름 경찰청
스톡홀름 중앙역
스톡홀름 시청
N
유르고르덴
감라스탄
벨만스로

1.

새벽 2시 45분에 해가 떠올랐다.

한 시간 삼십 분 전부터 차량 통행이 뜸해지기 시작하여 이제 서서히 잦아들었고, 흥청거리며 간밤을 즐기다 귀가하는 행인들의 소음도 더불어 사라졌다. 청소차가 도로를 훑고 지나가며 아스팔트 여기저기에 검고 축축한 줄을 남겼다. 구급차 한 대가 사이렌을 울리며 길고 곧게 뻗은 길을 달려갔다. 흙받이가 하얗고 지붕에 무전 안테나가 달려 있고 옆면에 흰 활자체로 "경찰"이라고 적힌 검은 자동차 한 대가 조용히, 천천히 미끄러져 갔다. 오 분 뒤, 쨍그랑 유리 깨지는 소리가 들렸다. 누가 장갑 낀 손으로 가게 창문을 깬 것이다. 잠시 후에 누군가 도망가는 발걸음 소리가 들리더니 이어 웬 자동차가 뒷길로 내빼는 소리가 들렸다.

발코니에 선 남자는 모든 것을 목격했다. 원통형 철제 기둥이 늘어서 있고 양옆을 골함석판으로 댄 평범한 발코니였다. 남자는 난간에 기대어 서 있었다. 어둠 속에서 남자의 담배가 작고 붉은 점으로 타들어갔다. 남자는 규칙적인 간격으로 담뱃재를 떨었다. 담배를 끈 뒤에는 길이가 일 센티미터도 안 되는 꽁초를 나무 물부리에서 조심스럽게 뽑아내어 다른 꽁초들 곁에 내려놓았다. 작은 야외용 탁자에는 잔받침이 하나 놓여 있었고 그 가장자리에 이런 꽁초가 벌써 열 개나 가지런히 줄지어 있었다.

사위는 조용했다. 푸근한 초여름 밤의 대도시에서는 이 정도면 최고로 조용한 것이었다. 신문 배달하는 여자들이 배달용으로 개조한 유모차를 밀고 나타나기까지는, 누구보다 일찍 출근하는 사무실 청소부가 모습을 드러내기까지는 아직 두 시간쯤 남았다.

새벽의 창백한 여명이 서서히 번지기 시작했다. 최초의 햇살이 오륙 층짜리 집들을 머뭇머뭇 더듬었고, 건너편 지붕 위의 텔레비전 안테나와 둥근 굴뚝 통풍구 들에 빛이 반사되기 시작했다. 빛은 곧 금속 지붕 위에 똑바로 떨어져 금세 미끄러져 내려와 처마를 타넘은 뒤, 회반죽이 칠해진 벽돌 벽을 따라 흘러내리며 내다보는 사람 없는 창문들을 비췄다. 대부분의 창문에는 커튼이 쳐져 있거나 베니션블라인드가 내려져 있었다.

발코니의 남자는 몸을 숙여 도로를 내려다보았다. 남북으로 길고 곧게 난 도로였다. 남자는 이 킬로미터가 넘는 거리 전체를 수월하게 살펴볼 수 있었다. 한때 도시의 명소이자 자랑거리였던 이 대로는 건설된 지 벌써 사십 년이었다. 발코니에 선 남자와 나이가 비슷했다.

눈에 힘을 주고 살펴보니 저멀리에 사람이 하나 있었다. 아마 경찰일 것이다. 남자는 몇 시간 만에 처음으로 안으로 들어갔다. 거실을 통과하여 부엌으로 갔다. 부엌은 벌써 대낮처럼 환했기 때문에 전등을 켤 필요는 없었다. 사실 남자는 겨울에도 전기를 몹시 아꼈다. 찬장을 열고 법랑 커피포트를 꺼냈다. 물을 한 컵 반 재어 넣고, 거칠게 갈린 커피를 두 숟가락 넣었다. 포트를 스토브에 올리고 성냥을 켜서 가스불을 피웠다. 손가락 끝으로 성냥을 짚어서 불씨가 제대로 꺼졌는지 확인한 뒤 개수대 아래 찬장 문을 열고 다 쓴 성냥개비를 쓰레기봉투에 넣었다. 스토브 옆에 서 있다가 커피가 끓자 가스를 잠갔다. 그리고 커피 찌끼가 가라앉기를 기다리는 동안에 욕실로 가서 소변을 보았다. 이웃들에게 방해가 될까 봐 물은 내리지 않았다. 남자는 부엌으로 돌아와서 커피를 조심스레 컵에 따르고, 개수대에 놓여 있던 반쯤 빈 각설탕 상자에서 각설탕 하나를 챙기고,

서랍에서 찻숟가락을 꺼냈다. 컵을 들고 발코니로 나가 니스 칠이 된 나무 탁자에 컵을 내려놓고 자신은 접이의자에 앉았다. 태양은 벌써 꽤 높이 떠올라서 건너편 집들의 앞면을 비추고 있었다. 이제 밑에서 두 층 높이까지 해가 들었다. 남자는 니켈 도금이 된 코담뱃갑을 바지 주머니에서 꺼내고는 꽁초를 하나씩 부스러뜨리기 시작했다. 손가락으로 꽁초에서 담뱃가루를 떨어 둥근 금속 갑에 넣고, 남은 담배 종이는 콩알처럼 동그랗게 뭉쳐서 이 빠진 잔 받침에 올려놓았다. 남자는 커피를 젓고는 천천히 마셨다. 또 사이렌이 울렸다. 굉장히 멀리서 나는 소리였다. 남자는 자리에서 일어나 구급차를 내려다보았다. 사이렌 소리는 점점 커지고 커지다가 이윽고 잦아들었다. 일 분 뒤, 하얗고 작은 직사각형으로 줄어든 구급차는 도로의 북쪽 끝에서 좌회전하여 남자의 시야에서 사라졌다. 남자는 다시 접이의자에 앉아 멍하니 커피를 저었다. 커피는 식어 있었다. 남자는 꼼짝 않고 앉아서, 사방에서 도시가 깨어나는 소리에 귀를 기울였다. 도시는 내키지 않는 듯 우물쭈물 깨어났다.

발코니의 남자는 보통 키에 평범한 체격이었다. 얼굴은 별 특징이 없었다. 흰 셔츠를 입었고, 넥타이는 매지 않았고, 다리지 않은 갈색 개버딘 바지에 회색 양말과 검은 신발을 신었다. 성긴 머리카락은 이마 위로 똑바로 빗어 넘겼다. 코가 컸고, 눈동자는 청회색이었다.

1967년 6월 2일 오전 6시 30분이었다. 남자가 있는 도시는 스톡홀름이었다.

발코니의 남자는 누군가에게 관찰당한다는 느낌을 전혀 받지 못했다. 사실 다른 어떤 것에 대해서도 이렇다 할 느낌이 없었다. 남자는 좀 있다가 아침으로 오트밀을 먹어야겠다고 생각했다.

거리는 생기를 띠기 시작했다. 도로의 흐름이 빽빽해졌고, 교차로의 신호등이 빨간불로 바뀔 때마다 멈춰 서서 기다리는 자동차들의 줄이 점점 더 길어졌다. 빵집의 밴이 조심성 없게 도로로 끼어든 자전거 운전자에게 성난 경적을 울렸다. 뒤에서 자동차 두 대가 끽 하고 급제동했다.

남자는 자리에서 일어났다. 발코니 난간에 팔을 대고 아래를 구경했다. 자전거 운전자는 빵집 배달부가 퍼붓는 험한 욕설을 짐짓 못 들은 척하면서 비틀비틀 불안하게 연석 쪽으로 붙었다.

행인 몇 명이 서둘러 인도를 걷고 있었다. 가벼운 여름 원피스를 입은 두 여자가 발코니 바로 밑 주유소 근처에 서서 이야기를 나누었고, 저멀리에서 한 남자가 개를 산책시키고 있었다. 닥스훈트는 주인이 성급하게 목줄을 잡아당기는데도 전혀 개의치 않고 나무둥치를 맴돌며 냄새를 맡았다.

발코니의 남자는 몸을 폈다. 숱이 빠져가는 머리카락을 단정하게 매만지고, 두 손을 주머니에 찔러넣었다. 이제 시각은 7시 40분이 되었고, 태양은 높이 떴다. 남자는 하늘을 올려다보았다. 제트기가 그리고 간 흰 솜털이 푸른 하늘에 점점이 떠 있었다. 남자는 다시 한번 거리로 시선을 떨구어 건너편 건물의 빵집 앞에 서 있는 연푸른색 코트 차림의 백발 노부인을 보았다. 부인은 손가방 속을 한참 더듬더니 열쇠를 꺼내어 빵집 문을 따고 들어갔다. 부인이 열쇠를 뽑는 것, 안쪽 자물쇠에 다시 꽂는 것, 문을 닫고 안으로 들어가는 것을 계속 지켜보았다. 문에 뚫린 유리창 안쪽으로 쳐져 있는 흰 블라인드 위에는 "영업 마감"이라고 적혀 있었다.

바로 그때 빵집 옆 아파트 현관문이 열리면서 어린 소녀 하나가 햇살이 넘치는 거리로 나왔다. 발코니의 남자는 한 발짝 물러나 주머니에서 손을 꺼내고 우두커니 섰다. 눈은 저 아래 거리의 소녀에게 못박혀 있었다.

여덟 살이나 아홉 살쯤 되어 보이는 아이는 붉은 체크무늬의 책가방을 들었다. 짧은 청색 치마에 줄무늬 티셔츠를 입고 소매가 깡총한 붉은 재킷을 걸쳤다. 발에는 밑창이 나무로 된 검정 샌들을 신었는데, 그 때문에 아이의 가늘고 긴 다리가 더욱 가늘고 길어 보였다. 아이는 현관에서 왼쪽으로 꺾은 뒤에 고개를 숙이고 천천히 걷기 시작했다.

발코니의 남자는 눈으로 아이를 좇았다. 아이가 이십 미터쯤 가다가 갑자기 멈춰 서더니 손을 가슴께로 들어올리고 한동안 그렇게 서 있었다. 그러다가 가방을 열어 속을 뒤졌다. 동시에 몸을 돌려 집으로 돌아가기 시작했다. 곧 아이는 줄달음질을 쳤고, 가방을 닫지도 않은 채 건물로 달려 들어갔다.

발코니의 남자는 꼼짝 않고 서서 아이의 등뒤에서 현관문이 닫히는 것을 지켜보았다. 몇 분이 지나자 다시 문이 열렸다. 아이가 나왔다. 가방은 닫혀 있었고 아이는 아까보다 더 빨리 걸었다. 포니테일로 묶은 아이의 금발 머리카락이 등에서 찰랑거렸다. 아이는 블록 끝에서 모퉁이를 돌아 사라졌다.

7시 57분이었다. 남자는 몸을 돌려 집안으로 들어가 부엌으로 갔다. 물을 한 컵 마시고, 컵을 헹군 뒤, 헹군 컵을 시렁에 도로 엎어두고, 다시 발코니로 나갔다.

남자는 접이의자에 앉아서 왼팔을 난간에 올렸다. 담뱃불을 붙이고 거리를 내려다보면서 담배를 피웠다.

2.

전자식 벽시계가 10시 55분을 알렸다. 군발드 라르손의 책상에 놓인 달력에 따르면 오늘은 1967년 6월 2일 금요일이었다.

마르틴 베크는 어쩌다 보니 그 사무실에 있었다. 그는 막 방에 들어와서 문간에 여행 가방을 내려놓은 참이었다. 방 주인에게 인사하고, 서류 캐비닛 위 물병 옆에 모자를 벗어놓은 뒤 쟁반에서 컵 하나를 들어 물을 따랐다. 그리고 캐비닛에 기대어 선 채 물을 마시려던 참이었다. 책상 앞에 앉은 남자가 심기 불편한 표정으로 마르틴 베크에게 말했다.

"자네까지 이리로 파견되었나? 우리가 또 뭘 잘못했기에?"

마르틴 베크는 물을 한 모금 마셨다.

"내가 알기로 자네들은 잘못한 것 없어. 걱정 마. 멜란데르를 보려고 들른 것뿐이니까. 내가 뭘 좀 알아봐달라고 부탁했거든. 멜란데르는 어디 갔어?"

"늘 그렇듯이 화장실에 있겠지."

시도 때도 없이 화장실에 앉아 있는 멜란데르의 요상한 능력은 동료들 사이에 진부한 농담거리였다. 그 농담에는 일말의 진실이 담겨 있었지만, 마르틴 베크는 어쩐지 라르손의 대꾸가 짜증스러웠다.

그러나 마르틴 베크는 대체로 짜증을 속으로 삭이는 사람이었다. 그는 책상 앞에 앉은 남자를 차분하게 살펴보고는 물었다.

"골치 아픈 문제라도 있나?"

"뭐겠나? 당연히 그 노상강도 건이지. 어젯밤에 바나디스 공원에서 또 사건이 터졌어."

"그렇다더군."

"은퇴한 노인이 개를 산책시키러 나왔다가 당했어. 뒤에서 머리를 맞고 지갑에서 140크로나를 도둑맞았어. 뇌진탕으로 아직 병원에 있지. 아무 소리도 못 들었고 아무것도 못 봤다는군."

마르틴 베크는 잠자코 있었다.

"이 주 만에 여덟 번째야. 이러다가 범인이 결국 사람을 죽이고 말걸."

마르틴 베크는 물을 다 마시고 컵을 내려놓았다.

"누군가 얼른 녀석을 잡지 않는다면 말이야." 군발드 라르손이 덧붙였다.

"누군가라니 누구 말이야?"

"그야 당연히 경찰이지. 우리 중 누구든지 말이야. 9구역 형사과의 경찰차 한 대가 사건 십 분 전에 그곳에 있었다더군."

"일이 언제 벌어졌는데? 그때 경찰들은 어디 있었고?"

"경찰서로 돌아와서 커피를 마시고 있었다지. 항상 그런 식이야. 경찰이 바나디스 공원의 풀숲이란 풀숲마다 죄다 잠복해 있으면 바사 공원에서 일이 터지고, 경찰이 바나디스 공원과 바사 공원의 풀숲이란 풀숲마다 죄다 잠복해 있으면 이번엔 범인이 우글레비빅셀란에 출몰하고."

"경찰이 거기에서도 풀숲마다 죄다 잠복해 있으면?"

"그러면 시위대가 미국 무역센터로 난입하고 미 대사관에 불을 지르겠지. 농담할 일이 아니야." 군발드 라르손이 딱딱하게 말했다.

마르틴 베크는 라르손에게 시선을 고정한 채 말을 받았다.

"나도 농담으로 한 말이 아냐. 정말로 궁금해서 그래."

"이 강도 녀석은 수완이 제대로야. 꼭 레이더라도 가진 것 같아. 녀석이 피해자를 습격할 때 주변에 경찰이 있었던 경우는 한 번도 없었어."

마르틴 베크는 엄지와 집게손가락으로 콧등을 문질렀다.

"그걸 내보내면 어떨까……."

라르손이 당장 끼어들었다.

"내보내? 누구를? 뭘? 경찰견을? 순찰조를 갈가리 찢어발기라고 할까? 생각해보라고. 어제의 피해자도 개를 데리고 있었어. 그런데 무슨 소용이 있었지?"

"개의 종류가 뭐였어?"

"제기랄, 그걸 내가 어떻게 알아? 내가 개를 취조해볼까? 개를 이리 부를까? 그리고 화장실로 보내서 멜란데르더러 취조하라고 할까?"

군발드 라르손은 대단히 진지했다. 그는 주먹으로 책상을 두들기면서 계속 말했다.

"웬 미치광이가 공원을 어슬렁대면서 사람들의 머리를 박살내고 있는데, 자네는 여기 나타나서 한다는 소리가 고작 개가 어쩌고저쩌고!"

"이야기를 꺼낸 사람은 내가 아니라……."

이번에도 라르손이 마르틴 베크의 말허리를 잘랐다.

"어쨌든, 아까 말했듯이, 이 강도는 철저한 프로야. 방어 능력이 없는 노인이나 여자만 노린다고. 그리고 언제나 등뒤에서 덮치지. 지난주에 누가 뭐라고 표현했더라? 아, 그렇지, '표범처럼 풀숲에서 뛰쳐나왔다'고 했지."

"방법은 하나뿐이군." 마르틴 베크는 사근사근하게 말했다.

"뭔데?"

"자네가 직접 나가는 거야. 무방비한 노인으로 변장하고."

책상에 앉은 남자가 고개를 돌려 마르틴 베크를 노려보았다.

군발드 라르손은 키가 192센티미터였고 몸무게는 98킬로그램이었다. 어깨는 헤비급 권투 선수처럼 두툼했고 큼직한 두 손은 텁수룩한 노란 털로 뒤덮여 있었다. 금발 머리카락은 뒤로 깨끗이 빗어 넘겼고, 불만스러운 두 눈동자는 푸른색이었다. 콜베리는 라르손의 인상착의를 묘사할 때 늘 "오토바이광의 표정"이라는 표현으로 마무리하곤 했다.

지금 그 푸른 눈동자들은 어느 때보다도 못마땅한 기색으로 마르틴 베크를 응시하고 있었다.

마르틴 베크는 어깨를 으쓱하며 말했다.

"농담은 그만두고……."

라르손이 재깍 끼어들었다.

"농담은 그만둬, 이건 전혀 우스운 일이 아니야. 나는 여태까지 겪어본 것 중에서 가장 끔찍한 강도 사건으로 이렇게 허우적대고 있는데, 자네는 유유히 개가 어쩌고저쩌고 하는 헛소리를 지껄이다니."

마르틴 베크의 상대는, 비록 본인이 의도한 것은 아닐지라도, 현재까지 극소수만이 성공한 일을 해낼지도 모르는 찰나였다. 더이상 못 참고 화를 터뜨릴 정도로 마르틴 베크의 신경을 건드리는 일 말이다. 마르틴 베크도 자신이 폭발 직전이라는 사실을 똑똑히 인식하고 있었지만, 그럼에도 불구하고 캐비닛에서 팔을 떼고 소리치지 않을 수 없었다.

"그만해!"

그 순간 다행스럽게도 멜란데르가 옆방과 통하는 문을 열고 들어왔다. 셔츠 바람에 입에는 파이프를 물었고, 손에 전화번호부를 펼쳐 들고 있었다.

"안녕."

"안녕." 마르틴 베크도 인사했다.

"자네가 전화를 끊는 순간에 이름이 떠올랐지 뭐야. 아르비드 라르손. 전화번호부에서도 찾았어. 하지만 전화를 걸어봐야 소용없어. 지난 사월에 뇌졸중으로 죽었으니까. 그런데 마지막 순간까지 그 업종에 종사했더군. 시내 남쪽에서 고물상을 하고 있었어. 지금은 문을 닫았지만."

마르틴 베크는 전화번호부를 건네받아 펼쳐진 곳을 보면서 고개를 끄덕였다. 멜란데르는 바지 주머니에서 성냥갑을 꺼내어 파이프에 정성스럽게 불을 붙였다. 마르틴 베크는 방 가운데로 두 걸음 걸어가서 책상에 전화번호부를 내려놓은 뒤 캐비닛으로 돌아갔다.

"자네 둘, 무슨 수작이야?" 군발드 라르손이 의심스레 물었다.

"별것 아냐. 우리가 십이 년 전에 체포하려 했던 어느 장물아비의 이름을 마르틴이 잊어버렸다기에."

"자네도?"

"아니." 멜란데르가 대답했다.

"자네는 기억한다고?"

"그래."

군발드 라르손은 전화번호부를 제 쪽으로 당겨 펄럭펄럭 넘기면서 말했다.

"대체 어떻게 라르손이라는 흔해빠진 이름을 십이 년 동안 기억할 수가 있지?"

"별로 어렵지 않아." 멜란데르가 진지하게 대답했다.

그때 전화가 울렸다.

"1반 당직입니다.

부인, 죄송합니다만 뭐라고 하셨습니까?

뭐라고요?

제가 경찰이냐고요? 저는 1반 당직 경찰관인 라르손 경위라고 합니다.

부인의 성함은……?"

군발드 라르손이 가슴 주머니에서 볼펜을 꺼내어 끼적끼적 이름을 적었다. 그러다가 펜을 멈추었다.

"뭘 도와드릴까요?

죄송합니다만, 무슨 말씀인지 모르겠습니다.

예? 뭐라고요?

고양이요?

고양이가 발코니에 있다고요?

아, 남자라고요.

웬 남자가 부인의 집 발코니에 서 있다고요?"

군발드 라르손은 전화번호부를 밀고 메모지를 자기 쪽으로 당겼다. 펜을 메모지에 댔다. 단어 몇 개를 갈겨썼다.

"네, 알겠습니다. 남자가 어떻게 생겼다고 했습니까?

네, 듣고 있습니다. 숱이 적은 머리카락을 똑바로 뒤로 넘겼다. 코가 크다. 아하. 흰 셔츠. 평균 키. 흠. 갈색 바지. 단추를 안 채웠다. 뭐라고요? 아, 셔츠 단추 말입니까. 청회색 눈동자.

잠깐만요, 부인. 이것부터 짚고 넘어가시죠. 남자가 부인의 집 발코니에 서 있다는 말이지요?"

군발드 라르손은 멜란데르와 마르틴 베크를 잇달아 쳐다보고는 어깨를 으쓱했다. 계속 상대편의 말을 들으면서 펜으로 귀를 후볐다.

“죄송합니다만, 부인. 남자가 자기집 발코니에 서 있다는 겁니까? 그가 부인을 못 살게 굴었습니까?

아니라고요. 뭐라고요? 길 건너편 집이라고요? 자기집 발코니에?

그런데 어떻게 남자의 눈동자가 청회색이라는 걸 아십니까? 아주 가까운가 보지요?

뭐라고요? 부인이 뭘 한다고요?

잠깐만요, 부인. 남자가 하는 일이 자기집 발코니에 서 있는 게 전부라고요. 달리 또 무슨 짓을 합니까?

거리를 내려다본다고요? 거리에 무슨 일이 있습니까?

아무 일도 없다고요? 뭐라고요? 자동차? 노는 아이들을 본다고요?

밤에도요? 밤에도 아이들이 나와 논다고요?

아, 아니라고요. 남자가 밤에도 거기 서 있다는 거죠? 우리가 뭘 어쩌면 좋겠습니까? 경찰견이라도 보낼까요?

부인, 자기집 발코니에 서 있는 것을 금지하는 법률은 없습니다.

관찰한 내용을 신고하는 것뿐이라고요? 맙소사, 부인. 모든 시민들이 자기가 관찰한 내용을 신고했다가는 시민 한 명당 경찰 세 명이 필요할 겁니다.

고마워하라고요? 우리가 고마워해야 한다고요?

무례하다고요? 제가 무례하다고요? 이보세요, 부인……."

군발드 라르손은 문득 말을 멈추더니 수화기를 귀에서 삼십 센티미터쯤 떨어뜨린 채 멍하니 들고 있었다.

"끊어버렸네."

그는 황당한 기색이었으나 삼 초 뒤에 수화기를 쾅 내려놓고 말했다.

"지옥에나 가라지, 고약한 노파 같으니."

그는 뭐라고 끼적거렸던 메모지를 뜯어내 그것으로 펜 끝에 묻은 귀지를 세심하게 닦아냈다.

"미친 사람들 천지야. 우리가 일을 제대로 못 하는 것도 무리가 아니지. 교환원은 왜 이런 전화를 안 거를까? 정신병원으로 연결하는 직통번호가 있어야 해."

"자네가 익숙해지는 수밖에 없어." 멜란데르는 차분하게 자신의 전화번호부를 덮은 후 들고서 옆방으로 건너갔다.

펜 청소를 마친 군발드 라르손은 메모지를 구겨 쓰레기통에 던졌다. 그리고 문간에 놓인 여행 가방을 심술궂게 쳐다보면서 마르틴 베크에게 물었다.

"자네는 어딜 가는데?"

"모탈라에 며칠 내려가 있으려고. 내가 봐야 할 것이 있대."

"음."

"일주일 안에 돌아올 거야. 그리고 콜베리가 오늘 돌아왔어. 내일부터 여기로 배속될 거야. 그러니 걱정 마."

"걱정 따윈 안 해."

"그건 그렇고, 강도 사건은……."

"그 사건이 뭐?"

"아니야, 별말 아니야."

"녀석이 두 번만 더 일을 저지르면 우리가 잡을 거야." 멜란데르가 옆방에서 말했다.

"내 말이 그거야." 마르틴 베크는 이렇게 말하고 인사를 했다. "그럼."

"잘 가." 군발드 라르손도 인사했다.

3.

마르틴 베크는 기차 시각보다 십구 분 이르게 중앙역에 도착했다. 시간도 때울 겸 전화를 두 통 걸어야겠다고 생각했다.

처음은 집.

“아직 안 갔네?” 아내가 받았다.

마르틴 베크는 아내의 반어적 질문을 무시하고 이렇게만 말했다.

“거기에서 팰리스라는 호텔에 묵을 거야. 당신한테 알려줘야 할 것 같아서.”

“얼마나 가 있는 거야?”

“일주일.”

“어떻게 그렇게 확실하게 알아?”

좋은 질문이었다. 절대로 멍청한 여자는 아니라니까, 마르틴 베크는 생각했다.

“애들한테 인사 전해줘.” 그는 잠시 후에 덧붙였다. “당신도 몸조심하고.”

“고맙네.” 아내가 쌀쌀맞게 대답했다.

그는 전화를 끊고 바지 주머니를 뒤져 동전을 하나 더 꺼냈다. 공중전화 부스에는 줄이 늘어서 있었다. 투입구에 다시 동전을 넣고서 스톡홀름 남부 지역 경찰서 번호를 돌리자, 뒤에 선 사람들이 일제히 그를 노려보았다. 일 분쯤 기다리자 콜베리가 전화를 받았다.

“나야. 자네가 돌아왔는지 확인하려고 걸었어.”

“그것참, 사려 깊으시군.” 콜베리가 대꾸했다. “아직 안 떠났어?”

“군은 어때?”

“괜찮아. 집채만큼 뚱뚱하지만.”

콜베리의 아내인 군은 팔월 말에 아기를 낳을 예정이었다.

“나는 일주일이면 돌아올 거야.”

“그렇게 들었어. 그때쯤이면 나는 여기에서 근무하지 않겠지.”

콜베리가 잠시 말을 멎었다가 물었다.

“모탈라에는 왜 가는데?”

"그 사람이……."

"어떤 사람?"

"그저께 밤에 화재로 타 죽은 고물상. 못 들은 모양인데……."

"신문에서 읽었어. 그게 왜?"

"직접 보려고 내려가는 거야."

"그쪽 경찰은 평범한 화재 사건도 스스로 처리하지 못할 만큼 멍청하대?"

"그런 건 아니겠지만 그쪽에서 요청했으니……."

"이봐." 콜베리가 말을 끊었다. "자네 아내는 그 말을 곧이곧대로 믿을지 몰라도, 나는 안 속아. 그쪽에서 뭘 요청했는지, 요청한 사람이 누군지 나는 뻔히 안다고. 지금 모탈라의 형사과장이 누구야?"

"알베리. 하지만……."

"바로 그거야. 나는 자네가 닷새 동안 휴가를 냈다는 사실도 알아. 한마디로, 자네는 알베리와 함께 시티 호텔에서 술잔을 기울이려고 모탈라로 내려가는 거야. 아니야?"

"글쎄……."

"행운을 빌어. 얌전하게 처신하라고." 콜베리가 다정하게 말했다.

"고마워."

마르틴 베크는 전화를 끊었다. 바로 뒤의 남자가 마르틴 베크를 팔꿈치로 거칠게 밀어젖히면서 부스에 들어섰다. 마르틴 베크는 어깨를 으쓱하고 중앙 대합실로 들어갔다.

콜베리의 말은 정곡을 찔렀다. 말 자체는 조금도 문제될 것이 없었다. 하지만 자신의 속이 그렇게 훤히 들여다보인다는 것은 어쨌거나 신경쓰이는 일이었다. 마르틴 베크와 콜베리가 알베리를 알게 된 것은 삼 년 전 어느 살인 사건을 수사할 때였다. 수사는 길고 까다로웠고, 그동안 세 사람은 친구가 되었다. 그들이 그런 사이가 아니었다면 알베리가 국가범죄수사국에 도움을 요청하지는 않았을 것이다. 마르틴 베크 자신도 그런 사건에는 반나절도 낭비하지 않았을 것이다.

역의 시계를 보니 전화 두 통에 정확하게 사 분이 걸린 모양이었다. 기차가 출발하기까지 아직 십오 분이 남았다. 널찍한 대합실은 언제나처럼 온갖 부류의 사람들로 넘쳐났다.

그는 여행 가방을 든 채 뚱한 표정으로 우두커니 서 있었다. 그는 중키에 얼굴은 야위었으며, 이마가 넓고 턱이 다부졌다. 그가 누구인지 모르는 사람은 부산한 대도시에서 갈피를 못 잡는 시골뜨기로 착각할지도 몰랐다.

"안녕하세요, 아저씨." 누가 쉰 목소리로 그에게 속삭였다.

마르틴 베크는 자신에게 다가와 말을 건 사람에게로 고개를 돌렸다. 십 대 초반으로 보이는 여자아이가 옆에 서 있었다. 금발의 생머리를 길게 늘어뜨린 아이는 짧은 납염 원피스 차림이었다. 맨발이었고, 지저분했다. 마르틴 베크의 딸과 비슷한 나이로 보였다. 아이는 세로로 네 장이 붙은 사진을 오른손 손바닥에 올려 그에게 슬쩍 보여주었다.

어디에서 난 사진인지는 쉽게 알아차릴 수 있었다. 아이는 즉석 사진 부스의 의자에 무릎을 꿇고 앉아 치마를 겨드랑이까지 끌어올린 뒤, 동전을 투입구에 넣었을 것이다.

얼마 전에 사진 부스의 커튼을 무릎 높이로 올리는 조치가 취해졌지만 크게 도움이 되지는 않는 것 같았다. 마르틴 베크는 사진을 흘끔 보았다. 요즘 여자아이들은 옛날보다 발달이 빠르다는 생각이 들었다. 어리고 헤픈 이 아이들은 겉옷 밑에 다른 것을 입을 생각을 하지 않는다. 그건 그렇다 치더라도, 사진이 잘 나오지도 않았다.

"이십오 크로나?" 아이가 기대를 담뿍 담아 물었다.

마르틴 베크는 짜증스럽게 주변을 둘러보았다. 대합실 저쪽에 제복 경관이 두 명 있었다. 그는 그들에게 걸어갔다. 한 명이 마르틴 베크를 알아보고 경례를 붙였다.

"이애들을 좀 다스릴 수 없겠나?" 마르틴 베크가 화를 냈다.

"저희도 최선을 다하고 있습니다."

그에게 경례를 했던 쪽이 대답했다. 푸른 눈동자에 금발 턱수염을 단정하게 기른 청년이었다.

마르틴 베크는 말없이 돌아서서 플랫폼으로 나가는 유리문을 향해 걸었다. 납염 원피스를 입은 소녀는 대합실 한쪽 구석으로 물러나 있었다. 소녀는 손안의 사진을 살며시 들여다보면서, 자신의 외모가 어딘가 잘못되었나 싶어 어리둥절해하고 있었다.

틀림없이 오래지 않아 얼간이 같은 작자가 아이의 사진을 살 것이다.

아이는 당장 훔레고르덴 공원이나 마리아토리에트 광장으로 가서 그 돈으로 프렐루딘이나 마리화나를 살 것이다. 아니면 LSD를.

마르틴 베크를 알아본 경관은 턱수염을 기르고 있었다. 마르틴 베크가 경찰에 합류했던 이십사 년 전에는 턱수염을 기른 경관은 한 명도 없었다.

그건 그렇고, 턱수염이 없는 다른 경관은 왜 인사를 하지 않았을까? 그를 알아보지 못했나?

이십사 년 전에 경관들은 자신에게 말을 걸어오는 사람에게는 누구든 반드시 경례를 붙였다. 수사관이 아니더라도. 아니, 정말로 그랬던가?

그 시절에는 열네댓 살 소녀들이 사진 부스에서 제 알몸을 찍은 사진을 경감에게 팔아서 마약 살 돈을 벌려고 하지 않았다.

좌우간 그는 연초에 새로 달게 된 직함이 눈곱만큼도 마음에 들지 않았다. 베스트베리아알레의 시끄러운 산업 지구에 자리한 남부 경찰서에 새로 생긴 사무실도 전혀 마음에 들지 않았다. 의심투성이 아내도 전혀 마음에 들지 않았고, 군발드 라르손 같은 사람이 수사관이 될 수 있다는 사실도 전혀 마음에 들지 않았다.

마르틴 베크는 일등칸 창가에 앉아서 하염없이 이런 생각을 했다.

정거장에서 벗어난 기차는 시청을 지나쳤다. 그는 몇 남지 않은 하얀 증기선인 마리에프레드호를 보았고, 노르스테드트 출판사 건물도 봤다. 곧 남행 철로의 터널이 기차를 삼켰다. 기차가 다시 밝은 곳으로 나오자, 탄토 공원의 푸른 녹음이 눈에 한가득 들어왔다. 그 공원은 머지않아 그에게 악몽이 될 장소였다. 기차가 교량을 지나자 바퀴 소리가 메아리로 울렸다.

기차가 쇠데르텔리에에 도착할 때쯤, 기분이 나아졌다. 대부분의 급행열차에서 식당칸을 대체하기 시작한 금속 손수레 매점에서 그는 생수 한 병과 만든 지 오래된 치즈 샌드위치를 샀다.

4.

“그러니까, 이렇게 된 겁니다. 그날 밤은 제법 쌀쌀했기 때문에 남자는 침대 옆에 구식 전기난로를 세워두고 잤죠. 그런데 남자가 잠결에 그만 담요를 걷어차서 담요가 난로 위로 떨어져서 불이 붙은 겁니다.” 알베리가 말했다.

마르틴 베크는 고개를 끄덕였다.

“정황이 딱 들어맞아요. 오늘 기술 감식이 끝나서 전화로 알리려고 했는데, 벌써 출발한 뒤라고 해서 말입니다.”

두 사람은 보렌스홀트의 화재 현장에 서 있었다. 나무들 사이로 호수가 보였고, 삼 년 전에 어느 여성의 시체가 발견되었던 갑문들도 언뜻 보였다. 집은 전소되어 남은 부분은 기반과 굴뚝 자리뿐이었다. 하지만 작은 별채는 소방대가 가까스로 구해냈다.

"저곳에 장물이 몇 점 있더군요. 라르손이라는 남자는 장물아비였던 모양입니다. 과거에 형을 산 기록도 있으니 딱히 놀랄 일은 아니죠. 장물 목록이 작성되는 대로 회람할 예정입니다."

마르틴 베크는 다시 고개를 끄덕이고는 입을 열었다.

"스톡홀름에 사는 남자의 형을 확인해봤습니다. 지난봄에 뇌졸중으로 죽었더군요. 그자도 장물아비였고요."

"가족 내력인 모양이죠." 알베리가 말했다.

"형이란 사람은 전과가 없었지만, 멜란데르가 기억해냈어요."

"그렇군요, 멜란데르……. 코끼리처럼 기억력이 좋아서 절대로 잊지 않는다고 했죠. 지금은 함께 일하지 않겠네요?"

"가끔씩은 봅니다. 그는 쿵스홀름스가탄 거리의 경찰청에 있으니까요. 콜베리도 오늘부터 그곳으로 옮겼어요. 이렇게 오락가락 사람들을 옮기는 건 미친 짓이에요."

두 사람은 화재 현장에서 발길을 돌려 묵묵히 차로 걸어왔다.

십오 분 뒤에 알베리는 경찰서 정면에 차를 세웠다. 경찰서는 프레스트가탄 거리와 쿵스가탄 거리가 만나는 모퉁이의 나지막한 노란 벽돌 건물로, 발트자르 폰 플라텐의 동상이 서 있는 시내 중앙 광장에서 멀지 않았다. 알베리가 마르틴 베크 쪽으로 몸을 살짝 틀고 말했다.

"이제 할 일이 아무것도 없으니, 그냥 한 이틀 편하게 쉬는 게 어떻습니까."

마르틴 베크는 고개를 끄덕거렸다.

"모터보트를 타는 것도 괜찮겠군요." 알베리가 말했다.

그날 저녁에 두 사람은 시티 호텔에서 식사를 했다. 베테른 호수의 송어를 조리한 맛있는 향토 요리를 먹었고, 술도 몇 잔 마셨다.

토요일에 그들은 모터보트를 타고 호수로 나갔다. 일요일에도 그랬다. 월요일에도 마르틴 베크는 모터보트를 빌렸다. 화요일에도 그랬다. 수요일에는 바스테나로 가서 성을 구경했다.

모탈라에서 그가 묵는 호텔은 현대적이고 편안했다. 알베리와도 잘 지냈다. 쿠르트 살로몬손의 『바깥의 남자』를 읽었다. 그는 휴식을 즐겼다.

그럴 자격이 있었다. 겨울 내내 힘들게 일했고, 봄은 더욱 끔찍했다. 그래도 여름만큼은 조용하게 지나갈지도 모른다는 희망이 있었다.

5.

강도는 날씨에 전혀 불만이 없었다.

오후 일찍부터 비가 내리기 시작했다. 처음에 굵게 쏟아지다가 나중에 가는 빗줄기로 바뀌어 꾸준히 내렸다. 7시 무렵에 그쳤다. 하지만 여전히 먹구름이 낮고 답답하게 깔려 있었고 당장이라도 비가 퍼부을 것만 같았다. 9시에는 나무들 밑으로 땅거미가 깔리기 시작했다. 가로등이 켜지기까지는 아직 시간이 좀 남아 있었다.

강도는 얇은 비닐 레인코트를 벗어 공원 벤치의 옆자리에 두었다. 그는 테니스화와 카키색 바지, 가슴팍 주머니에 모노그램이 수놓인 말쑥한 회색 나일론 스웨터를 입었다. 목에는 큼직한 붉은색 반다나를 느슨하게 맸다. 그는 두 시간 넘게 공원 안팎을 맴돌면서 오가는 사람들을 꼼꼼히 신중하게 관찰했다. 그가 특히 관심을 기울여 관찰한 대상이 둘 있었다. 모두 한 사람이 아니라 커플이었다. 첫 커플은 젊은 청년과 아가씨였다. 둘 다 강도보다 어렸다. 여자는 샌들에 흰색과 검은색으로 된 짧은 여름 원피스 차림이었고, 남자는 세련된 블레이저와 연회색 바지를 입었다. 두 사람은 공원의 그늘진 길을 밟아서 가장 으슥한 구석으로 갔다. 그리고 그곳에 서서 부둥켜안았다. 여자가 나무에 등을 기댔고, 잠시 후에 남자가 오른손을 여자의 치마 밑으로 집어넣었다. 남자의 손가락이 여자의 팬티 고무줄 속으로 들어가 가랑이 사이를 후비기 시작했다. "누가 오면 어쩌려고 그래." 여자는 기계적으로 그렇게 말하면서도 곧바로 다리를 벌리고는 눈을 감고 엉덩이를 리듬감 있게 뒤틀었다. 왼손으로는 깨끗하게 이발된 남자의 목덜미를 할퀴었다. 여자의 오른손이 뭘 하는지는 강도에게 보이지 않았다. 하지만 커플에게 가까이 다가가 있었기 때문에 여자의 속옷이 흰 레이스 팬티라는 것까지 볼 수 있었다.

강도는 발소리를 죽이며 풀밭을 걸어 그들을 따라가서 십 미터도 채 떨어지지 않은 덤불 뒤에 쭈그리고 앉았다. 그는 장점과 단점을 신중하게 저울질해보았다. 그들을 습격하는 것은 자신의 유머 감각에 어울리는 일이었다. 하지만 다르게 생각할 수도 있었다. 여자는 손가방을 들지 않았다. 여자가 비명을 지른다면 막기 힘들지도 모르고, 어쩌면 비명 소리 때문에 그의 사업이 차질을 빚을 것이다. 게다가 남자는 첫인상보다 더 강해 보이고 어깨도 더 널찍해 보였다. 남자의 지갑에 돈이 있을지 없을지도 확실하지 않았다. 습격은 현명하지 않은 일 같았다. 강도는 왔을 때처럼 조용히 쭈그린 채 물러났다. 그는 하릴없이 남을 엿보는 사람은 아니었다. 그에게는 더 중요한 일이 있었다. 게다가 그가 판단하기에 더 볼 것도 없었다. 얼마 지나지 않아 어린 커플은 점잖게 서로 거리를 두면서 공원을 떠났다. 커플은 길을 건너서 맞은편의 아파트로 들어갔다. 건물 외관을 보건대 남부끄럽지 않게 사는 안정된 중산층들의 집인 듯했다. 문간에서 여자는 팬티와 브래지어를 매만지고, 손가락 끝에 침을 묻혀 눈썹을 다듬었다. 남자도 손으로 머리카락을 쓸었다.

8시 30분에 강도의 관심은 다른 커플에게로 쏠렸다. 빨간 볼보 자동차 한 대가 길모퉁이 철물점 앞에 섰다. 앞좌석에 두 남자가 앉아 있었다. 한 남자가 차에서 내려 공원으로 들어갔다. 남자는 모자를 쓰지 않았고 베이지색 레인코트를 입었다. 몇 분 뒤에 다른 남자도 차에서 내려 다른 길로 공원으로 들어갔다. 이 남자는 모자를 쓰고 트위드 재킷을 입었지만 코트는 걸치지 않았다. 십오 분쯤 뒤에 두 사람은 각각 다른 방향에서 몇 분의 간격을 두고 공원에서 나와 차로 돌아갔다. 그들에게 등을 돌린 채 철물점의 쇼윈도를 들여다보면서 서 있었던 강도는 둘의 대화를 똑똑히 엿들었다.

"어때?"

"아무것도 없어."

"이제 어떻게 할까?"

"릴얀스 숲?"

"이 날씨에?"

"음……."

"좋아. 하지만 그다음에 커피를 마시러 가자."

"오케이."

두 사람은 차문을 쾅 닫고 떠났다.

그런 일들이 있은 후, 지금은 9시가 다 되었다. 강도는 여태껏 벤치에 앉아 기다리고 있었다.

강도는 공원으로 들어서는 여자를 목격하자마자 그녀가 어느 길로 갈 것인지를 눈치챘다. 땅딸막한 중년 여성이었다. 여자는 코트를 입었고, 우산과 커다란 손가방을 들었다. 가망 있어 보였다. 어쩌면 과일과 담배를 파는 노점을 운영하는 여자일지도 모른다. 강도는 벤치에서 일어나 비닐 레인코트를 입고 잔디밭을 가로질러 덤불 뒤에 웅크리고 숨었다. 여자는 공원에 난

길로 걸어와 그가 있는 곳까지 거의 다 왔다. 오 초만, 아니면 십 초만 기다리면 된다. 강도는 왼손으로 반다나를 끌어올려 코까지 덮고, 오른손 손가락에 놋쇠 너클을 끼웠다. 여자는 이제 겨우 몇 미터밖에 떨어져 있지 않았다. 강도는 민첩하게 움직였다. 젖은 풀밭이라 발소리는 거의 들리지 않을 만큼 조용했다.

하지만 완벽하지는 않았다. 아직 일 미터쯤 남았을 때 여자가 갑자기 뒤를 돌아보고는 비명을 지르려고 입을 벌렸다. 그는 반사적으로 여자의 입을 최대한 세게 쳤다. 우두둑 하는 소리가 들렸다. 여자는 우산을 떨어뜨리고 비틀거리다가 이내 무릎을 꿇었고 마치 품안의 아기를 보호하듯이 두 손으로 가방을 꽉 움켜쥐었다.

그는 다시 한번 여자를 쳤다. 놋쇠 너클에 맞은 여자의 코에서 우두둑 소리가 났다. 여자는 다리를 접으면서 뒤로 넘어졌다. 찍소리도 내지 못했다. 여자는 피를 줄줄 흘렸고, 의식이 없어 보였다. 그래도 그는 길에서 모래 한 줌을 쥐어 여자의 눈에 흩뿌렸다. 그가 여자의 가방을 억지로 열어젖히는 순간, 여자의 머리가 옆으로 털썩 떨어지면서 턱이 벌어졌다. 그리고 토하기 시작했다.

손가방, 지갑, 손목시계. 나쁘지 않았다.

강도는 벌써 공원을 빠져나가고 있었다. 꼭 아기를 보호하려는 것 같았단 말이야, 그는 생각했다. 근사하고 깔끔하게 해치울 수도 있었는데. 한심한 늙다리 노파 같으니.

십오 분 뒤에 그는 집으로 돌아왔다. 1967년 6월 9일 금요일 저녁 9시 30분이었다. 이십 분 뒤에 비가 내리기 시작했다.

6.

비가 밤새 내렸지만 토요일 아침에는 다시 태양이 빛났다. 깨끗한 푸른 하늘에 떠가는 복슬복슬한 흰 구름들이 간간이 태양을 가릴 뿐이었다. 6월 10일이었다. 본격적으로 여름휴가가 시작되었다. 금요일 저녁에는 시골 오두막이나 보트 선착장이나 캠핑장으로 향하는 차들이 길게 줄을 지어 천천히 기듯이 도시를 빠져나갔다. 그래도 여전히 시내는 사람들로 버글거렸다. 주말 날씨가 맑을 것이라는 예보가 있었기 때문에, 사람들은 아쉬운 대로 공원이나 야외 수영장이 제공하는 가짜 전원생활이라도 누릴 참이었다.

9시 15분밖에 안 되었는데 바나디스 수영장의 매표창구 앞에는 벌써 줄이 늘어졌다. 햇살에 목마른 스톡홀름 시민들이 스베아베겐 거리에서 수영장으로 이어진 길을 가득 메우며 걸어 올라왔다. 다들 물장구를 고대하고 있었다.

초라한 몰골의 두 남자가 빨간불을 무시하고 프레이가탄 거리를 건넜다. 한 사람은 청바지에 스웨터 차림이었고, 다른 사람은 검정 바지에 갈색 재킷 차림이었는데 재킷의 왼쪽 가슴 주머니 부분이 수상쩍게 불룩 튀어나와 있었다. 두 사람은 정면으로 쏟아지는 햇살에 눈을 제대로 못 뜨고 천천히 걸었다. 불룩 튀어나온 재킷을 입은 남자가 비틀거린다 싶더니, 달려오는 자전거와 부딪힐 뻔했다. 자전거 운전자는 예순쯤 되어 보이는 스포츠맨 타입의 신사로, 연회색 여름 양복을 입었다. 짐칸에는 젖은 수영복이 놓여 있었다. 자전거가 기우뚱하더니 신사가 한 발을 땅에 짚었다.

"거치적거리는 바보들!" 신사는 소리를 지르면서 거만한 태도로 다시 페달을 밟아 떠나갔다.

"멍청한 노인네 아냐." 재킷을 입은 남자가 말했다. "재수없는 백만장자 같아 보이던걸. 참나, 저 작자가 나를 넘어뜨릴 뻔했잖아. 넘어져서 병을 깼으면 어쩔 뻔했어."

남자는 분개하여 인도에 멈춰 섰다. 하마터면 재앙을 겪을 뻔했다는 생각만으로도 몸서리가 쳐지는 듯했다. 남자는 손을 올려 재킷 주머니 속의 병을 움켜쥐었다.

"저 새끼가 돈을 물어줬을 것 같아? 어림없지. 노르멜라르스트란드 거리의 번지르르한 아파트에 살면서 냉장고에는 샴페인을 가득 채워두고 뽐내겠지만, 자기가 깨뜨린 가난한 사내의 술병을 물어줄 생각은 요만큼도 안 했을 새끼라고. 더러운 개자식!"

"깨뜨리지 않았잖아." 다른 남자가 가만히 반론을 제기했다.

이 남자는 재킷을 입은 남자보다 한참 어렸다. 그는 격분한 친구의 팔을 잡고 공원 쪽으로 이끌었다. 두 사람은 오르막을 올라갔다. 다른 사람들처럼 수영장으로 가는 게 아니라 공원으로 들어갔다. 두 사람은 스테판 교회에서 언덕 꼭대기로 올라가는 길로 접어들었다. 제법 가파른 경사라 곧 숨이 찼다. 반쯤 올라갔을 때 젊은 남자가 말했다.

"가끔 급수탑 뒤의 풀밭에 동전이 몇 닢 떨어져 있을 때가 있어. 전날 사람들이 거기서 포커를 쳤다면 말이야. 그걸 긁어모으면 주류 판매점이 문을 닫기 전에 반병을 더 살 수 있을지도 몰라……."

오늘은 토요일이라 주류 판매점이 1시에 닫는다.

"꿈도 꾸지 마. 어제 비가 왔잖아."

"그랬지." 젊은 남자가 한숨을 쉬었다.

길은 수영장 담을 끼고 돌아갔다. 담 안의 수영장은 사람들로 북적거렸다. 어떤 사람은 하도 새카맣게 태워서 흑인처럼 보일 지경이었고, 진짜 흑인도 몇 명 있었다. 대부분의 사람들은 카나리아제도에서의 일주일 휴가 따위는 누리지 못한 채 긴 겨울을 견딘 뒤라서 살갗들이 희멀끔했다.

"어이, 기다려봐. 계집애들 구경이나 하고 가자." 젊은 남자가 말했다.

나이든 남자는 계속 걸어가면서 어깨 너머로 구시렁거렸다.

"제기랄, 됐어. 얼른 와. 나는 낙타처럼 목이 탄단 말이야."

두 사람은 급수탑을 향해 계속 올라가서 공원 꼭대기에 다다랐다. 음침한 건물을 끼고 돌아가 보니 다행스럽게도 탑 뒤에는 아무도 없었다. 나이든 남자는 풀밭에 앉아 병을 꺼내 뚜껑을 비틀었다. 젊은 남자는 내처 걸어서 다른 언덕 꼭대기까지 올라갔다. 붉은색으로 페인트칠이 된 나무 울타리가 내려앉은 곳이었다.

"요케! 거기 말고 여기 앉자. 누가 올지도 모르니까." 젊은 남자가 소리쳤다.

요케는 씨근대면서 일어나 손에 병을 들고 경사를 내려가기 시작한 젊은 남자를 따라갔다.

"여기에 명당이 있어. 이 덤불 옆에……."

젊은 남자는 말하다 말고 갑자기 멈추더니 상체를 숙였다.

"세상에! 하느님 맙소사!" 남자가 쉰 목소리로 중얼거렸다.

요케는 젊은 남자의 등뒤로 가서 바닥에 누운 소녀를 보았다. 그리고 몸을 틀어 토사물을 게웠다.

소녀는 상체의 절반이 덤불에 가려진 채로 반듯이 누워 있었다. 넓게 벌린 두 다리는 축축한 모래 위에 뻗어 있었다. 한쪽으로 젖혀진 얼굴은 푸르스름했고, 입은 벌어져 있었다. 오른팔은 머리 위로 꺾였고, 왼손은 손바닥을 위로 향한 채 엉덩이 옆에 붙어 있었다.

긴 금발 머리카락이 뺨에 펼쳐져 있었다. 소녀는 맨발이었고, 치마와 줄무늬 면 티셔츠를 입고 있었다. 티셔츠가 밀려 올라가 맨 허리가 드러났다.

소녀는 아홉 살쯤 되어 보였다.

아이가 죽었다는 사실에는 의심의 여지가 없었다.

요케와 단짝이 수르브룬스가탄 거리의 9구역 경찰서에 나타난 시각은 9시 55분이었다. 두 사람은 당직 경찰인 그란룬드에게 바나디스 공원에서 본 장면을 갈팡질팡 두서없이 설명했다. 십 분 뒤, 그란룬드와 네 경관이 그 장소에 도착했다.

네 경관 가운데 둘은 고작 열두 시간 전에 그곳에서 가까운 공원의 다른 지역으로 호출된 참이었다. 잔인한 강도 사건이 또 벌어졌던 것이다. 강도가 부인을 습격한 때로부터 거의 한 시간이 지나서야 경찰에 신고가 되었기 때문에, 경찰은 습격자가 벌써 빠져나갔을 것이라고 생각하여 일대를 꼼꼼하게 뒤지지 않았다. 그렇기 때문에 그 시점에도 이곳에 소녀의 시체가 있었는지 아닌지는 알 수 없었다.

다섯 경관은 소녀가 죽었다는 것을 확인하고, 외관상 목 졸려 죽은 것이라 판단했다. 현재로서 그들이 할 수 있는 일은 그것뿐이었다.

형사들과 과학수사 요원들이 도착할 때까지 경관들의 주된 의무는 공연히 기웃대는 구경꾼들이 현장에 얼씬대지 못하도록 막는 것이었다.

범행 현장을 둘러본 그란룬드는 수사국 형사들의 일이 만만치 않을 것임을 직감했다. 시체가 그곳에 놓인 뒤에도 한동안 비가 퍼부었던 게 분명했다. 그란룬드는 소녀의 신원을 알 것 같았다. 물론 그걸 안다고 해서 딱히 마음이 편하지는 않았다.

전날 저녁 11시에 웬 여성이 안절부절못하면서 경찰서로 찾아와서 딸을 찾아달라고 애원했다. 여덟 살하고 육 개월 된 여자아이인데, 7시쯤 놀러 나가서 여태 소식이 없다고 했다. 9구역 경찰은 경찰청에 경보를 발령했고, 순찰중인 모든 경관에게 소녀의 인상착의를 알렸다. 모든 병원의 응급실에 일일이 확인했다.

불행하게도 인상착의가 일치하는 것 같았다.

그란룬드가 알기로 실종된 소녀는 아직 발견되지 않았다. 소녀는 바나디스 공원 근처의 스베아베겐 거리에 산다고 했다. 의심의 여지가 없는 듯했다.

그란룬드는 집에서 초조하게 기다리고 있을 소녀의 부모를 떠올렸고, 그들에게 진실을 이야기해줘야 하는 사람이 자신이 아니기를 빌었다.

마침내 형사들이 도착했을 때, 그란룬드는 무한히 오랫동안 어린아이의 자그마한 시신 곁에서 땡볕을 쬐며 서 있었던 기분이었다.

전문가들이 작업에 착수하자 그란룬드는 그들을 뒤로하고 경찰서로 걸어 돌아왔다. 그의 망막에 각인된 죽은 소녀의 모습은 좀처럼 지워지지 않았다.

7.

콜베리와 뢴이 바나디스 공원의 범행 현장에 도착해 보니 급수탑 뒤편의 일대는 적절하게 출입 통제되고 있었다. 사진사는 벌써 작업을 마쳤고, 의사는 시신 검사를 수행하느라 바빴다.

땅은 아직 축축했다. 시신 바로 옆의 발자국들만 또렷했는데, 아마 처음 시체를 발견한 남자들의 발자국인 것 같았다. 소녀의 샌들은 경사 저 아래, 붉은 울타리 근처에 뒹굴고 있었다.

콜베리는 검사를 마친 의사에게 다가가 물었다.

"어떻습니까?"

"교살입니다. 강간도 당한 것 같습니다."

의사는 어깨를 으쓱했다.

"언제요?"

"어제저녁이라는 것밖에 모르겠군요. 아이가 마지막으로 언제 무엇을 먹었는지를 알면……."

"알겠습니다. 일이 이곳에서 저질러진 것 같습니까?"

"그렇지 않다는 증거는 어디에도 없군요."

"그렇죠. 지랄맞게도 비가 오니까 말입니다."

"허." 의사는 이렇게 말하고 자기 차를 향해 걸어갔다.

콜베리는 삼십 분쯤 더 머무르다가 차를 타고 9구역 경찰서에서 수르브룬스가탄 거리의 경찰서로 갔다.

그곳의 경감은 책상에 앉아 보고서를 읽다가 콜베리를 맞았다. 그는 콜베리를 반기면서 보고서를 옆으로 치우고는 의자를 가리켰다. 콜베리는 앉으면서 말했다.

"성가신 일입니다."

"그러게 말이에요. 뭐라도 찾았습니까?" 경감이 물었다.

"제가 아는 한 아직은 아무것도 없습니다. 비가 죄다 망쳐놓은 것 같습니다."

"범행 시각이 언제라고 봅니까? 엊저녁에 그곳에서 폭행 사건도 있었습니다. 내가 방금 읽고 있었던 게 그 보고서입니다."

"모르겠군요. 시체를 옮길 수 있게 되면 더 자세히 알아보지요."

"같은 녀석의 소행이라고 봅니까? 아이가 녀석의 범행을 목격해서, 혹은 다른 뭔가를 목격해서 그랬을까요?"

"아이가 강간을 당했다면 같은 녀석의 소행일 가능성은 낮습니다. 강도에다가 성범죄 살인자라……. 그건 좀 지나치지요." 콜베리는 막연하게 대답했다.

"강간당했다고요? 의사가 그럽디까?"

"그럴지도 모른다고 합니다."

콜베리는 한숨을 쉬고 턱을 문질렀다.

"나를 여기까지 태워준 순경들이 그러던데, 아이의 신원을 아신다고요."

"네. 그런 것 같습니다. 그란룬드가 방금 돌아와서, 어젯밤에 아이 엄마가 여기로 가져왔던 사진으로 소녀의 신원을 확인했습니다."

경감은 파일을 열고 사진을 꺼내어 콜베리에게 줬다. 지금 바나디스 공원에 시신이 되어 누워 있는 소녀가 햇살을 받으며 나무에 기대어 웃고 있었다. 콜베리는 고개를 끄덕이고 사진을 돌려줬다.

"부모들은 이 사실을……."

"모릅니다." 경감이 말했다.

경감은 앞에 놓인 메모지에서 한 장을 뜯어 콜베리에게 건넸다.

"카린 칼손 부인, 스베아베겐 거리 83번지." 콜베리는 소리 내어 읽었다.

"아이의 이름은 에바입니다. 누가 가서…… 당신이 가보는 게 좋겠습니다. 당장. 아이 엄마가 불쾌한 방식으로 이 사실을 알기 전에 말입니다."

"이대로도 충분히 불쾌한 일입니다." 콜베리는 한숨을 쉬었다.

경감은 진지하게 콜베리를 응시했지만 아무 말 하지 않았다.

"좌우간 이건 그쪽 구역 일 아닙니까." 콜베리는 투덜거리면서도 자리에서 일어났다. 그리고 말했다.

"좋아요, 좋아요. 내가 가겠습니다. 누군가는 해야 할 일이니까요."

콜베리는 문간에서 몸을 돌려 한마디 덧붙였다.

"경찰에 일손이 달리는 건 놀랄 일이 아닙니다. 미치지 않고서야 누가 경찰이 되려고 하겠습니까."

차를 스테판 교회에 두고 왔기 때문에 콜베리는 스베아베겐 거리까지 걸어서 가기로 했다. 꼭 그 때문이 아니라도 소녀의 부모를 만나기 전에 시간을 좀 갖고 싶었다.

햇살이 반짝였다. 간밤에 내린 비의 자취는 이미 다 말라 사라졌다. 눈앞에 놓인 임무를 생각하니 속이 거북했다. 한마디로 불쾌한 일이었다. 과거에도 이와 비슷한 일들을 울며 겨자 먹기로 한 적이 있었지만, 지금 이것은 어린아이의 일이다 보니 어느 때보다 고된 시련이었다. 마르틴이 있으면 좋을 텐데, 콜베리는 생각했다. 마르틴은 이런 일을 나보다 훨씬 잘한단 말이야. 그러다가 마르틴 베크가 이런 상황에서 늘 한없이 침울해 보였다는 사실이 떠올랐다. 그러자 이런 생각이 들었다. 하, 누가 떠맡든 이건 힘겨운 일인가 보군.

죽은 소녀가 살았던 집은 바나디스 공원에서 대각선으로 맞은편에 있었다. 수르브룬스가탄 거리와 프레이가탄 거리 사이였다. 승강기가 고장났기에 콜베리는 다섯 층을 걸어 올라갔다. 그는 한동안 서서 숨을 고른 뒤에 현관 벨을 울렸다.

여자가 거의 곧바로 문을 열었다. 여자는 갈색 면 실내복과 샌들 차림이었다. 금발 머리카락은 마구 엉클어져 있었다. 손가락으로 여러 번 빗어서 그렇게 된 것 같았다. 콜베리를 본 여자의 얼굴에 대번 실망한 기색이 어렸고, 조금 있다가는 희망인지 공포인지 모를 표정이 떠올랐다.

콜베리는 경찰 신분증을 보여주었다. 여자가 의문을 담은 절망적인 눈빛으로 그를 보았다.

"들어가도 되겠습니까?"

여자는 문을 활짝 열고 물러섰다.

"아이를 찾았나요?"

콜베리는 대답 없이 안으로 들어섰다. 방 두 개로 이루어진 집 같았다. 문간방에는 침대 하나, 책장 몇 개, 책상, 텔레비전, 서랍장, 그리고 낮은 티크 탁자 양옆으로 안락의자가 하나씩 놓여 있었다. 침대는 정돈되었다. 간밤에 사람이 눕지 않은 듯했다. 푸른 이불 위에 여행 가방 하나가 열린 채 놓였고, 그 옆에 깔끔하게 갠 옷이 쌓여 있었다. 말끔하게 다린 면 원피스 두 벌이 여행 가방 입구에 걸쳐져 있었다. 안쪽 방문이 열려 있었다. 콜베리가 흘긋 들여다보니 푸른색으로 페인트칠을 한 책장과 선반에 책들과 장난감들이 올려져 있었다. 책장 맨 위에는 하얀 곰 인형이 자리잡았다.

"앉는 게 어떻겠습니까?" 콜베리는 여자에게 권하고, 자기도 두 안락의자 중 하나에 앉았다.

여자는 선 채로 물었다.

"무슨 일이 있나요? 아이를 찾았나요?"

콜베리는 여자의 눈에 서린 두려움과 당황을 보았지만 애써 차분함을 유지하면서 대답했다.

"네. 좀 앉으십시오, 칼손 부인. 남편은 어디 있습니까?"

여자는 콜베리 맞은편의 의자에 앉았다.

"남편은 없어요. 이혼했거든요. 에바는 어디 있나요? 무슨 일인가요?"

"칼손 부인, 이런 소식을 알리게 되어 유감입니다. 따님은 죽었습니다."

여자가 콜베리를 똑바로 응시했다.

"아니에요. 아니에요." 여자가 말했다.

콜베리는 자리에서 일어나 여자에게 갔다.

"부인과 함께 있어줄 사람이 아무도 없습니까? 부모님이라도?"

여자는 고개를 저었다.

"그럴 리가 없어요."

콜베리는 여자의 어깨에 손을 얹었다.

"정말 유감입니다, 부인." 자신 없는 말투였다.

"어떻게 그럴 수 있죠? 우리는 시골에 놀러갈 계획이었는데……."

"아직 확실치는 않습니다만, 아이가 아마도…… 아마도 피해자가 된 게 아닌가……."

"피해자라고요? 살해당했다는 건가요?"

콜베리는 고개를 끄덕였다.

여자는 눈을 감고 미동도 없이 가만히 있었다. 잠시 후 눈을 뜨고 고개를 저었다.

"에바가 아니에요. 에바가 아닐 거예요. 경찰이…… 경찰이 실수한 거예요."

"그렇지 않습니다. 정말 뭐라고 위로의 말씀을 드려야 할지 모르겠습니다, 부인. 제가 전화로 불러드릴 분이 없습니까? 이리로 와달라고 할 사람이 없을까요? 부모님이나 누구라도?"

"아뇨, 아뇨, 부모님은 안 돼요. 다 싫어요."

"전남편은?"

"그이는 말뫼에 산다고 들었어요."

여자의 얼굴은 잿빛이었고 두 눈은 초점을 잃었다. 콜베리가 보기에 여자는 아직 현실을 받아들이지 못하는 것 같았다. 마음에 장벽을 쌓고서 진실이 넘어오지 못하도록 막고 있는 듯했다. 콜베리는 예전에 이런 반응을 목격한 적이 있었기 때문에, 더이상 저항할 수 없는 시점이 오면 단숨에 여자가 무너져버리리라는 것을 잘 알았다.

"칼손 부인, 주치의가 누굽니까?"

"스트룀 선생님이에요. 수요일에도 선생님을 찾아갔었어요. 에바가 며칠 동안 배가 아파서, 시골로 떠나기 전에 봐두는 게 좋겠다고 생각해서……."

여자는 말을 멈추고 안쪽 방의 문간을 바라보았다.

"에바는 잔병치레가 없는 편이었어요. 복통도 금방 사라졌고요. 의사 선생님은 가벼운 배앓이라고 했어요."

여자는 한참 말이 없다가 다시 이렇게 말했다. 부드럽게 속삭이는 목소리라, 콜베리는 겨우 무슨 말인지 알아들었다.

"에바는 이제 괜찮아요."

콜베리는 바보가 된 듯한 절망적인 기분으로 여자를 바라보았다. 무슨 말을 해야 할지, 무엇을 해야 할지 알 수 없었다. 여자는 활짝 열린 딸아이의 방을 바라보면서 가만히 앉아 있었다. 무슨 말을 해야 좋을까 미친듯이 머리를 굴리는데, 갑자기 여자가 자리에서 일어나서 찢어지는 목소리로 크게 딸의 이름을 불렀다. 그리고 방으로 달려 들어갔다. 콜베리는 여자를 쫓아갔다.

환한 방에는 가구가 보기 좋게 갖춰져 있었다. 한쪽 구석에는 장난감이 가득 든 붉은 상자가 자리잡았고, 좁은 침대 발치에는 구식 인형의 집이 있었다. 책상에는 교과서가 잔뜩 쌓여 있었다.

여자는 침대 가장자리에 앉아 팔꿈치를 무릎에 붙이고 얼굴을 손바닥에 묻었다. 그리고 앞뒤로 몸을 흔들었다. 소리만 들어서는 여자가 우는지 아닌지 알 수 없었다.

콜베리는 한참 여자를 바라보다가 방에서 나왔다. 거실에서 전화기를 본 기억이 있었다. 전화기 옆에 주소록이 있었고 그

속에 과연 스트룀 박사의 번호가 적혀 있었다.

의사는 콜베리의 상황 설명을 듣고는 오 분 내로 오겠다고 약속했다.

콜베리는 여자에게 돌아갔다. 여자는 그가 나갔던 때의 자세 그대로 앉아 있었다. 아무 소리도 내지 않았다. 콜베리는 옆에 앉아서 기다렸다. 여자에게 손을 대도 될까 잠시 고민했다. 한참 뒤에 조심스럽게 여자의 어깨에 팔을 둘렀다. 여자는 그의 존재를 깨닫지도 못하는 것 같았다.

의사의 초인종 소리가 정적을 깨뜨릴 때까지 두 사람은 그렇게 앉아 있었다.

8.

콜베리는 바나디스 공원으로 걸어 돌아가면서 땀에 흠뻑 젖었다. 가파른 경사 탓도, 비 온 뒤 습한 열기 탓도 아니었다. 비만에 가까운 몸매 탓도 아니었다. 그 탓이 없지는 않겠지만, 온전히 그 때문이라고는 할 수 없었다.

이 사건에 참여한 사람들이 다들 그렇듯이, 콜베리는 수사가 시작되기도 전에 녹초가 된 기분이었다. 그는 범행의 역겨움을 생각했다. 아무런 의미를 찾아볼 수 없는 사건 때문에 치명상을 입은 사람들을 생각했다. 그는 과거에도 이런 것을 모두 겪어보았다. 정확하게 몇 번이나 겪었는지 바로 대답할 수 없을 정도로 많이 겪었다. 그렇기에 이 수사가 더없이 끔찍할지도 모른다는 것을 잘 알았다. 더없이 까다로울 수 있다는 것도.

콜베리는 사회의 급속한 폭력화에 대해서 생각했다. 종국에 그것은 사회에 살면서 함께 사회를 만들어나가는 사람들, 자신을 비롯한 모든 사람들이 만든 결과일 수밖에 없었다. 불과 작년 한 해 동안만 해도 경찰의 기술력은 급속하게 상승했다. 그럼에도 불구하고 범죄는 늘 한 걸음 앞서가는 것 같았다. 그는 새로운 수사 기법과 컴퓨터를 떠올렸고, 그것들 덕분에 이런 사건의 범죄자도 몇 시간 만에 붙잡힐지 모른다고 생각했다. 그러나 훌륭한 기술적 발명이 관련자들에게 안겨주는 위안은 미미하다고도 생각했다. 그것들은 가령 그가 방금 남겨두고 떠나온 여인에게 어떤 위안을 안겨줄 것인가. 혹은 콜베리 자신에게. 혹은 바위와 붉은 울타리 사이 덤불에 누운 작은 시신 주변에 모여 있을 굳은 얼굴의 사내들에게.

콜베리는 시체를 잠깐, 그것도 멀찌감치 떨어져서 봤을 뿐이다. 가능하면 두 번 다시 보고 싶지 않았다. 그러나 그것이 불가능한 바람이라는 것을 그도 알았다. 푸른 치마와 줄무늬 티셔츠를 입은 아이의 모습은 이미 그의 뇌리에 새겨졌다. 그리고 언제까지나 거기에 남아 있을 것이다. 그가 아무래도 떨쳐버릴 수 없었던 다른 많은 이들의 모습과 함께. 콜베리는 경사로에 떨어져 있었던 나무 밑창 샌들을 떠올렸고, 아직 태어나지 않은 자신의 아이를 떠올렸다. 그 아이가 구 년 뒤에 어떤 모습일지 생각해보았다. 이 범죄가 불러일으킬 공포와 혐오에 대해 생각했고, 석간신문들의 1면이 어떤 기사로 뒤덮일지 생각했다.

요새와도 같은 음침한 급수탑 주변은 전부 로프로 둘러져 출입이 통제되고 있었다. 그 뒤의 가파른 경사, 잉에마르스가탄 거리로 이어지는 계단까지 통제되었다. 콜베리는 주차된 차들을 지나 통제선 앞에 섰다. 저멀리 모래밭과 그네가 있는 텅 빈 놀이터를 바라보았다.

이 모든 일이 과거에도 똑같이 벌어졌고 미래에도 틀림없이 다시 벌어질 것이라는 인식, 그것은 감당하기 어려운 짐이었다. 가장 최근의 사건 이후로 경찰은 컴퓨터를 새로 들였고, 더 많은 인원과 차량을 보충했다. 그 사건 이후로 공원의 조명을 개선했고, 덤불을 대부분 베어버렸다. 다음번에는 지금보다 차량과 컴퓨터가 더 많아지고 숲은 더 적어질 것이다. 콜베리는 이런 생각을 하면서 손수건으로 눈썹을 훔쳤다. 손수건이 흠뻑 젖었다.

기자들과 사진사들이 벌써 와 있었지만, 다행스럽게도 그가 있는 곳까지 쫓아 들어온 성가신 염탐꾼은 얼마 없었다. 이상한 일이지만, 기자들과 사진사들은 세월이 흐를수록 점점 더 점잖아졌다. 부분적으로는 경찰의 공도 있었다. 그래도 성가신 염탐꾼들은 언제나 그대로일 것이다.

급수탑 주변은 사람이 그렇게 많은데도 이상할 정도로 괴괴했다. 저멀리에서, 아마도 수영장이나 스베아베겐 거리의 놀이터에서, 사람들의 쾌활한 외침과 아이들의 웃음소리가 들려왔다.

콜베리는 통제선 옆에 그냥 서 있었다. 아무 말도 하지 않았고, 말을 거는 사람도 없었다.

콜베리는 잘 알았다. 벌써 살인수사과에 경보가 발령되었을 것이다. 수색조가 조직되고, 과학수사 요원들이 범행 현장을 수색하고 있을 것이다. 강력반이 불려올 테고 시민들로부터 제보를 받기 위한 수사본부가 마련될 것이다. 특별 탐문반이 조직되어 가가호호 방문할 것이다. 검시관이 대기하고 있을 것이다. 모든 경찰차들이 경계에 나섰을 것이다. 경찰은 어떤 자원도 아끼지 않을 것이다. 콜베리 자신의 일손도.

그런데도 그는 이 순간 스스로를 사색에 빠져들도록 내버려두었다. 여름이었다. 사람들은 수영을 했다. 손에 지도를 든 관광객들이 도시를 어슬렁거렸다. 바위와 붉은 울타리 사이 관목숲에는 죽은 아이가 누워 있었다. 끔찍했다. 그리고 어쩌면 앞으로 지금보다 더 나빠질지도 모른다.

또 다른 차 한 대가 스테판 교회 쪽에서 웅웅거리면서 언덕을 올라와서 옆에 멈췄다. 아마도 9구역이나 10구역의 경찰차인 듯했다. 콜베리는 군발드 라르손이 차에서 내려 자신에게 다가 오는 사실을 고개를 돌리지 않고 곁눈으로 짐작했다.

“어때?”

“나도 몰라.”

“비 말이야. 밤새 퍼부었지. 아마도…….”

군발드 라르손은 웬일로 자기 말을 스스로 끊었다. 그러다가 한참 뒤에 말했다.

“만약에 과학수사 요원들이 깨끗한 발자국을 떠낸다면, 아마도 내 발자국일 거야. 어젯밤에 여기 왔었거든. 10시 넘어서.”

“오.”

“강도 사건 때문에. 녀석이 웬 노부인을 덮쳤어. 여기에서 오십 미터도 안 떨어진 곳에서.”

“그렇다더군.”

“부인은 과일이랑 사탕을 파는 노점을 막 걸어 잠그고 귀가하던 중이었어. 하루치 매상을 모조리 손가방에 넣고서.”

“그래?”

“한 닢도 남김없이 몽땅. 별난 사람들이 다 있지.”

군발드 라르손은 다시 말을 멎었다가, 바위와 덤불과 붉은 울타리 쪽으로 고갯짓을 하면서 말했다.

“그때 벌써 아이는 저기에 누워 있었을 거야.”

“어쩌면.”

"우리가 여기에 도착했을 때 비가 내리기 시작했어. 그리고 9구역 순찰조 하나가 강도 사건 사십오 분 전에 이곳에 왔었는데, 아무것도 못 봤다더군. 하지만 그때 벌써 아이는 저기에 누워 있었을 거야."

"그 친구들이 찾는 건 강도였으니까." 콜베리가 대꾸했다.

"그래. 그리고 막상 강도가 여기 나타났을 때 그 친구들은 릴얀스 숲에 있었다지. 이번이 아홉 번째야."

"노부인은 어떻게 됐나?"

"응급실행이었지. 병원으로 급히 실려갔어. 충격을 받은데다가 턱이 골절되고, 이가 네 개 나가고, 코가 부러졌지. 여자가 본 것이라고는 강도가 얼굴에 붉은 반다나를 두르고 있었다는 것뿐이야. 형편없는 묘사지."

군발드 라르손은 다시 입을 닫았다가 이어 말했다.

"만약에 내가 경찰견을 내보냈다면……."

"뭐라고?"

"자네의 친애하는 동료 마르틴 베크께서 지난주에 사무실에 행차했을 때, 나더러 경찰견을 내보내라고 했단 말이야. 만약에 개를 내보냈다면 어쩌면……."

라르손은 다시 바위를 향해 고갯짓을 했다. 심중의 생각을 말로 꺼내는 게 영 내키지 않는 듯했다.

콜베리는 군발드 라르손을 딱히 좋아한다고는 할 수 없었지만 이번만은 진심으로 동정했다.

"그랬을지도 모르지." 콜베리가 말했다.

"성범죄인가?" 군발드 라르손이 조금 주저하면서 물었다.

"아마도."

"그렇다면 관련은 없겠군."

"그래. 관련 있을 것 같진 않아."

뢴이 통제선 안쪽에서 그들에게 다가왔다. 라르손이 대뜸 물었다.

"성범죄야?"

"그런 것 같아. 거의 확실해." 뢴이 대답했다.

"그러면 관련은 없겠군."

"뭐하고?"

"강도 사건."

"상황이 어때?" 콜베리가 물었다.

"좋지 않아. 아무래도 비가 싹 쓸어간 것 같아. 아이의 몸속까지 젖었어." 뢴이 대답했다.

"맙소사, 역겹군. 같은 장소에서 같은 시간에 두 미치광이가 어슬렁대다니. 한쪽은 다른 쪽보다 훨씬 더 극악하고."

군발드 라르손은 이렇게 말하고는 발길을 돌려 차로 돌아갔다. 콜베리와 뢴의 귀에 마지막으로 들어온 말은 이랬다.

"망할. 이 얼마나 끔찍한 직업이냔 말이야. 이래서야 누가 경찰이 되려고……."

뢴은 한참 군발드 라르손을 바라보다가 콜베리에게 몸을 돌려 말했다.

"잠깐 이쪽으로 와주겠어?"

콜베리는 땅이 꺼져라 한숨을 쉬고는 통제선 로프 위로 다리를 걸쳤다.

마르틴 베크는 복귀하기 전날인 토요일 오후에야 스톡홀름으로 돌아왔다. 알베리가 역까지 배웅해주었다.

마르틴 베크는 할스베리에서 기차를 갈아타면서 역 매점에서 석간신문을 샀다. 그것을 접어서 레인코트 주머니에 쑤셔넣고는 예테보리발 특급열차에 자리잡고 앉은 후에야 꺼내보았다.

머리기사의 제목을 훑자마자 그는 움찔했다. 악몽이 시작되었다는 뉴스였다.

그의 입장에서는 남들보다 몇 시간 늦게 악몽이 시작된 셈이었다. 그저 그뿐이었다.

9.

어떤 대가를 치르고라도 회피하고 싶지만 도저히 그럴 수 없는 순간과 상황이 있는 법이다. 경찰은 보통 사람들보다도 더 자주 그런 상황을 접한다. 그리고 경찰관들 중에서도 더 자주 그런 상황을 접하는 경찰관이 있기 마련이다.

여덟 살 난 딸이 성범죄자에게 목 졸려 죽었다는 사실을 알게 된 지 스물네 시간도 지나지 않은 카린 칼손 부인을 다그쳐 신문하는 것도 그런 상황에 해당했다. 이 외로운 여자는 주사를 맞고 약을 먹었는데도 충격에서 헤어나지 못했다. 여자는 주변에 철저히 무감각한 상태라, 과거에 한 번도 만난 적 없고 앞으로도 만날 일 없을 뚱뚱한 경찰관이 전날 자기집 초인종을 눌렀을 때 입고 있었던 샌들과 갈색 면 실내복을 여태 걸치고 있었다. 그로부터 얼마 지나지 않았는데도 여자는 신문을 받아야 했다.

살인수사과 경감은 신문을 한시도 늦출 수 없다는 것을 잘 알았다. 하물며 절대 건너뛸 수는 없었다. 단 한 명의 증인 외에는 다른 단서가 없었기 때문이다. 부검 보고서도 아직 작성되지 않았거니와, 내용이라고 해봐야 어느 정도는 이미 아는 것이었다.

스물네 시간 전에 마르틴 베크는 보트의 선미에 앉아서 아침 일찍 알베리와 함께 쳐뒀던 그물을 걷어올리고 있었다. 지금 그는 쿵스홀름스가탄 거리의 수사본부 사무실에서 오른팔을 캐비닛에 올리고 서 있었다. 마음이 하도 불편해서 앉을 수조차 없었다.

신문은 여성 경관이 진행하는 것이 적절하다는 판단하에 강력반의 어느 경위에게 맡겼다. 실비아 그란베리라는 마흔다섯 살쯤 된 경찰관이었다. 그것은 여러모로 탁월한 선택이었다. 갈색 실내복의 여자와 마주앉은 그란베리 경위는 방금 제 손으로 튼 녹음기만큼이나 일절 흔들림이 없었다.

그란베리는 사십 분 뒤에 녹음기를 끌 때까지 외견상 아무런 변화가 없었다. 신문중에 한 번도 말을 더듬지 않았다. 마르틴 베크는 나중에 녹음기를 거꾸로 감아서 콜베리를 비롯한 동료들과 함께 들으면서도 새삼 그 점에 감탄했다.

그란베리: 칼손 부인, 힘든 일이라는 것은 저도 압니다. 하지만 안타깝게도 저희가 부인에게 꼭 물어야 하는 질문이 몇 가지 있습니다.

칼손: 네.

그: 부인의 이름은 카린 엘리사베트 칼손입니까?

칼: 네.

그: 생일은 언제입니까?

칼: 193…… 7…….

그: 고개를 조금만 더 마이크 쪽으로 돌려서 대답해주시겠습니까?

칼: 1937년 4월 7일이에요.

그: 현재 호적 상태는 어떻습니까?

칼: 그게…… 무슨…….

그: 그러니까 독신인가, 결혼한 상태인가, 이혼한 상태인가 하는 겁니다.

칼: 이혼했습니다.

그: 얼마나 됐습니까?

칼: 육 년요. 거의 칠 년이 다 됐어요.

그: 전남편의 성함은 뭡니까?

칼: 시그바르드 에리크 베르틸 칼손.

그: 그분은 어디에 삽니까?

칼: 말뫼에……. 주소지가 거기라는 말이에요……. 그렇다고 알고 있어요.

그: 알고 있다고요? 정확하게는 모릅니까?

마르틴 베크: 그분은 선원입니다. 아직 소재가 파악되지 않았어요.

그: 딸에 대한 부양 의무가 있지 않나요?

베크: 물론 그런데, 벌써 몇 년 동안 양육비를 제대로 내지 않은 모양이더군요.

칼: 그이는…… 에바에게 신경을 쓴 적이 한 번도 없어요.

그: 딸의 이름은 에바 칼손입니까? 중간 이름은 없고요?

칼: 네.

그: 아이는 1959년 2월 5일생이 맞습니까?

칼: 네.

그: 금요일 저녁에 어떤 일이 있었는지 가급적 정확하게 이야기해주시겠습니까?

칼: 어떤 일이라뇨……. 아무 일도 없었어요. 에바는…… 놀러 나갔어요.

그: 몇 시였죠?

칼: 7시 넘어서요. 우리는 저녁을 다 먹고 텔레비전을 보던

중이었어요.

그: 저녁은 몇 시에 먹었나요?

칼: 6시요. 우리는 늘 6시에 저녁을 먹어요. 제가 퇴근한 뒤에요. 저는 전등갓 공장에서 일하는데…… 퇴근길에 놀이방에 들러서 에바를 데려와요. 에바는 학교를 마친 후에 알아서 놀이방으로 가고요……. 우리는 집에 오는 길에 장을 봐서…….

그: 저녁으로 아이가 뭘 먹었습니까?

칼: 미트볼요……. 저, 물 좀 마실 수 있을까요?

그: 물론이죠. 여기 있습니다.

칼: 고맙습니다. 미트볼하고 으깬 감자를 먹었어요. 그리고 후식으로 함께 아이스크림을 먹었어요.

그: 아이는 뭘 마셨습니까?

칼: 우유를.

그: 식사 후엔 뭘 했습니까?

칼: 한동안 텔레비전을 봤어요……. 어린이 프로그램요.

그: 그리고 7시 정각 혹은 직후에 아이가 나갔고요?

칼: 네. 그때는 비가 그쳤어요. 텔레비전에서 뉴스를 시작했고요. 에바는 뉴스를 좋아하지 않거든요.

그: 아이는 혼자 나갔습니까?

칼: 네. 경찰관님도…… 밖이 꽤 밝았고 학교는 막 방학을 했다는 걸 아시잖아요. 저는 에바에게 8시까지만 놀다오라고 말했어요. 아마도 저를…… 부주의한 엄마라고 생각하시겠지요?

그: 절대 아닙니다. 절대 그렇지 않습니다. 그 뒤에는 아이를 못 보셨습니까?

칼: 네……. 나중에 그걸 할 때에야…… 그 얘기는 차마…….

그: 신원 확인 말인가요? 그 얘기는 안 하셔도 됩니다. 부인은 언제부터 걱정이 됐습니까?

칼: 모르겠어요. 걱정은 내내 하고 있었어요. 에바가 집에 없을 때는 늘 걱정이었으니까요. 아시죠, 아이들이란…….

그: 그러면 아이를 찾아보기 시작한 건 몇 시였지요?

칼: 8시 30분이 넘어서요. 에바는 가끔 제 당부를 잊을 때가 있었어요. 친구들하고 늦게까지 노느라 시계 보는 걸 잊는 거죠. 아시잖아요, 아이들이란 놀 때는…….

그: 그럼요. 잘 압니다. 부인은 언제 아이를 본격적으로 찾아 나섰습니까?

칼: 8시 45분쯤요. 에바가 자주 어울려 노는 또래 친구가

둘 있어요. 그중 한 아이의 부모에게 전화를 걸었는데 안 받더라고요.

베크: 그 가족은 외출중이었습니다. 주말 동안 시골 별장에 갔었다더군요.

칼: 저는 몰랐어요. 에바도 몰랐을 것 같아요.

그: 그러고는 어떻게 하셨습니까?

칼: 다른 여자아이의 집에는 전화가 없어요. 그래서 직접 찾아갔어요.

그: 몇 시였죠?

칼: 9시 넘어서 도착했을 거예요. 건물 바깥문이 잠겨 있어서, 한참 기다린 뒤에야 들어갈 수 있었어요. 건물로 들어가는 주민이 나타날 때까지 밖에 서서 기다려야 했어요. 에바가 7시 직후 그 집에 왔었다는데, 그 집 부모가 자기 아이의 외출을 허락하지 않았대요. 그 집 아빠는 어린 여자아이들이 보호자 없이 놀러 나가기에는 너무 늦은 시각이라고 생각했다더군요.

(침묵)

칼: 하느님, 만약에 제가 아이를……. 하지만 밖은 대낮처럼 환했고 길에 사람도 많았어요. 그래도 만약에 제가 아이를…….

그: 따님은 바로 그 집을 떠났답니까?

칼: 네. 놀이터에 갈 거라고 말하고 갔대요.

그: 어느 놀이터인지 짐작되십니까?

칼: 바나디스 공원 놀이터예요. 스베아베겐 거리에 있는 놀이터요. 에바는 언제나 그곳에서 놀았어요.

그: 급수탑 옆에 있는 다른 놀이터를 가리켰을 가능성은 없습니까?

칼: 그럴 것 같지는 않아요. 에바는 거기엔 절대 안 갔어요. 특히 혼자서는 더더욱 안 갔을 거예요.

그: 아이가 다른 동무를 만났을지도 모른다는 생각은 해보셨습니까?

칼: 제가 아는 한은 다른 친구가 없어요. 에바는 늘 그 두 아이하고만 놀았어요.

그: 그러면 부인은 그 집에서 아이를 찾지 못했을 때 어떻게 하셨습니까?

칼: 저는…… 저는 스베아베겐 거리의 놀이터로 갔어요. 아무도 없더군요.

그: 그리고?

칼: 어째야 할지 모르겠더라고요. 그래서 그냥 집으로 돌아와서 기다렸어요. 창가에 서서 아이가 오나 안 오나 살

펴봤어요.

그: 경찰에는 언제 전화하셨습니까?

칼: 한참 뒤에요. 10시 5분인가 10분쯤에 공원 옆에 경찰차가 서는 걸 봤어요. 곧 구급차도 왔고요. 그때는 다시 비가 내리기 시작했어요. 저는 코트를 입고 달려나갔어요. 그리고…… 거기에 있던 경찰관에게 무슨 일이냐고 물어봤는데, 웬 나이 많은 부인이 다쳤다고 하더군요.

그: 그다음에 댁으로 돌아가셨습니까?

칼: 네. 돌아가다가 집에 불이 켜진 걸 봤어요. 저는 에바가 집에 왔구나 싶어서 굉장히 기뻤죠. 하지만 알고 보니 제가 불 끄는 걸 깜박하고 나간 거였어요.

그: 몇 시에 경찰에 전화하셨나요?

칼: 10시 30분이 되니까 더는 기다릴 수 없었어요. 그래서 친구에게 전화를 했어요. 직장에서 알게 된 여자 친구인데, 회카렝엔에 살아요. 그 친구가 당장 경찰에 전화하라고 했어요.

그: 우리가 갖고 있는 정보에 따르면, 부인은 10시 50분에 경찰에 신고했습니다.

칼: 네. 바로 경찰서로 갔어요. 수르브룬스가탄 거리에 있는 경찰서로요. 그곳 분들은 상냥하고 친절했어요. 그리고

저한테 이것저것 물어봤어요. 에바가…… 어떻게 생겼느냐, 무얼 입었느냐. 저는 경찰에게 에바의 얼굴을 알려주려고 사진을 한 장 갖고 갔거든요. 그분들은 정말 친절했어요. 한 경찰관이 제 말을 다 받아적고는, 아이들이 놀다가 길을 잃거나 친구 집에 너무 오래 머무르는 경우가 많지만 대개는 한두 시간 뒤에 안전하게 돌아온다면서…….

그: 그래서요?

칼: 그러면서, 만약에 무슨 일이 벌어졌다면, 가령 사고 같은 게 벌어졌다면, 지금쯤 경찰이 벌써 알고 있을 거라고 했어요.

그: 부인은 언제 집으로 돌아갔습니까?

칼: 집에 돌아가니까 12시가 넘었어요. 저는 밤새…… 안 자고 기다렸어요. 계속 전화를 기다렸어요. 경찰 전화를요. 경찰이 제 번호를 받아 적었거든요. 하지만 아무 연락이 없더군요. 그래서 제가 딱 한 번 경찰서에 전화를 해봤어요. 하지만 전화를 받은 분은 제 번호를 분명히 안다고 하면서, 만약에 무슨 일이라도 있으면 당장 전화를 주겠다고…….

(침묵)

칼: 하지만 전화가 안 왔어요. 아무 전화도 안 왔어요. 아침에도요. 그러다가 사복을 입은 경찰관이 와서…… 그러

는 거예요……. 그러니까…….

그: 그 이야기는 더 하실 필요가 없을 것 같습니다.

칼: 아, 네. 그래요.

베크: 예전에 성추행범이 따님을 한두 차례 괴롭힌 적이 있지 않았습니까?

칼: 네, 지난가을에요. 두 번. 에바는 그 사람이 누군지 안다고 했어요. 에이보르하고 같은 건물에 사는 사람이라고 했죠. 아, 에이보르는 전화가 없다는 그 집 아이예요.

베크: 하가가탄 거리에 사는 친구 말입니까?

그: 네. 그래서 그때 제가 경찰에 신고했어요. 그리고 에바를 데리고 이 경찰서로 왔었어요. 그때 경찰분들이 에바더러 어느 여자 경찰관에게 아는 걸 다 말해보라고 시켰어요. 또 커다란 앨범에 붙은 많은 사진들을 에바에게 보여줬어요.

그: 그때 일은 기록으로 남아 있습니다. 자료를 찾아뒀습니다.

베크: 나도 알아요. 그런데 내가 묻고 싶은 건 에바가 이후에도 그 남자에게 시달렸느냐 하는 겁니다. 부인이 경찰에 신고한 뒤에도 또 그런 일이 있었습니까?

칼: 아니요……. 제가 알기로는 별일 없었어요. 에바는 별

말 없었어요……. 에바는 무슨 이야기든 저한테 털어놓았으니까…….

그: 자, 이걸로 다 됐습니다, 칼손 부인.

칼: 아, 네.

베크: 이런 질문을 드려 미안합니다만, 이제 어디로 가실 생각입니까?

칼: 모르겠어요. 집은 싫어요. 집은…….

그: 저하고 함께 내려가서 의논해보시죠. 방법이 있을 겁니다.

칼: 고맙습니다. 친절하시네요.

콜베리는 녹음기를 끄고 침울하게 마르틴 베크를 바라보며 말했다.

"지난가을에 아이에게 치근댔다는 그 새끼 말이야……."

"왜?"

"뢴이 아래층에서 한창 취조하는 중이야. 우리가 어제 정오에 득달같이 달려가서 끌고 왔지."

"그런데?"

"지금까지는 그저 컴퓨터 기술의 승리일 뿐이야. 녀석은 실실 웃으면서 자기가 안 그랬다고만 말하고 있어."

"그렇다는 것은?"

"물론 아무 의미도 없지. 녀석은 알리바이가 없어. 하가가탄 거리에 있는 방 하나짜리 집에서 죽 자고 있었다고 주장하던걸. 기억이 안 난다나."

"기억이 안 나?"

"심각한 알코올의존자야." 콜베리가 설명했다. "좌우간 그날 녀석이 뢰다베리에트 식당에서 술을 마시다가 6시쯤 쫓겨났다는 것까지는 알아냈어. 녀석에게는 그다지 좋은 상황이 아니지."

"그자가 가장 최근에 저지른 짓은 뭔데?"

"노출이야. 내가 파악하기로 녀석은 평범한 노출증 환자야. 그리고 여자아이의 면담을 녹음해놓은 테이프는 내가 벌써 찾아뒀어. 이 또한 기술의 승리지."

문이 열리고 뢴이 들어왔다.

"어때?" 콜베리가 물었다.

"아직은 아무것도 안 나왔어. 저 사람한테 숨 돌릴 시간 좀 줘야겠어. 기진맥진한 것 같아."

"자네도 그렇군."

콜베리의 말이 옳았다. 뢴은 정상이 아닐 정도로 파리했고, 눈이 퉁퉁 부은데다가 눈자위가 벌겠다.

"자네 생각은 어때?" 마르틴 베크가 물었다.

"아무 생각도 안 들어. 그저 어쩐지 넌더리가 나." 뢴이 대답했다.

"넌더리는 나중에 내라고. 지금은 안 돼. 이 테이프나 들어보지." 콜베리가 말했다.

마르틴 베크는 고개를 끄덕였다. 녹음기가 돌아가기 시작했다. 듣기 좋은 여자 목소리가 흘러나왔다.

"1959년 2월 5일 생, 초등학생인 에바 칼손 양에 대한 면담입니다. 담당 수사관은 소냐 한손."

마르틴 베크와 콜베리는 둘 다 인상을 찌푸렸고, 엉겁결에 다음 몇 마디를 놓쳤다. 두 사람은 그 이름과 목소리를 잘 알았다. 소냐 한손은 그들이 이 년 반 전에 수사 작전의 미끼로 동원했다가 하마터면 죽게 만들 뻔했던 아가씨였다.

"저 아가씨가 아직 경찰에 남아 있다는 건 기적이야." 콜베리가 말했다.

"맞아." 마르틴 베크도 동의했다.

"조용히 해, 안 들려." 뢴이 말했다.

뢴은 그들의 대화에 관심이 없는 듯했다.

"……그래서 그 남자가 너한테 다가왔니?"

"네. 나는 에이보르하고 같이 버스정류장에 서 있었어요."

"그 남자가 어떻게 했니?"

"아저씨는 나쁜 냄새가 났고 걸음걸이가 웃겼어요. 그리고 뭐라고 말했느냐면…… 진짜로 웃겼어요."

"뭐라고 말했는지 기억나니?"

"네. 아저씨가 '안녕, 꼬마 아가씨들, 내가 오 크로나를 줄 테니 내 물건을 당겨주지 않겠니?' 하고 말했어요."

"에바, 그 말이 무슨 뜻인지 아니?"

"아니요, 하지만 진짜로 웃겼어요. 당기는 게 뭔지는 나도 알아요. 왜냐면 학교에서 옆자리 여자애가 가끔 내 팔꿈치를 확 당기거든요. 그런데 아저씨가 왜 우리더러 자기 팔꿈치를 당겨달라고 한 거예요? 아저씨는 앉아 있지도 않았고, 글을 쓰는 것도 아니었고, 그리고……."

"그래서 어떻게 했니? 그 사람이 그렇게 말하고 나서?"

"아저씨는 그 말을 몇 번 하다가 갑자기 가버렸어요. 그래서 우리가 살금살금 쫓아갔어요."

"그 사람을 쫓아갔다고?"

"네, 몰래 따라갔어요. 영화나 텔레비전에 나오는 것처럼요."

"어떻게 그런 위험한 생각을 했니?"

"흐응, 하지만 위험하지 않았단 말이에요."

"그래, 에바, 그래도 그런 남자들은 조심해야 한단다."

"흐응, 그 아저씨는 위험한 사람 아니에요."

"그 사람이 어디로 가는지 봤니?"

"네, 아저씨는 에이보르네 집 건물로 들어갔어요. 에이보르네 집에서 두 층 더 올라가서는 열쇠를 꺼내서 안으로 들어갔어요."

"그리고 너희는 둘 다 집으로 갔니?"

"아니요! 살짝 쫓아가서 문을 봤어요. 문에 아저씨 이름이 있었어요, 분명히 봤다고요."

"그래, 그랬구나. 이름이 뭐였니?"

"에릭손이었던 것 같아요. 우리는 편지 넣는 구멍으로 소리도 들어봤어요. 아저씨가 웅얼거리는 소리가 들렸어요."

"엄마에게 그 이야기를 했니?"

"흐응, 별일 아닌걸요. 하지만 진짜로 웃겼어요."

"하지만 어제 있었던 일은 엄마에게 이야기했지?"

"젖소 이야기요? 네."

"그 사람이 같은 사람이었니?"

"네에."

"확실하니?"

"아마도요."

"그 아저씨가 몇 살이나 되었을 것 같니?"

"어, 아무리 어려도 이십 살은 됐을 거예요."

"에바가 보기에 나는 몇 살 같니?"

"어, 사십 살요. 아니면 오십 살."

"아저씨가 나보다 나이가 더 많은 것 같니, 적은 것 같니?"

"어, 한참 더 늙었어요. 훨씬, 훨씬 더 늙었어요. 아줌마는 몇 살이에요?"

"스물여덟이란다. 자, 어제 일을 나한테 이야기해줄래?"

"음. 내가 에이보르하고 집 앞에서 돌멩이 차기 놀이를 하는데, 아저씨가 와서 말했어요. '나랑 같이 가자, 얘들아. 그러면 내가 젖소 젖 짜는 걸 구경시켜 줄게.'"

"그랬구나. 그다음에는 뭐라고 했니?"

"흐응, 아저씨 집에 젖소가 있을 리 없잖아요. 진짜 젖소가."

"그래서 너랑 에이보르는 뭐라고 했니?"

"어, 아무 말도 안 했어요. 그런데 나중에 에이보르가 자기 머리 리본이 풀린 게 부끄러워서 아무 집에도 가기 싫다고 말했어요."

"그래서 아저씨는 그냥 돌아갔니?"

"아니요. 아저씨가 이렇게 말했어요. '그러면 그냥 여기에서 젖을 짜야겠다.' 그리고 바지를 벗어서……."

"그래서?"

"있잖아요, 만약에 에이보르가 리본이 안 풀렸으면, 우리가 살해당했을까요? 진짜 재미있었겠다……."

"아니야, 아마 안 그랬을 거야. 자, 아저씨가 바지를 벗었다고 했지?"

"네. 그리고 남자들이 쉬할 때 쓰는 그걸 꺼냈어요……."

아이답고 또랑또랑한 목소리가 한창 이야기를 하는 도중에 콜베리가 녹음기를 꺼버렸다. 마르틴 베크는 콜베리를 쳐다보았다. 그러고는 왼손으로 고개를 받치고 손가락 관절로 코를 문질렀다.

"웃긴 건 뭐냐면 말이야……." 뢴이 말을 꺼냈다.

"웃기다니, 대체 무슨 소리야." 콜베리가 야단쳤다.

"그게, 저자가 이제 와서 그때 일을 시인한다는 거야. 당시에는 맹세코 자기는 그런 짓을 안 했다고 우겼거든. 아이들이 갈수록 남자의 신원에 확신을 잃는 바람에, 결국 아무런 조치도 취해지지 않았어. 그런데 이제 와서 본인이 실토하고 있지. 두 번 다 만취해서 저지른 일이라고, 취하지 않았으면 그런 짓을 안 했을 거라고."

"아, 이제 와서 인정한다 이거군." 콜베리가 말했다.

"그래."

마르틴 베크는 뭔가 미심쩍은 눈치로 콜베리를 쳐다보다가, 뢴에게로 고개를 돌려 말했다.

"간밤에 한잠도 못 잤나 보군. 그런가?"

"응."

"그러면 집으로 가서 눈을 좀 붙여."

"저자는 풀어줄까?"

"아니. 풀어줄 수야 없지." 콜베리가 대답했다.

10.

남자의 이름은 에릭손이 맞았다. 남자는 창고지기였고, 전문가가 아니라도 누구나 그가 알코올의존자라는 것을 쉽게 알 수 있었다. 예순 살인 그는 키가 크고 머리가 벗어지고 수척했다. 남자는 온몸을 씰룩거리며 떨었다.

콜베리와 마르틴 베크가 두 시간 동안 남자를 취조했는데, 모두가 비참해질 뿐이었다.

남자는 과거의 역겨운 짓을 몇 번이고 반복해서 시시콜콜 털어놓으며 시인했다. 사이사이 코를 훌쩍거리면서 흐느꼈고, 하느님을 증인으로 끌어들이면서 금요일 저녁에 식당에서 나와 곧장 집으로 갔다고 맹세했다. 게다가 아무것도 기억이 안 난다고 주장했다.

두 시간이 지나자 남자는 1964년 7월에 이백 크로나를 훔쳤던 일과 열여덟 살에 자전거 한 대를 훔쳤던 일까지 고해 바쳤다. 그다음에는 코 멘 소리로 찡찡대기만 했다. 남자는 몰락한 인간이었고, 그보다 딱히 더 미더울 것 없는 직장 동료들로부터도 소외된 아웃사이더였고, 철저히 혼자였다.

콜베리와 마르틴 베크는 한참 동안 침울하게 남자를 바라보다가 유치장으로 돌려보냈다.

같은 시각, 살인수사과의 다른 경관들과 5구역 경찰은 하가가탄 거리 주민들 가운데 남자의 알리바이를 입증하거나 반박할 만한 사실을 아는 증인을 탐색하고 있었다. 성과가 없었다.

그날 오후 4시쯤 나온 부검 보고서는 여전히 예비 보고서 상태였다. 보고서는 사인이 교살이고 목에 손가락 자국이 남아 있다는 것, 성폭행이 있었다는 것을 알려주었다. 하지만 통상적인 의미의 강간인지 아닌지는 확인되지 않았다.

그 점을 제외하고는 온통 부정적인 정보뿐이었다. 아이에게 저항할 기회가 있었다는 증거는 없었다. 아이의 손톱 밑에서 긁힌 피부 조각이 나오지 않았고 아이의 팔과 손에는 상처가 없었다. 다만 아랫배에 멍이 들어 있었는데 아마도 주먹으로 맞아서 생긴 듯했다.

과학수사 요원들이 아이의 옷가지를 조사했지만 보고할 만한 특이 사항은 발견되지 않았다. 다만 아이의 팬티가 사라졌다고 했다. 팬티는 어디에서도 발견되지 않았다. 사이즈 80의 흰색 면 팬티로, 흔한 상표의 제품이라고 했다.

저녁에 경찰관들은 집집을 돌면서 스텐실로 인쇄한 질문지 오백 장을 나눠주었다. 수거된 응답 중에서 흥미가 가는 것은 한 장뿐이었다. 마이켄 얀손이라는 열여덟 살의 아가씨였는데, 스베아베겐 거리 103번지 아파트 건물에 살고, 아버지는 사업가라고 했다. 그녀는 동갑인 남자친구와 함께 저녁 8시에서 9시 사이에 바나디스 공원을 이십 분쯤 산책했다고 했다. 정확한 시간은 모른다고 했다. 두 사람은 아무것도 보지 못했고 아무것도 듣지 못했다.

바나디스 공원에서 뭘 했느냐고 물었더니, 그녀는 가족끼리 저녁 모임을 하다가 잠깐 신선한 바람을 쐬고 싶어서 나갔었다고 대답했다.

"신선한 바람이라." 멜란데르가 생각에 잠겨 중얼거렸다.

"가랑이 사이에 쐬고 싶었다는 말이겠지. 틀림없어." 군발드 라르손이 말했다.

군발드 라르손은 한때 해군에 몸을 담았고, 지금도 예비군이었다. 그래서인지 이따금 이렇게 선원다운 유머를 날리곤 했다.

한 시간 한 시간이 흘러갔다. 수사 조직은 부지런히 돌아갔다. 마르틴 베크가 바가르모센에 있는 집으로 돌아온 시각은 일요일에서 월요일로 넘어가는 새벽 1시가 지나서였다. 식구들은 다 자고 있었다. 그는 냉장고에서 맥주를 한 캔 꺼내고 치즈 샌드위치를 만들었다. 그러고는 맥주를 마셨고, 샌드위치는 그냥 쓰레기통에 처박았다.

침대에 든 뒤에도 그는 삼 년 전에 직장 동료의 코트에서 이백 크로나를 훔쳤다던 에릭손이라는 알코올의존자 창고지기에 대해서 한참 동안 생각했다.

콜베리도 쉬이 잠들지 못했다. 그는 캄캄한 방에 누워서 천장을 응시했다. 그도 에릭손에 대해서, 에릭손의 이름이 강력반의 명부에 올라 있었다는 사실에 대해서 생각했다. 만약에 바나디스 공원에서 살인을 저지른 범인의 이름이 그 명부에 없다면, 그들이 컴퓨터 기술에서 얻을 수 있는 도움은 미국 경찰이 보스턴 교살자를 추적할 때 얻었던 도움과 다르지 않을 것이다. 한마디로 아무런 도움도 얻지 못할 것이라는 말이다. 보스턴 교살자는 혼자 있는 여자만 골라서 이 년간 열세 명을 죽이면서도 단서 하나 남기지 않았다.

콜베리는 간간이 아내를 바라보았다. 아내는 곤히 잠들었지만 뱃속의 아기가 발길질을 할 때마다 몸을 움찔거렸다.

11.

월요일 오후였다. 바나디스 공원에서 죽은 소녀가 발견된 때로부터 쉰네 시간이 흘렀다.

경찰은 신문, 라디오, 텔레비전을 통해서 시민들에게 도움을 호소했고, 제보가 삼백 건 넘게 쏟아졌다. 전담팀이 제보를 하나하나 등록하고 조사해야 했고, 그 결과를 나중에 또 상세히 살펴봐야 했다.

강력반은 요주의 인물 명단을 샅샅이 훑었고, 과학수사 요원들은 현장에서 수거한 빈약한 자료를 처리했고, 컴퓨터들은 최대 부하로 돌아갔고, 9구역 소속의 형사들이 근처를 돌아다니며 탐문했다. 경찰은 수상한 자들과 잠정적 증인들을 면담했다. 모든 활동이 허사였다. 신원이 밝혀지지 않은 살인범은 자유롭게 돌아다니고 있었다.

마르틴 베크의 책상에는 서류가 쌓이고 있었다. 그는 아침 일찍부터 끝없이 밀려드는 보고서와 취조 기록을 처리했다. 전화가 수시로 울렸지만, 그는 잠시 숨쉴 틈을 갖기 위해서 앞으로 한 시간 동안은 전화가 모두 콜베리에게 가도록 조치해둔 터였다. 군발드 라르손과 멜란데르는 통화에서 면제되었다. 두 사람은 문을 닫고 틀어박혀서 정보를 선별했다.

마르틴 베크는 간밤에 충분히 자지 못했고, 기자회견을 하느라 점심도 걸렀다. 회견 자리에서 경찰은 기자들에게 정보를 거의 내놓지 못했다.

마르틴 베크는 하품을 하면서 시계를 보았다. 벌써 3시 15분이라 깜짝 놀랐다. 그는 멜란데르가 맡아야 할 서류를 주섬주섬 챙겨서 멜란데르와 군발드 라르손이 있는 방을 노크하고 들어섰다.

그가 들어가도 멜란데르는 고개를 들지 않았다. 오랫동안 함께 일한 사이라 멜란데르는 마르틴 베크의 노크 버릇을 잘 알았다. 군발드 라르손이 마르틴 베크의 손에 들린 서류 뭉치를 쏘아보면서 말했다.

"맙소사, 또 가져왔어? 그러잖아도 우리는 일에 파묻혀 있다고."

마르틴 베크는 어깨를 으쓱하고 서류를 멜란데르의 팔꿈치 곁에 놓았다.

"커피를 시킬까 하는데. 자네들도 마시겠어?" 마르틴 베크가 물었다.

멜란데르는 숙인 고개를 가로저었다.

"그래, 좋은 생각이야." 군발드 라르손은 말했다.

마르틴 베크가 밖으로 나와 문을 닫는 순간, 콜베리가 급하게 달려오다 그와 부딪쳤다. 마르틴 베크는 콜베리의 둥그런 얼굴에 떠오른 흥분을 감지하고 물었다.

"무슨 일이야?"

콜베리가 마르틴 베크의 팔을 잡았다. 하도 볶아치며 내뱉는 통에 말이 엉켰다.

"마르틴, 또 벌어졌어! 범인이 또 저질렀어! 탄토 공원에서!"

그들은 사이렌을 최대로 켜고 베스테르브론 다리를 건넜다. 무전을 들어보니 동원 가능한 모든 경찰차를 탄토 공원으로 호출하여 일대를 통제하는 중이라고 했다. 마르틴 베크와 콜베리가 본부를 떠나기 전에 들은 이야기는 그곳 야외극장 근처에서 소녀의 시신이 발견되었다는 것, 바나디스 공원 살인과 정황이 흡사하다는 것, 범행 직후에 시신이 발견되었기 때문에 살인범이 아직 멀리 가지 못했을 가능성이 있다는 것뿐이었다.

그들은 싱켄스담 경기장을 지나다가 흰색과 검은색으로 칠해진 경찰차 두 대가 볼마르윅스쿨스가탄 거리로 접어드는 것을 보았다. 링베겐 거리와 공원 안쪽에도 경찰차가 한두 대 더 서 있었다.

그들은 셸드가탄 거리의 오래된 목조 주택들 앞에 차를 세웠다. 무선 안테나가 달린 경찰차가 공원으로 들어가는 도로를 막고 있었다. 인도에서는 제복 경관 한 명이 언덕을 올라가려는 아이들을 제지했다.

마르틴 베크는 콜베리가 알아서 쫓아오도록 내버려둔 채, 잰걸음으로 경관을 지나쳐 걸어갔다. 경관은 그에게 경례를 붙이고 공원 안쪽을 가리켰다. 마르틴 베크는 걸음을 늦추지 않았다. 공원은 작은 언덕에 가까웠기 때문에, 그가 야외극장을 지나 비탈을 다 오른 뒤에야 비로소 이쪽으로 등을 돌리고 반원형으로 모여 선 사람들이 눈에 들어왔다. 그들은 길에서 삼십 미터쯤 떨어진 구덩이에 모여 있었다. 더 멀찍이 길이 갈라지는 지점에서 보초를 서는 제복 경관은 기웃대는 구경꾼들을 쫓아냈다.

마르틴 베크가 비탈을 내려가는 동안 콜베리가 그를 따라잡았다. 언덕 밑에서 경관들끼리 이야기를 나누는 소리가 들렸지만, 두 사람이 가까이 다가가자 금세 조용해졌다. 경관들은 경례를 하고 물러섰다. 콜베리는 숨가쁜 듯 헐떡거렸다.

소녀는 풀밭에 등을 대고 누워 있었다. 두 팔은 머리 위로 구부러져 있었다. 왼쪽 다리도 옆으로 구부러져 있었는데, 무릎이 높이 치켜올려져서 허벅지가 몸통과 거의 직각을 이룰 정도였다. 오른쪽 다리는 몸통에서 대각선으로 뻗어 있었다. 얼굴은 위로 치켜들었고, 눈은 반쯤 감겼으며, 입은 벌어졌다. 콧구멍에서 핏줄기가 흘러나왔다. 속이 들여다 보이는 비닐로 된 노란색 줄넘기 줄이 목에 여러 번 단단히 감겨 있었다. 아이는 앞에서 단추를 잠그게 되어 있는 노란 민소매 면 원피스 차림이었다. 맨 아래 단추 세 개가 뜯겨 있었다. 팬티는 없었다. 발에는 흰 양말과 빨간 샌들을 신었다. 아이는 열 살쯤 되어 보였다. 아이는 죽었다.

마르틴 베크는 아이에게 겨우 눈길을 둘 수 있었던 짧은 몇 초 동안 이런 세부 사항을 모두 보았다. 그는 몸을 돌려 길 쪽을 보았다. 감식반에서 나온 남자 두 명이 비탈을 달려 내려오는 중이었다. 그들은 청회색 전신 작업복을 입었고, 한 명은 커다란 회색 금속 상자를 들었다. 다른 사람은 한 손에는 로프 꾸러미를, 반대쪽 손에는 검정 가방을 들었다. 두 사람이 제법 가까이 다가왔을 때 로프를 든 남자가 말했다.

"도로 한복판에 차를 세워둔 놈이 차를 빼야 우리 차가 올라올 수 있습니다."

남자는 소녀의 시체를 흘깃 보더니 길이 갈라지는 곳까지 달려 내려가서 주변을 로프로 통제하기 시작했다.

가죽 재킷을 입은 순경 하나가 길가에 서서 무전기에다 뭐라고 말하고 있었고, 사복을 입은 남자가 옆에서 그 말을 듣고 있었다. 마르틴 베크는 사복을 입은 남자를 알아보았다. 2구역 형사과 소속의 만닝이라는 경관이었다.

만닝도 마르틴 베크와 콜베리를 알아차렸다. 만닝이 순경에게 몇 마디를 하고는 두 사람에게 다가왔다.

"이제 일대를 전부 통제한 것 같습니다. 가능한 범위에서요." 만닝이 말했다.

"시체가 발견된 지 얼마나 되었나?" 마르틴 베크가 물었다.

만닝은 자기 손목시계를 봤다.

"첫 경찰차가 도착한 때로부터 이십오 분이 지났습니다."

"범인의 인상착의 같은 것은 모르고?" 콜베리가 물었다.

"모릅니다. 안타깝게도."

"누가 발견했지?" 마르틴 베크가 물었다.

"꼬마 사내아이 둘이요. 아이들이 링베겐 거리를 순찰하던 경찰차에 알렸습니다. 경찰들이 도착했을 때 여자아이의 몸이 아직 따뜻했답니다. 일이 벌어진 지 오래되지 않았던 것 같습니다."

마르틴 베크는 주변을 둘러보았다. 감식반 차량이 언덕을 내려오고 있었고, 그 뒤에 바싹 붙어 의사의 차가 내려왔다.

죽은 아이의 몸이 누인 구덩이에서는 서쪽으로 오십 미터쯤 떨어진 언덕 너머부터 펼쳐진 주민 임대용 텃밭이 전혀 눈에 들어오지 않았다. 나무 꼭대기 너머로 탄토가탄 거리 건물들의 위쪽 몇 층쯤은 보였지만, 공원과 거리를 가르며 지나가는 철로는 수풀에 가려 전혀 보이지 않았다.

"범인이 스톡홀름을 다 뒤져도 이보다 더 나은 장소를 찾진 못하겠군." 마르틴 베크가 말했다.

"이보다 더 나쁜 장소라는 말이겠지." 콜베리가 응수했다.

콜베리가 옳았다. 소녀의 죽음에 책임이 있는 인물이 여태 근처에 있더라도, 쉽사리 빠져나갈 확률이 높았다. 탄토 공원은 시내에서 가장 넓은 공원이었다. 공원 바로 옆에는 임대 텃밭과 오두막들이 있었고, 그 아래 오르스타비켄 만에는 작은 보트 보관소, 창고, 작업장, 고철상, 쓰러져가는 헛간이 난삽하게 여럿 늘어서 있었다. 링베겐 거리에서 해안가까지 이어지는 볼마르워스홀스가탄 거리와 호른스가탄 거리 사이에는 회갈리드 알코올의존자 시설이 있었다. 시설이 사용하는 큰 건물 여러 채가 비뚤비뚤 자리했다. 시설을 에워싸듯이 또 많은 창고와 헛간이 있었다. 시설과 싱켄스담 경기장 사이에는 또 다른 임대 텃밭들이 잔뜩 있었다. 철로 위 육교를 건너면 공원 남쪽에서 탄토가탄 거리로 넘어갈 수 있는데, 그 거리의 바위투성이 해안가에 초대형 아파트 다섯 동이 서 있었다. 더 위쪽, 링베겐 거리 모퉁이에는 탄토 노동자 합숙소가 있어서 낮은 목조 오두막들이 무질서하게 늘어서 있었다.

마르틴 베크가 가늠해볼 때, 가망이 거의 없는 상황이었다. 그에게는 여기서 살인범을 찾아낼 방법이 전혀 떠오르지 않았다. 우선 그들은 범인의 인상착의를 몰랐다. 둘째로, 범인은 지금쯤 틀림없이 미꾸라지처럼 빠져나갔을 것이다. 셋째로, 알코올의존자 시설과 노동자 합숙소에 가득찬 수상한 인물들을 일일이 신문하려면 며칠이 걸릴 것이다.

마르틴 베크의 의혹들은 한 시간 안에 모두 사실로 확인되었다. 예비 검사를 마친 의사는 소녀가 교살되었고 아마도 강간을 당한 것 같으며 죽은 지 얼마 안 되었다는 말 외에 다른 말은 해주지 않았다. 마르틴 베크와 콜베리가 도착하고 얼마 지나지 않아 경찰견들이 왔다. 개들이 잡아낸 흔적은 공원을 곧장 빠져나가서 볼마르윅스홀스가탄 거리로 향했다. 그게 전부였다. 형사과의 사복 경관들이 목격자일지도 모르는 사람들을 면담했지만, 아무 성과가 없었다. 공원과 임대 텃밭에 사람이 많았지만,

살인과 관련이 있을 만한 무언가를 보거나 들은 사람은 아무도 없었다.

4시 50분이었다. 링베겐 거리의 인도에는 행인들이 한 무더기 모여 서서 척 보기에도 두서없는 경찰들의 작업을 유심히 구경했다. 기자들과 사진사들이 속속 당도했다. 몇몇은 벌써 편집실로 돌아갔다. 불과 사흘 사이에 스톡홀름에서 어린 여자아이 살인 사건이 두 번이나 벌어졌다는 것, 그 짓을 저지른 미치광이가 아직 어딘가에서 돌아다니고 있다는 것, 이 흥미 만점의 뉴스를 한시바삐 독자들에게 전달하기 위해서였다.

마르틴 베크의 눈에 콜베리의 푸짐한 궁둥이가 들어왔다. 링베겐 거리 근처 자갈길에 주차된 경찰차의 문이 열려 있었고, 열린 문으로 콜베리의 엉덩이가 튀어나와 있었다. 마르틴 베크는 기자들 무리에서 벗어나 콜베리에게 다가갔다. 콜베리는 몸을 숙여 차 안의 무전기에다 대고 이야기하는 중이었다. 마르틴 베크는 콜베리가 말을 마치기를 기다렸다가 엉덩이를 꼬집었다. 콜베리가 차에서 펄쩍 물러나면서 몸을 폈다.

"아, 자네였나. 개가 문 줄 알았네."

"여자아이의 부모에게는 소식을 알렸대?" 마르틴 베크가 물었다.

"응. 그 고역은 면하게 됐어."

"나는 시체를 발견한 아이들과 이야기해볼까 해. 저기 탄토가탄 거리에 산다는군."

"오케이. 나는 여기에 있을게."

"좋아. 나중에 봐."

소년들은 탄토가탄 거리에 있는 활 모양의 대형 아파트 단지에 살았다. 마르틴 베크가 찾아갔을 때 아이들은 둘 다 집에 있었다. 아이들은 끔찍한 경험으로 인한 충격을 겪고 있었지만, 한편으로는 자신들이 시체를 찾아냈다는 사실이 몹시 흥분된다는 속내를 숨기지 않았다.

아이들은 공원에서 놀다가 우연히 소녀를 발견한 이야기를 마르틴 베크에게 들려주었다. 소년들은 소녀를 한눈에 알아보았다. 같은 단지에 사는 여자아이였기 때문이다. 오늘 아침 더 이른 시각에 소년들은 그 여자아이가 자신들이 사는 아파트 뒤편의 놀이터에서 노는 것을 봤다고 했다. 그때 아이는 동갑내기 여자친구 둘과 함께 줄넘기를 하고 있었다. 친구 둘 중 하나가 소년들과 같은 반이었기 때문에, 마르틴 베크는 그중 한 아이의 이름이 레나 오스카르손이고 열 살이며 바로 옆 동에 산다는 것을 알 수 있었다.

바로 옆 건물은 소년들이 사는 건물과 한 치도 다르지 않아 보였다. 마르틴 베크는 빠르게 움직이는 자동 승강기로 7층까지 올라가서 초인종을 눌렀다. 잠시 후에 문이 열렸으나 곧바로 도로 닫혔다. 문틈으로 사람의 얼굴은 보이지 않았다. 마르틴 베크는 다시 초인종을 울렸다. 다시 재깍 문이 열렸다. 마르틴 베크는 아까 왜 사람 얼굴이 보이지 않았는지 깨달았다. 세 살쯤 된 남자아이가 안에 서 있었다. 아이의 아맛빛 머리카락은 마르틴 베크의 눈높이에서 족히 일 미터는 아래에 있었다.

꼬마가 문손잡이를 놓고 또랑또랑하고 높은 목소리로 말했다.

"안녕하세요."

그리고 집안으로 달려 들어가면서 외쳤다.

"엄마! 엄마! 큰 사람 와."

삼십 초쯤 지나자 아이의 엄마가 현관으로 나왔다. 여자가 걱정스럽고 의심스러운 눈길로 마르틴 베크를 보았기 때문에, 그는 황급히 배지를 꺼내 보여주었다.

"따님이 집에 있으면 잠깐 이야기를 하고 싶습니다. 동네에서 일어난 사건을 따님이 알고 있습니까?"

"안니카가 당한 일요? 네, 우리도 방금 이웃에게서 들었어요. 끔찍한 일이에요. 벌건 대낮에 어떻게 그런 일이 벌어질 수 있죠? 어쨌든 들어오세요. 레나를 데려올게요."

마르틴 베크는 오스카르손 부인을 따라 거실로 들어갔다. 가구를 제외하면 방금 방문했던 소년의 집 거실과 동일했다. 꼬마는 호기심과 기대감을 담은 눈으로 마르틴 베크를 보면서 거실 한가운데 서 있었다. 손에는 장난감 기타를 쥐고 있었다.

"보세, 네 방으로 가서 놀아." 아이 엄마가 말했다.

보세는 엄마의 말에 신경도 쓰지 않았다. 엄마도 아이가 순순히 말을 들으리라고는 기대하지 않는 눈치였다. 여자가 발코니 앞 소파 위에 널브러진 장난감들을 치웠다.

"집이 좀 지저분하죠. 앉으세요. 레나를 데려올게요."

여자가 거실을 나가자 마르틴 베크는 꼬마에게 미소를 지었다. 마르틴 베크의 아이들은 이제 열두 살과 열다섯 살이라서 그는 세 살짜리와 대화하는 법을 잊은 지 오래였다.

"기타 칠 줄 아니?" 마르틴 베크가 물었다.

"안 쳐. 네가 쳐." 아이가 대답했다.

"아니, 나는 칠 줄 모른단다."

"쳐, 네가 쳐." 꼬마가 고집을 부렸다.

오스카르손 부인이 들어와서 아이와 기타를 답삭 들어 단호하게 안고 나갔다. 꼬마가 비명을 지르며 발을 차도 아랑곳하지 않고 여자가 어깨 너머로 말했다.

"저는 잠시 후에 올게요. 그동안 레나하고 이야기 나누세요."

소년들에게 들은 바에 따르면 레나는 열 살이었다. 아이는 나이에 비해 키가 크고 예쁜 편이었다. 뾰로통하게 살짝 입을 내밀고 있었다. 청바지에 면 셔츠를 입은 아이가 까딱하고 수줍게 인사했다.

"앉으렴. 앉아야 이야기하기 편하지." 마르틴 베크가 말했다.

아이는 안락의자 모서리에 앉아 두 무릎을 한데 모았다.

"네 이름이 레나지?"

"네."

"나는 마르틴이란다. 무슨 일이 벌어졌는지 들었니?"

"네." 아이는 바닥을 내려다보면서 대답했다. "들었어요……. 엄마가 말해줬어요."

"지금 머리가 복잡하겠지만, 네게 한두 가지 물어볼 게 있단다."

"네."

"오늘 아침에 안니카하고 같이 놀았지?"

"네. 같이 놀았어요. 울라하고 안니카하고 나하고."

"어디에서 놀았니?"

아이는 고갯짓으로 창을 가리켰다.

"처음에는 저 밑의 놀이터에서요. 그러다가 울라가 점심을 먹으러 집에 가야 한대서, 안니카하고 나는 우리집으로 왔어요. 그러다가 울라가 다시 불러서 또 놀러 나갔어요."

"어디로?"

"탄토 공원으로요. 보세를 데려가야 했는데, 거기에 그네가 있어서 보세가 좋아하거든요."

"그때가 몇 시였는지 기억하니?"

"어, 1시 30분요. 2시쯤이었나. 아마 엄마가 알 거예요."

"그래서 함께 탄토 공원으로 갔구나. 거기에서 안니카가 누굴 만나는 걸 봤니? 웬 남자가 안니카한테 말을 걸거나 하지 않았니?"

"아니요. 걔가 다른 사람하고 이야기하는 건 못 봤는데요."

"탄토 공원에서는 뭘 했니?"

아이는 한동안 창밖을 바라보았다. 기억을 되짚는 듯했다.

"그러니까…… 그냥 놀았어요. 처음에는 보세가 그네를 타자고 해서 그네를 탔어요. 다음에는 줄넘기를 했어요. 그다음에는 매점으로 내려가서 아이스크림을 사 먹었어요."

"공원에 다른 아이들도 있었니?"

"우리가 노는 데는 없었어요. 아, 모래밭에 어린애가 몇 명 있기는 했어요. 보세가 그 애들한테 귀찮게 막 들러붙었어요. 하지만 잠시 뒤에 그 애들 엄마가 와서 애들을 데려갔어요."

"아이스크림을 산 뒤에는 뭘 했니?"

건넌방에서 오스카르손 부인의 목소리와 꼬마가 화나서 질러대는 비명이 들렸다.

"그냥 돌아다녔어요. 그러다가 안니카가 부루퉁해졌어요."

"부루퉁해졌다고? 왜?"

"어, 그냥요. 울라하고 나는 돌멩이 차기를 하고 싶었는데, 안니카는 싫댔어요. 안니카는 숨바꼭질을 하자고 했어요. 하지만 보세가 있으면 숨바꼭질이 안 돼요. 보세가 돌아다니면서 누가 어디 숨었는지 다 말해버리거든요. 그래서 안니카는 삐쳐서 가버렸어요."

"어디로? 안니카가 어디로 간다고 말하고 갔니?"

"아니요. 말 안 했는데요. 그냥 가버렸어요. 울라하고 나는 돌멩이 차기를 하려고 땅에 그림을 그리고 있어서 안니카가 가는 것도 못 봤어요."

"안니카가 어느 쪽으로 가는지, 그것도 못 봤니?"

"네. 생각도 안 했는걸요. 한참 놀다 보니 보세가 없어졌기에, 그제야 안니카도 없어졌다는 걸 알았어요."

"그래서 보세를 찾아다녔니?"

아이는 제 손을 내려다보며 잠시 가만히 있다가 대답했다.

"아니요. 안니카하고 같이 있을 거라고 생각했거든요. 보세는 맨날 안니카를 쫓아다녀요. 안니카는…… 안니카는 동생이 없어서 늘 보세한테 무지 잘해줘요."

"그래서 어떻게 됐니? 보세가 돌아왔니?"

"네. 한참 뒤에 돌아왔어요. 나는 보세가 근처에 계속 있었는데 우리가 못 본 것뿐이라고 생각했어요."

마르틴 베크는 고개를 끄덕였다. 담배를 피우고 싶었지만 방에 재떨이가 보이지 않았기 때문에 참았다.

"그때 안니카는 어디 있었을 것 같니? 보세가 어디 갔다 왔는지 너한테 이야기했어?"

아이는 고개를 흔들었다. 금발 머리카락 한 가닥이 이마로 떨어졌다.

"아니요. 우리는 그냥 개가 집에 갔을 거라고 생각했어요. 보세한테도 안 물어봤고, 보세도 아무 말 안 했어요. 그러다가 보세가 하도 장난을 쳐대서 우리도 집에 왔어요."

"안니카가 놀이터에서 사라진 게 몇 시였는지 기억하니?"

"아니요. 나는 시계가 없어요. 하지만 우리가 집에 왔을 때는 3시였어요. 그리고 돌멩이 차기를 그렇게 오래하진 않았어요. 삼십 분쯤 했을 거예요."

"공원에서 다른 사람은 못 봤니?"

레나는 머리카락을 쓸어넘기며 얼굴을 찡그렸다.

"우리 둘 다 거기엔 신경도 안 썼는데요. 아무튼 나는 생각도 안 해봤어요. 아, 강아지를 데리고 나온 아줌마가 있었어요. 닥스훈트 강아지요. 보세가 강아지를 만지고 싶어 해서 내가 말렸어요."

아이는 진지하게 마르틴 베크를 보았다.

"개를 함부로 만지면 안 돼요. 위험해요."

"공원에서 또 다른 사람을 본 기억은 없니? 지금이라도 생각해보렴. 어쩌면 기억날지도 몰라."

아이는 고개를 저었다.

"안 나요. 나는 울라하고 놀면서 보세도 계속 지켜봐야 했기 때문에 공원에 누가 있는지는 신경을 안 썼어요. 사람이 몇 명 지나갔던 것 같기는 한데, 잘 모르겠어요."

옆방은 이제 조용했다. 오스카르손 부인이 돌아왔다. 마르틴 베크는 자리에서 일어났다.

"울라의 성하고 주소를 알려주겠니?" 마르틴 베크가 소녀에게 물었다. "그러면 나는 가볼게. 하지만 나중에 또 이야기해야 할지도 모르겠구나. 뭐든 좋으니까, 공원에서 있었던 일이나 본 것이 생각나면 엄마에게 말해서 나한테 전화해줄래?"

마르틴 베크는 오스카르손 부인에게 몸을 돌렸다.

"너무 시시해서 중요하지 않아 보이는 일이라도, 레나가 뭐든 기억을 해내면 전화해주십시오. 그러면 고맙겠습니다."

그는 명함을 건넸다. 부인은 울라의 성과 주소와 전화번호를 메모지에 적어 그에게 건넸다.

그리고 그는 탄토 공원으로 돌아왔다.

감식반 사람들이 여태 야외극장 아래쪽 구덩이 속에서 작업하고 있었다. 태양은 낮게 떨어져 풀밭에 기다란 그림자를 드리웠다. 마르틴 베크는 죽은 소녀가 옮겨질 때까지 그곳에 머물렀다가, 쿵스홀름스가탄 거리로 돌아왔다.

"녀석은 이번에도 아이의 팬티를 가져갔어." 군발드 라르손이 말했다.

"그래. 흰색. 사이즈 80." 마르틴 베크가 말했다.

"개새끼."

군발드 라르손이 펜으로 귀를 후비면서 말했다.

"자네의 네발 달린 친구들은 이 사건에 대해서 뭐라고 하던가?"

마르틴 베크는 라르손에게 질책하는 눈빛을 던졌다.

그때 뢴이 물었다. "에릭손이라는 남자는 어떻게 할까?"

"풀어줘." 마르틴 베크가 대답했다.

그리고 잠시 뒤에 덧붙였다.

"하지만 너무 멀리 보내진 마."

12.

6월 13일 화요일 오전에 그들은 상황 점검 회의를 했다. 현재까지 수사 진척 상황은 도저히 희망적이라고 할 수 없었다. 그들이 언론에 배포한 짧은 성명도 마찬가지였다. 두 범죄 현장에 헬리콥터를 띄워 인근의 사진을 찍었다. 시민들로부터 답지한 천여 건의 제보를 한창 따져보는 중이었다. 노출광, 관음증 환자, 그 밖에 경찰이 알고 있는 온갖 성적 일탈자도 확인하는 중이었다. 개중 한 명을 억류하여 첫 범행 시각의 알리바이를 신문했지만 결국 풀어줬다.

다들 수면 부족과 과로로 지쳐 보였다. 기자들과 사진사들도 그랬다.

점검 회의 끝에 콜베리가 마르틴 베크에게 말했다.

"증인이 두 명 있어."

마르틴 베크는 고개를 끄덕였다. 두 사람은 군발드 라르손과 멜란데르가 한창 작업중인 사무실로 나란히 들어섰다.

"우리에게는 증인이 두 명 있어." 마르틴 베크가 다시 말했다.

멜란데르는 서류에 파묻은 고개를 들지 않았지만 군발드 라르손은 재깍 대답했다.

"어머나, 그러십니까. 어떤 사람들입니까?"

"첫 번째는 탄토 공원에 있었던 꼬마."

"그 세 살짜리?"

"그렇지."

"강력반 여경들이 아이에게 말을 끌어내보려고 했지만 결국 어떻게 되었는지는 자네도 잘 알잖나. 말도 제대로 못 하는 꼬마야. 나한테 개를 취조해보라고 했던 것만큼이나 터무니 없는 소리로군."

마르틴 베크는 군발드 라르손의 발언과 콜베리가 자신에게 던진 황당한 시선을 둘 다 무시했다.

"두 번째는?" 멜란데르가 고개를 묻은 채 물었다.

"강도."

"그자는 내 담당인데." 군발드 라르손이 말했다.

"바로 그거야. 그자를 잡아."

군발드 라르손이 육중한 몸을 뒤로 내던지는 바람에 회전의자가 끽 소리를 질렀다. 라르손은 먼저 마르틴 베크를, 다음으로 콜베리를 쳐다본 뒤에 말했다.

"이봐. 내가 지난 삼 주간 뭘 했다고 생각해? 나도 나지만 5구역과 9구역 형사과는 뭘 했겠어? 장기라도 뒀을까 봐? 우리 노력이 부족했다고 타박하려는 거야?"

"자네들은 충분히 노력했어. 하지만 지금은 상황이 바뀌었어. 이제 자네가 반드시 그자를 잡아야 하는 상황이야."

"대체 나더러 어떻게 하란 말이야?"

"그 강도는 프로야. 자네 입으로 그렇게 말했지. 그가 수중에 돈이 없는 사람을 습격한 적이 있던가?" 마르틴 베크가 물었다.

"없지."

"그가 스스로를 방어할 능력이 있는 사람을 덮친 적이 있던가?" 이번에는 콜베리가 물었다.

"없지."

"형사과 사람들이 근처에 있을 때 덮친 적은?" 다시 마르틴 베크였다.

"없지."

"그렇다면 그 이유가 뭐겠어?" 다시 콜베리였다.

군발드 라르손은 바로 대답하지 않았다. 그는 한참 볼펜으로 귀를 후비다가 말했다.

"그자는 프로니까."

"바로 그렇게 자네가 말했었지."

군발드 라르손은 또 한참 골똘히 생각하다가 물었다.

"열흘 전에 자네가 여기 왔을 때, 뭔가 말을 꺼내려다가 마음을 바꿔서 입을 다물었지. 왜 그랬나?"

"자네가 내 말을 잘랐으니까."

"그때 무슨 말을 하려고 했는데?"

"강도 사건들의 시간표를 조사해보라는 말이었겠지." 대답은 멜란데르에게서 나왔다. 여전히 고개를 숙인 채였다. "수법의 규칙성 말이야. 하지만 우리가 벌써 따져봤어."

"하나 더. 렌나르트가 방금 말한 것과 비슷한 내용이지만. 그자는 대단히 숙련된 강도고, 제 일을 잘 아는 작자야. 자네의 결론도 그랬지. 형사과의 사복 경관을 알아볼 정도로 능통하단 말이야. 어쩌면 경찰들의 차도 알아볼걸." 마르틴 베크가 말했다.

"그래서 어떻다는 거야? 쥐새끼 같은 녀석 하나 때문에 빌어먹을 경찰 인력을 죄 갈아치우기라도 해야 한단 말이야?" 군발드 라르손이 말했다.

"외부에서 사람을 조달할 수도 있겠지. 여경도 활용하고. 다른 차량도 동원하고." 콜베리가 말했다.

"어쨌든 이제는 너무 늦었어." 군발드 라르손이 말했다.

"그건 그래." 마르틴 베크는 그에게 동의했다. "이제는 너무 늦었어. 하지만 한편으로는 우리가 시급히 그자를 잡아야 할 이유가 두 배로 늘었어."

"살인범이 활보하고 다니는 한 강도 녀석도 공원 쪽은 거들떠보지도 않을걸." 군발드 라르손이 말했다.

"옳은 말이야. 가장 마지막 강도 사건이 몇 시에 벌어졌지?"

"9시에서 9시 15분 사이."

"살인은?"

"7시에서 8시 사이. 그런데 이봐, 왜 그렇게 떡 버티고 서서 다들 아는 내용을 물어대는 거야?"

"미안해. 나 스스로 확신이 더 필요해서 그러는 건지도 모르겠어."

"확신이라니, 뭘?"

"강도가 그 여자아이를 봤다는 것에 대해서 말이야." 콜베리가 대신 대답했다. "그리고 아이를 죽인 남자도 봤다는 것. 강도는 허투루 행동할 타입이 아니야. 모르긴 해도 아마 적절한 기회가 포착될 때까지 몇 시간씩 공원을 어슬렁거렸을걸. 그게 아니라면 녀석은 환상적으로 운이 좋은 거지."

"사람이 그렇게 운이 좋을 수는 없어. 연달아 아홉 번이라니.

다섯 번이면 또 모를까. 아니면 여섯 번이나." 멜란데르가 말했다.

"그자를 잡아." 마르틴 베크가 말했다.

"녀석의 정의감에 호소하자는 거야, 어? 그래서 자기 자신은 포기하게 만들자는 거야?"

"그것도 가능할지 모르지."

멜란데르가 전화를 받았다. "여보세요."

멜란데르는 한참 듣고만 있다가 한마디로 대꾸했다.

"경찰차를 보내."

"뭐 좀 나왔어?" 콜베리가 물었다.

"아니." 멜란데르가 대답했다.

"정의감이라." 군발드 라르손은 절레절레 고개를 저었다. "인간 말종들에 대한 자네의 순진한 믿음은 정말이지……. 허, 표현할 말이 없군."

"지금 나는 자네가 표현할 말을 찾고 못 찾고 따위에는 일절 관심 없어. 무조건 그자를 잡으라고." 마르틴 베크가 흥분하여 말했다.

"끄나풀을 활용해봐." 콜베리가 권유했다.

"내가 그것도……." 군발드 라르손이 입을 열었지만, 이번에는 마르틴 베크가 그의 말을 잘랐다.

"그자가 어디에 있든, 카나리아제도에 있든 시내 남쪽의 마약중독자 소굴에 꽁꽁 숨어 있든, 아무튼 끄나풀들을 동원해서 찾아내라고. 지금까지보다 훨씬 더 많이 동원해서. 지하 세계의 연줄이란 연줄은 죄다 동원하고, 신문이든 라디오든 텔레비전이든 죄다 활용하라고. 협박을 하든, 뇌물을 먹이든, 회유를 하든, 거래를 하든, 뭘 해서라도 그자를 잡으라고."

"내가 그것도 스스로 생각하지 못할 사람으로 보여?"

"내가 자네의 지능을 어떻게 평가하는지는 자네도 잘 알 텐데." 콜베리가 진지하게 대꾸했다.

"그래, 잘 알지." 군발드 라르손은 의외로 선선히 받아넘기더니 말했다. "자, 그럼 전투 준비를 해볼까."

군발드 라르손은 전화기를 움켜쥐었다. 마르틴 베크와 콜베리는 방을 나왔다.

"어쩌면 효과가 있을지도 몰라." 마르틴 베크가 말했다.

"어쩌면." 콜베리의 대답이었다.

"군발드는 보기보다는 똑똑해."

"나보고 그 말을 믿으라고?"

"음……. 렌나르트."

"왜?"

"자네 왜 그래?"

"자네가 그러는 것과 같은 이유로 그러지."

"그게 뭔데?"

"겁이 난단 말이야."

마르틴 베크는 굳이 대꾸하지 않았다. 한편으로는 콜베리의 말이 옳기 때문이었고, 또 한편으로는 두 사람이 너무나 오랫동안 함께 일해온 터라 말로 할 필요가 없기 때문이었다.

두 사람은 똑같은 생각에 이끌려 나란히 아래층으로 내려갔다. 두 사람은 붉은 사브 자동차를 타고 거리로 나섰다. 지방 번호판이 달려 있지만 스톡홀름의 국가범죄수사국에 소속된 차량이었다.

"그 꼬마 말이야, 이름이 뭐였더라." 마르틴 베크가 곰곰이 생각하면서 말했다.

"보 오스카르손. 보세라고 부르더군."

"그 애를 나도 잠깐 만났었어. 그 애를 맡아서 이야기한 담당이 누구였지?"

"실비아였을걸. 소냐였나."

거리는 제법 한산했고, 더위는 찌는 듯했다. 그들은 베스테르브론 다리를 건넌 뒤에 폴순드 운하로 꺾어, 베리순스트란드를 따라 차를 몰았다. 그러는 동안 사십 미터 주파수범위로 전송되는 경찰의 무전 통신에 줄곧 귀를 기울였다.

"반경 십삼 킬로미터 내에 있는 아마추어 무선사라면 누구나 이걸 엿들을 수 있을걸. 개인용 무선 송수신기를 차단하는 데 돈이 얼마나 드는지 아나?" 콜베리가 성마르게 말했다.

마르틴 베크는 그저 고개를 끄덕였다. 십오만 크로나쯤 된다고 들었다. 그들에게 그만한 돈은 없었다.

사실 두 사람은 속으로는 전혀 다른 문제를 생각하고 있었다. 가장 최근에 그들이 살인범을 잡으려고 총력전을 펼쳤을 때는 검거까지 사십 일이 걸렸다. 최근에 지금과 비슷한 사건이 있었을 때는 열흘 걸렸다. 지금 이 살인범은 나흘도 안 되는 기간 동안 두 차례나 범행을 저질렀다. 멜란데르는 강도가 대여섯 번쯤은 운이 좋을 수도 있다고 말했다. 현실성이 없는 이야기는 아니었다. 그것을 이번 사건에 적용해보면, 이건 수학의 문제가 아니라 완벽한 공포 그 자체였다.

두 사람은 릴리에홀름스브론 다리 밑을 지나 호른스툴스트란드를 달렸다. 철도 교각 밑을 지나, 한때 오래된 설탕 공장이 있었으나 지금은 주거지가 된 동네로 접어들었다. 아파트 주변의 녹지에 아이들이 몇 나와 놀고 있었지만, 수가 많지는 않았다.

그들은 차를 세운 뒤 승강기를 타고 7층으로 올라갔다. 초인종을 울렸지만 아무도 나오지 않았다. 한참 기다리다가 마르틴 베크가 옆집의 벨을 울렸다. 빼끔 문이 열리고 여자가 내다보았다. 좁은 문틈으로 대여섯 살쯤 된 여자아이도 보였다.

"경찰입니다." 콜베리가 배지를 보여주며 여자를 안심시켰다.

"어머나." 여자가 말했다.

"오스카르손 씨 가족이 집에 있는지 없는지 혹시 아십니까?" 마르틴 베크가 물었다.

"없어요. 오늘 아침에 나갔어요. 어디 친척 집에 간다고요. 제 말은, 부인과 아이들만 갔다는 거예요."

"아, 이거 죄송합……."

"누구나 다 그럴 수 있는 건 아니죠." 여자가 끼어들었다. "제 말은, 누구나 다 그렇게 가버릴 수 있는 건 아니잖아요."

"어디로 갔는지는 모르십니까?" 콜베리가 물었다.

"몰라요. 하지만 금요일 오전에 돌아올 거예요. 그리고 오자마자 또 떠날걸요."

여자가 두 사람을 보면서 설명을 덧붙였다.

"오스카르손 씨의 휴가가 그때 시작되거든요."

"그러면 오스카르손 씨는 지금은 집에 있다는 겁니까?"

"네, 저녁에 돌아오겠죠. 그때 전화해보세요."

"알겠습니다." 마르틴 베크가 말했다.

여자아이가 새쭉한 표정으로 제 엄마의 치마를 당겼다.

"아이들이 어찌나 투정인지 몰라요. 그렇다고 내보낼 수는 없잖아요. 이제 괜찮나요?"

"안 내보내시는 게 낫습니다."

"하지만 어쩔 수 없는 부모도 있겠죠. 부모 말을 고분고분 듣지 않는 아이도 많고요."

"안타깝게도 그렇지요."

두 사람은 한마디 말 없이 승강기로 내려왔다. 한마디 말 없이 차를 몰아 시내로 돌아왔다. 두 사람은 자신들의 무력함과 자신들이 보호해야 하는 사회에 대한 이중적인 감정을 똑같이 느끼고 있었다.

그들이 탄 차가 바나디스 공원으로 접어들자, 두 사람의 얼굴도 두 사람이 탄 차도 알아보지 못한 제복 경관이 앞을 막았다. 공원에는 볼 것이 아무것도 없었다. 이 모든 소동에도 불구하고 몇 안 되는 아이들이 놀고 있을 뿐이었다. 그리고 물론 지칠 줄 모르고 기웃거리는 구경꾼들이 있었다.

두 사람이 오덴가탄 거리와 스베아베겐 거리의 교차로에 당도했을 때 콜베리가 불쑥 말했다.

"목이 말라."

마르틴 베크는 고개를 끄덕였다. 두 사람은 차를 세우고 메트로폴 식당으로 들어가서 과일주스를 주문했다.

바에는 남자 둘이 앉아 있었다. 남자들은 코트를 벗어 바 앞의 등받이 없는 의자에 놓아두었는데, 그 흔치 않은 행동에서 날이 얼마나 더운지 알 수 있었다. 남자들은 위스키소다를 홀짝거리는 중간중간 열띤 대화를 나눴다.

"제대로 처벌을 안 해서 그래요. 흠씬 몰매를 때려줘야 한다고요." 둘 중 더 젊은 남자가 말했다.

"옳거니." 나이 많은 남자가 동의했다.

"유감스럽긴 하지만 그게 유일한 방법이라고요."

콜베리는 뭔가 말을 꺼내려고 입을 열었다가 그만두고는 대신 과일주스를 단숨에 비웠다.

마르틴 베크는 비슷한 대화를 그날 한번 더 들었다. 담배를 사러 갔을 때였다. 그의 앞에 선 남자가 이렇게 말했다.

"……그 새끼를 잡으면 어떻게 해야 하는지 알아요? 사람들이 보는 앞에서 처형해야 해요. 텔레비전에서 중계를 해야 해요. 그것도 한 번에 죽여버리면 안 돼요. 절대 안 되죠. 며칠에 걸쳐서 조금씩 조금씩 죽여야 한다고요."

남자가 떠난 뒤에 마르틴 베크는 담뱃가게 주인에게 물었다.

"저 사람 누굽니까?"

"스코그라고, 요 옆에서 라디오 가게를 하는 사람입니다. 점잖은 친구예요."

본부로 돌아온 마르틴 베크는 그리 멀지 않은 과거에는 도둑의 손목을 잘라 벌주었다는 것을 생각해보았다. 그러나 그 시절에도 물건을 훔치는 사람은 계속 있었다. 꽤 많았다.

저녁에 마르틴 베크는 보 오스카르손의 아버지에게 전화를 걸었다.

"잉리드하고 아이들요? 욀란드의 처가로 내려 보냈습니다. 아니요, 처가에는 전화가 없습니다."

"언제 돌아옵니까?"

"금요일 오전요. 그리고 그날 저녁에 다 같이 외국으로 나갑니다. 이 동네에 있을 마음이 안 나서 말입니다."

"그러시겠지요." 마르틴 베크는 맥없이 대답했다.

6월 13일 화요일에 벌어진 일은 그게 다였다.

수요일에는 아무 일도 벌어지지 않았다. 날씨는 한층 더워졌다.

13.

목요일 11시가 넘어서 드디어 일이 벌어졌다. 마르틴 베크는 습관대로 캐비닛에 오른 팔꿈치를 걸치고 섰다가, 그날 오전의 쉰 번째 전화쯤으로 여겨지는 벨 소리를 들었다. 군발드 라르손이 받았다.

"라르손입니다.

뭐라고?

오케이, 바로 내려가지."

군발드 라르손이 자리에서 일어나며 마르틴 베크를 보았다.

"안내인이야. 웬 아가씨가 찾아와서 뭔가 안다고 주장한다는군."

"뭐에 대해서?"

군발드 라르손은 벌써 문을 나서고 있었다.

"강도."

잠시 뒤에 아가씨는 책상 옆에 앉아 있었다. 틀림없이 스무 살이 넘지 않은 듯했지만 겉으로는 훨씬 더 나이들어 보였다. 여자는 자주색 그물 스타킹과 발가락이 드러나는 하이힐을 신었다. 미니스커트를 입었다. 가슴골은 사람들의 시선을 끌 만했고 물들인 헤어스타일도 마찬가지였다. 인조 속눈썹을 붙였고 아이섀도를 덕지덕지 칠했다. 작은 입술이 부루퉁하게 튀어나왔고 가슴은 브래지어 위로 솟아올라 있었다.

"아가씨가 아는 게 뭐지?" 군발드 라르손이 대뜸 물었다.

"바사 공원이랑 바나디스 공원 같은 데서 사고를 치고 다니는 남자에 대해 알고 싶다면서요. 그렇다던데." 버릇없는 말투였다.

"그 용건이 아니라면 아가씨가 왜 여길 왔겠나?"

"몰아붙이지 마세요." 여자가 홱 고개를 들었다.

"아는 게 뭔데?" 군발드 라르손이 성급하게 재촉했다.

"너무 무례하시네요. 경찰은 하나같이 왜 그렇게 서툰지 몰라."

"보상을 바라는 거라면, 그런 건 없어."

"보상금 따위는 상관 안 해요." 숙녀가 응수했다.

"왜 찾아왔죠?" 마르틴 베크가 가급적 부드럽게 물었다.

"돈이라면 쓸 만큼 있다고요."

여자가 한바탕 소란을 피우려고 찾아왔다는 것은 분명했다. 그런 목적이 조금이라도 있을 것이다. 여자가 얌전히 관둘 마음이 없다는 것도 분명했다. 마르틴 베크는 군발드 라르손의 이마에 핏줄이 솟는 것을 보았다. 아가씨가 말했다.

"적어도 댁들보다는 내가 훨씬 더 잘 번다고요."

"그렇겠지, 아가씨의 그 몸……." 군발드 라르손은 여기까지 말하고는 자제했다.

"아가씨가 뭘 해서 돈을 버는지에 관해서는 이야기를 안 할수록 좋겠군."

"그딴 식으로 한마디만 더 하면 가버릴 거예요." 여자가 으름장을 놓았다.

"아무데도 못 가." 군발드 라르손이 뱉듯이 말했다.

"이곳은 자유국가잖아요? 민주주의인가 뭔가 그거잖아요?"

"경찰서에는 왜 왔죠?" 마르틴 베크는 아까보다 조금 덜 부드러운 말투로 다시 물었다.

"그래요, 알고 싶어 죽겠죠? 귀가 쫑긋 섰네요. 나는 한마디도 안 하고 돌아가버릴 마음도 있다고요."

교착상태를 깬 것은 멜란데르였다. 멜란데르는 고개를 들고 입에서 파이프를 빼고 여자가 방에 들어온 이후 처음으로 여자를 쳐다보면서 차분히 말했다.

"아가씨, 우리에게 말해주지 않겠어요?"

"바나디스 공원하고 바사 공원에서……."

"그래요, 아가씨가 정말로 아는 게 있다면 말이에요." 멜란데르가 다독였다.

"다 말하면 가도 되죠?"

"물론이죠."

"약속해요?"

"약속하다마다요." 멜란데르가 대답했다.

"그리고 그 사람한테는 말하지 않을 거죠?"

여자는 어깨를 으쓱하더니 혼잣말처럼 중얼거렸다.

"흥, 어차피 짱구를 굴려서 짐작하겠지."

"그 사람 이름이 뭐죠?" 멜란데르가 물었다.

"로페."

"성은?"

"룬드그렌. 롤프 룬드그렌."

"어디 살지?" 군발드 라르손이 물었다.

"룬트마카르가탄 거리 57번지."

"지금 그 사람은 어디에 있지?"

"집에요."

"그 사람이 강도라는 걸 아가씨는 어떻게 알죠?" 마르틴 베크가 물었다.

순간 여자의 눈에서 뭔가 번들거렸다. 마르틴 베크는 그것이 눈물임을 깨닫고 화들짝 놀랐다.

"내가 그걸 모를까 봐요." 여자가 우물거렸다.

"그자하고 사귀는 사이인가 보군." 군발드 라르손이 말했다.

여자는 대답 없이 그를 노려보았다.

"현관문에는 뭐라고 이름이 적혀 있나요?" 멜란데르가 물었다.

"시몬손요."

"누구 집이죠?" 마르틴 베크가 물었다.

"그이 집요. 로페 집이에요. 내가 알기로는 그래요."

"아귀가 안 맞잖아." 군발드 라르손이 끼어들었다.

"전전세를 해서 그 집을 쓴다든가 그래요. 설마 그이가 문에 자기 이름을 붙여둘 만큼 멍청하다고 생각하는 거예요?"

"수배중인가?"

"몰라요."

"도주중인가?"

"몰라요."

"이것 봐요, 알면서 왜 그래요." 마르틴 베크가 채근했다.

"탈옥자인가요?"

"아니에요. 절대 아니에요. 로페는 한 번도 잡힌 적 없어요."

"이번에는 잡힐 거야." 군발드 라르손이 말했다.

여자는 앙심에 찬 눈으로 라르손을 노려보았지만, 눈가는 촉촉했다. 군발드 라르손이 여자에게 질문을 쏘아댔다.

"룬트마카르가탄 거리 57번지라고?"

"그렇게 말했잖아요. 뭘 들었어요?"

"거리에 면한 집인가, 안마당에 면한 집인가?"

"안마당 쪽요."

"몇 층?"

"2층."

"집은 얼마나 넓지?"

"방 하나예요."

"부엌은?"

"없어요, 부엌은. 방 하나뿐이에요."

"창문은 몇 개지?"

"두 개."

"안마당이 보이고?"

"아니요, 바다가 보여요, 왜요!"

군발드 라르손은 짜증이 나는지 입술을 깨물었다. 이마의 핏

줄이 다시 불끈거리기 시작했다.

"정리하자면, 2층에 있는 방 하나짜리 집이고, 창문 두 개가 안마당 쪽으로 나 있다는 거로군요. 그가 지금 집에 있다는 건 확실한가요?" 멜란데르가 끼어들었다.

"네. 확실해요." 여자가 대답했다.

"열쇠 있나요?" 멜란데르가 상냥하게 물었다.

"아니요. 열쇠는 하나뿐이에요."

"그 사람은 집에 있을 때 안에서 문을 잠그나요?" 마르틴 베크가 물었다.

"반드시. 내기를 해도 좋을 만큼 반드시 그래요."

"현관문은 안으로 열리나, 밖으로 열리나?" 군발드 라르손이 물었다.

여자는 열심히 생각했다.

"안으로요."

"확실히?"

"네."

"안마당에 면한 쪽은 집이 몇 층까지 있죠?" 마르틴 베크가 물었다.

"어, 4층까지인가 그래요."

"1층에는 뭐가 있죠?"

"무슨 작업장요."

"그 집 창문에서 건물 입구가 보이나?" 군발드 라르손이 물었다.

"아니요. 발트해가 보여요." 아가씨가 쏘아붙였다. "시청도 살짝 보이고요. 왕궁도 보이고."

"그거면 됐어. 여자를 데려가." 라르손이 말을 끊었다.

여자는 신경질이 난 듯 버둥거렸다.

"잠시만요." 멜란데르가 여자를 붙잡았다.

방안에 침묵이 흘렀다. 군발드 라르손이 기대 어린 눈빛으로 멜란데르를 보았다.

"가도 돼요? 약속했잖아요."

"물론 가도 되죠. 그전에 우선 아가씨가 괜찮은지 확인하고 싶어서 그래요. 아가씨 본인을 위해서. 아, 한 가지 더." 멜란데르가 말했다.

"뭔데요?"

"그 남자는 집에 혼자 있는 게 아니죠?"

"네." 여자는 작게 대답했다.

"그건 그렇고, 아가씨 이름은 뭐지?" 군발드 라르손이 물었다.

"그쪽 알 바 아니잖아요."

"데려가." 군발드 라르손이 말했다.

멜란데르가 일어나서 옆방으로 통하는 문을 열고 말했다.

"뢴, 여기 숙녀분이 계신데, 자네가 모셔가서 잠깐 함께 있으면 안 되겠어?"

뢴이 문간에 나타났다. 눈과 코가 빨갰다. 뢴은 곧 상황을 이해했다.

"전혀 문제 없어."

"코 좀 풀어." 군발드 라르손이 타박을 주었다.

"아가씨께 커피라도 드릴까?"

"좋은 생각이야." 멜란데르가 대답했다.

멜란데르는 여자를 위해 문을 잡아주면서 정중하게 말했다.

"이쪽으로 가세요."

여자는 일어나서 걸어갔다. 그러나 문간에서 멈추더니 차갑고 냉정한 눈으로 군발드 라르손과 마르틴 베크를 응시했다. 보나마나 두 사람은 여자의 환심을 얻는 데 실패한 것 같았다. 우리는 기본적인 심리 교육을 잘못 받은 게 분명해, 마르틴 베크는 속으로 생각했다.

여자가 멜란데르에게 찬찬히 물었다.

"누가 그를 잡으러 갈 건가요?"

"우리가요. 그게 경찰이 할 일이죠." 멜란데르가 상냥하게 대답했다.

여자는 꼼짝 않고 계속 멜란데르를 쳐다보다가 이윽고 말했다.

"그 사람은 위험해요."

"얼마나?"

"아주 위험해요. 총을 쏠 거예요. 아마 나도 쏴버릴걸요."

"앞으로 오랫동안 그럴 일은 없을걸." 군발드 라르손이 말했다.

여자는 그를 무시했다.

"집에 작은 기관총이 두 개 있어요. 총알도 들어 있고요. 평범한 권총도 하나 있어요. 그이는 입버릇처럼 말하기를……."

마르틴 베크는 군발드 라르손이 입 다물고 있기만을 기도하면서 자신도 잠자코 멜란데르의 대응을 기다렸다.

"뭐라고 말했는데요?" 멜란데르가 물었다.

"절대로 생포되지 않을 거라고요. 그 사람은 진심이에요."

여자는 여전히 가만히 서 있었다.

"그냥 그 말을 하려고요." 여자가 마지막으로 한 말이었다.

"고마워요." 멜란데르는 여자의 등뒤로 문을 닫았다.

"허." 군발드 라르손이 혀를 찼다.

"영장 청구해. 그리고 스톡홀름 지도를 찾아와." 문이 닫히자마자 마르틴 베크가 말했다.

멜란데르가 짧은 전화 통화로 어떤 조치든 마음대로 해도 좋다는 법적 승인을 받아냈을 때, 책상에는 벌써 스톡홀름 지도가 펼쳐져 있었다.

"조금 까다로울지도 모르겠군." 마르틴 베크가 말했다.

"그러게." 군발드 라르손이 동의했다.

군발드 라르손은 서랍을 열고 권총을 꺼내 잠시 손바닥에 얹어 무게를 가늠했다. 마르틴 베크는 여느 사복 경찰들과 마찬가지로 근무중 갑자기 쓸 일이 생길까 봐 어깨띠 권총집에 총을 꽂고 다녔다. 반면에 군발드 라르손은 특수한 클립을 써서 바지 허리춤에 권총집을 매달았다. 오른쪽 엉덩이 옆에 권총을 걸면서 군발드 라르손이 말했다.

"좋았어. 내가 직접 그 자식을 잡으러 갈 거야. 함께 가겠나?"

마르틴 베크는 곰곰이 생각을 하면서 군발드 라르손을 쳐다보았다. 그는 자신보다 족히 머리 반 개쯤 더 컸고, 서 있으니 더욱 거대했다.

"이 방법밖에 없어. 달리 어떻게 하겠어? 경기관총, 최루탄, 방탄조끼를 갖춘 사내들이 떼거리로 현관을 통과해서 마당을 가로지른다고 상상해보라고. 그 녀석은 창문이나 계단에 나와서 미친놈처럼 총을 쏴대고 말이야. 아니면 자네나 경찰청장이나 총리나 왕이 출동해서 '당신은 포위되었다. 순순히 투항하라'고 확성기로 소리쳐야겠어?" 군발드 라르손이 말했다.

"열쇠 구멍으로 최루가스를 흘려보내면 어때." 멜란데르가 제안했다.

"괜찮은 생각이군. 하지만 나는 별로야. 아마 열쇠가 안쪽에 꽂혀 있을걸. 안 돼. 사복 경관들을 거리에 배치해두고 두 사람만 들어가는 거야. 같이 가겠어?" 라르손이 말했다.

"물론이지." 마르틴 베크가 대답했다.

마르틴 베크는 콜베리와 함께 가는 편이 나을 것 같았지만 누가 뭐래도 그 강도는 군발드 라르손의 소관이었다.

룬트마카르그가탄 거리는 노르말름이라고 불리는 지역에 있었다. 좁고 긴 거리에 주로 오래된 건물들이 늘어선 동네였다. 남쪽은 브룬스가탄 거리까지, 북쪽은 오덴가탄 거리까지 뻗은 길로, 지층에는 이런저런 작업장이 많고 안마당 건너편의 초라한 건물들은 주로 살림집으로 사용되었다.

그들은 십 분도 안 지나 그곳에 도착했다.

14.

"자네가 컴퓨터를 갖고 오지 않아서 아쉽군. 그걸로 문을 부술 수 있었을 텐데 말이야." 군발드 라르손이 말했다.

"그러게." 마르틴 베크가 대꾸했다.

두 사람은 로드만스가탄 거리에 차를 세웠다. 모퉁이를 돌아가니 57번지 건물의 출입구 주변에서 동료들 몇이 서성이고 있었다.

경찰이 와 있는 것을 눈치챈 동네 주민은 없는 듯했다.

"이렇게 들어가지……." 군발드 라르손은 갑자기 입을 다물었다.

아마도 자신이 마르틴 베크보다 직급이 낮다는 걸 상기한 듯했다. 그가 손목시계를 보면서 다시 말했다.

"이러면 어떨까 싶은데. 자네가 나보다 삼십 초쯤 뒤에 들어오는 거야."

마르틴 베크는 고개를 끄덕이고 길을 건넜다. 구스타프 블롬딘 보석상 쇼윈도 앞에 서서 보기 드물게 아름다운 골동품 괘종시계가 째깍거리며 삼십 초를 헤아리는 것을 지켜보았다. 그리고 홱 돌아섰다. 지나가는 차들을 개의치 않고 대각선으로 성큼 길을 건너 57번지 건물 입구로 들어섰다.

마르틴 베크는 위쪽에 난 창문들을 올려다보지 않고 태연히 마당을 가로질러 층계 출입문을 열었다. 날렵하고 조용하게 계단을 올라갔다. 1층 작업장에서 기계들이 쿵쾅대는 소리가 아스라히 들려왔다.

페인트가 부스러져 내린 문이었다. 과연 시몬손이라는 이름이 붙어 있었다. 안에서는 아무 소리도 들리지 않았다. 문 오른쪽에 붙어 꼼짝 않고 꼿꼿하게 서 있는 군발드 라르손도 아무 소리를 내지 않았다. 군발드 라르손이 갈라진 널빤지 벽을 손가락으로 가볍게 쓸었다.

그러고는 눈빛으로 마르틴 베크에게 물었다.

마르틴 베크는 문을 일이 초가량 바라보다가 고개를 끄덕였다. 마르틴 베크는 문 왼쪽으로 물러나 벽에 등을 대고 긴장한 자세로 섰다.

군발드 라르손은 그 키와 덩치에도 불구하고 고무창 샌들에서 아무 소리도 안 나도록 조용하고 민첩하게 움직였다. 그는 문 맞은편 벽에 오른쪽 어깨를 붙이고 몇 초쯤 잔뜩 긴장하고 섰다. 열쇠 구멍 안쪽에 열쇠가 꽂혀 있다는 것을 미리 확인한 듯했다. 롤프 룬드그렌의 사생활이 머지않아 사적이지 않은 것이 되리라는 사실은 불 보듯 뻔했다. 마르틴 베크가 그런 생각을 하는 순간, 군발드 라르손이 왼쪽 어깨를 앞으로 내밀고 몸을 살짝 구부린 자세로 구십팔 킬로그램의 거구를 문에 날렸다.

자물쇠와 위쪽 경첩이 떨어져나가면서 우지끈 문이 열렸다. 군발드 라르손은 우수수 쏟아지는 메마른 나무 파편들을 맞으면서 안으로 들어갔다. 마르틴 베크는 일 미터 뒤에 붙어서 매끄럽고 신속하게 움직였다. 권총은 높이 들었다.

강도는 오른팔을 웬 여자의 목덜미에 끼운 채로 침대에 등을 붙이고 누워 있었는데, 순식간에 팔을 풀더니 빙글 몸을 돌려 상체를 바닥으로 숙이면서 침대 밑으로 손을 넣었다. 군발드 라르손이 그를 쳤을 때 남자는 바닥에 있던 경기관총을 쥐고 무릎을 꿇어 앉은 참이었다. 오른손으로 겨우 금속 총신만을 거머쥔 상태였다.

군발드 라르손은 남자를 딱 한 대 때렸다. 맨손인데다 그리 세게 때린 것도 아니었지만, 그것만으로도 남자가 무기를 떨어뜨리고 비틀거리며 벽 쪽으로 물러나게 하기에는 충분했다. 남자는 가만히 앉아서 왼팔로 얼굴을 막았다.

"때리지 마세요." 남자가 말했다.

남자는 알몸이었다. 남자를 따라 침대에서 펄쩍 튀어오른 여자도 몸에 걸친 것이라고는 타탄 체크무늬 시곗줄의 손목시계뿐이었다. 여자는 침대 너머의 벽에 등을 붙인 채 옴짝달싹 않고 서서 바닥에 떨어진 경기관총을 뚫어져라 바라보다가, 이어 트위드 양복을 입은 거대한 금발머리 남자에게 시선을 옮겼다. 몸을 가리려는 시도는 전혀 하지 않았다. 짧은 머리에 다리가 길고 늘씬한, 예쁜 아가씨였다. 가슴은 젊고 아름다웠고 연갈색 젖꼭지는 큼직했다. 배꼽부터 저 아래 은밀한 부위를 감싸는 진갈색의 축축한 거웃까지 털이 짙게 나 있었다. 겨드랑이 털도 짙고 풍성했다. 여자의 허벅지, 팔, 가슴에는 닭살이 돋아 있었다.

아래층 작업장에서 올라온 남자가 입을 떡 벌리고 서서 부서진 문 너머를 바라보았다.

마르틴 베크는 이 부조리한 상황에 기가 찼다. 몇 주 만에 처음으로 입가가 실룩거리는 게 느껴졌다. 푸른 목공용 앞치마를 두르고 오른손에 자를 든 남자가 어안이 벙벙하여 자신을 바라보는 동안, 그 자신은 환한 햇살이 가득한 방 한가운데에 서서 발가벗은 남녀에게 7.65밀리미터 발터 권총을 겨누고 있었다.

마르틴 베크는 권총을 내렸다. 경관 하나가 문밖에 나타나서 목수에게 비키라고 지시했다.

"뭐예요!" 여자가 외쳤다.

군발드 라르손은 못마땅한 표정을 숨기지 않고 여자를 쳐다보며 말했다.

"옷 입어."

그러고는 잠시 뒤에 덧붙였다.

"옷이란 게 있는지 모르겠지만."

군발드 라르손은 오른발로 경기관총을 밟고 있었다. 그가 흘긋 강도를 보며 말했다.

"너도. 옷 입어."

강도는 체격이 좋은 근육질 청년이었다. 사타구니 부근이 좁다란 띠를 두른 것처럼 하얀 것을 제외하고는 온몸이 상당히 그을렸고, 팔다리에 옅은 색깔의 털이 길게 나 있었다. 남자는 오른손으로 성기를 가리면서 천천히 몸을 일으키고는 말했다.

"더럽고 치사한 년."

또 다른 경관이 방으로 들어와서 멍하니 이 광경을 보았다. 여자는 여전히 쫙 벌린 손바닥을 벽에 붙인 채 미동 없이 서 있었지만 갈색 눈동자에 어린 표정을 볼 때 서서히 정신을 차리는 것 같았다.

마르틴 베크는 방을 둘러보았다. 부엌 의자 등받이에 푸른 면 원피스가 걸쳐져 있었다. 팬티와 브래지어, 그물 가방도 의자에 놓여 있었다. 아래 바닥에는 샌들이 있었다. 마르틴 베크는 여자에게 원피스를 건네며 물었다.

"이름이 뭡니까?"

여자는 오른손을 내밀어 옷을 받았지만 입지는 않았다. 또렷한 갈색 눈으로 마르틴 베크를 바라보면서 대답했다.

"리스베트 헤드비그 마리아 칼스트룀이에요. 당신은 누군데요?"

"경찰입니다."

"난 스톡홀름 대학에서 현대어랑 영어를 전공하는 학생이에요."

"대학에서 이런 것도 배웠나 보지?" 군발드 라르손이 고개도 돌리지 않은 채 빈정거렸다.

"난 성인이 된 지 일 년이 넘었고 페서리도 착용하고 있어요."

"이 남자를 안 지 얼마나 됐지요?" 마르틴 베크가 물었다.

여자는 여전히 옷을 입으려는 마음이 없는 듯했다. 대신에 손목시계를 보면서 대답했다.

"정확히 두 시간하고 이십오 분 됐어요. 바나디스 수영장에서 만났어요."

방 저쪽에서 남자는 속옷과 카키색 바지를 입는 중이었다.

"숙녀가 볼 만한 장면은 아니군." 군발드 라르손이 말했다.

"무례한 분이로군요." 여자가 라르손을 향해 말했다.

"그래?"

군발드 라르손은 강도에게 시선을 못박은 채 대답했다. 그가 여자에게 눈길을 준 것은 아까 딱 한 번뿐이었다.

"이제 셔츠 입어." 군발드 라르손이 아버지처럼 남자를 채근했다. "이제 양말 신고. 신발도 신고. 어이구, 착하지."

제복 경관 두 명이 방으로 들어왔다. 그들은 잠시 이 광경을 감상하다가 강도를 데리고 나갔다.

"옷 입어요." 마르틴 베크가 여자에게 말했다.

마침내 여자는 의자로 걸어가서 원피스를 머리에 뒤집어쓰고, 팬티를 입고, 발에 샌들을 꿨다. 브래지어는 말아서 그물 가방에 넣었다.

"저 사람이 무슨 짓을 했나요?" 여자가 물었다.

"성범죄자야." 군발드 라르손이 대꾸했다.

여자는 얼굴이 새하얗게 변해 침을 삼켰다. 여자가 마르틴 베크에게 정말이냐는 듯한 눈길을 던졌다. 마르틴 베크는 고개를 저었다. 여자는 다시 침을 삼킨 뒤에 주뼛거리며 말했다.

"혹시 저도……."

"됐습니다. 밖에 있는 경관에게 아가씨의 이름과 주소만 알려주세요. 잘 가요."

여자가 나갔다.

"그냥 보낸단 말이야!" 군발드 라르손이 어이없어 했다.

"그래."

마르틴 베크는 어깨를 으쓱하고 말했다.

"자, 슬슬 뒤져볼까?"

15.

다섯 시간 뒤, 5시 30분이었다. 롤프 에베르트 룬드그렌은 자기 이름이 롤프 에베르트 룬드그렌이라는 것 외에는 여태 아무것도 인정하지 않았다.

그들은 그의 주변에 서서 서성였고, 그와 마주보고 앉았다. 그는 그들의 담배를 피웠고, 녹음기는 돌아가고 또 돌아갔다. 여전히 그의 이름은 롤프 에베르트 룬드그렌이었다. 어차피 그의 운전면허증에 그렇게 적혀 있었다.

그들은 그에게 묻고 묻고 또 물었다. 마르틴 베크, 멜란데르, 군발드 라르손, 콜베리, 뢴, 심지어 지금은 국장이 된 함마르까지 들러서 신중하게 고른 말을 한두 마디 던졌다. 여전히 그의 이름은 롤프 에베르트 룬드그렌이었고 어차피 그의 운전면허증에 그렇게 적혀 있었으며 그를 짜증나게 만드는 유일한 일은 뢴이 손수건으로 입을 가리지 않고 재채기를 한다는 것뿐인 듯했다.

어이없는 사실은, 이것이 오로지 그에 관한 문제일 뿐이라면 그가 무죄를 주장하든 말든 그들에게는 하등의 상관이 없다는 점이었다. 그가 취조를 당하는 내내, 혹시라도 항소를 한다면 재판을 받는 내내, 심지어 감옥살이를 하는 내내 무죄를 주장한다더라도 그들이 알 바 아니었다. 왜냐하면 안마당 건너편의 그의 방 하나짜리 아파트 안 붙박이장에서 경기관총 두 정과 스미스 앤드 웨슨 38구경 스페셜 한 정은 물론이고 그가 네 건의 강도 사건에 연루되었음을 똑똑히 말해주는 물건들이 나왔기 때문이다. 더불어 반다나, 테니스화, 가슴 주머니에 모노그램이 그려진 나일론 스웨터, 프렐루딘 이천 알, 놋쇠 너클, 훔친 카메라 몇 개도 나왔다.

6시에 롤프 에베르트 룬드그렌은 살인수사과 경감 마르틴 베크와 경위 프레드리크 멜란데르와 함께 커피를 마셨다. 셋 다 각설탕을 두 개씩 넣었고, 셋 다 똑같이 시무룩하고 지친 모습으로 종이컵을 홀짝거렸다.

"어이없는 사실은, 이게 오로지 네 문제일 뿐이라면 우리는 그만 끝내고 집으로 갔을 거라는 거야." 마르틴 베크가 말했다.

"당신들이 나한테서 뭘 캐내려는지 모르겠는걸요." 룬드그렌이 말했다.

"정말로 한심한 사실은……."

"아, 제발 그만 좀 징징대요."

마르틴 베크는 말없이 앉아서 체포된 남자를 응시했다. 멜란데르도 말이 없었다.

6시 15분에 마르틴 베크는 싸늘하게 식은 커피를 다 마셨다. 그는 종이컵을 구겨 쓰레기통에 던졌다.

그들은 설득을 하고, 친절을 베풀고, 엄하게 굴고, 논리를 동원하고, 충격 요법까지 구사했다. 그에게 변호사를 붙여주겠다고 제안했고, 뭐 먹고 싶은 건 없느냐고 열 번쯤 물어보았다. 그를 때리는 것 외에는 갖은 수를 다 써보았다. 마르틴 베크는 군발드 라르손이 몇 번이나 그 금지된 방법을 동원할 목전에 다다르는 것을 눈치챘다. 하지만 군발드 라르손도 용의자를 때려선 안 된다는 걸 아는 듯했다. 특히 경감들과 국장들이 취조실을 들락날락하는 상황에는. 극도로 짜증이 난 군발드 라르손은 끝내 집으로 가버렸다.

6시 30분에 멜란데르도 퇴근했다. 뢴이 들어와서 앉았다. 롤프 에베르트 룬드그렌이 말했다.

"그 더러운 손수건 좀 치워요. 나는 당신 세균에 옮고 싶지 않아요."

평범한 상상력에 평범한 유머 감각을 지닌 평범한 경찰관 뢴은 범죄 수사 역사상 최초로 재채기를 통해 자백을 끌어내는 수사관이 될 가능성에 대해 잠시 고려했지만, 참기로 했다.

물론 이 상황에서 정상적인 선택은 피의자에게 하룻밤 자면서 잘 생각해보라고 하는 것이었다. 마르틴 베크도 그렇게 생각했다. 하지만 우리에게 하룻밤 자면서 숙고할 시간이 있을까? 초록 티셔츠에 카키색 바지를 입은 남자는 딱히 졸린 것 같지 않았고, 쉬고 싶다는 말을 먼저 꺼내지도 않았다. 물론 언젠가는 그를 쉬게 해줘야 하리라.

"어제 아침에 여기에 왔던 숙녀 말인데." 뢴이 서두 차원에서 말을 꺼내고 재채기를 했다.

"빌어먹을, 더럽고 치사한 년." 피의자는 이렇게 투덜거리고는 풀죽어 입을 닫았다.

한참 뒤에 남자가 말했다.

"그녀이 나를 사랑한대요. 나한테는 자기가 필요하대요."

마르틴 베크는 고개를 끄덕였다. 또 한참 지난 뒤에 남자가 말했다.

"나는 그녀을 사랑하지 않아요. 나한테 그녀은 비듬보다 더 성가신 존재라고요."

징징대지 마, 마르틴 베크는 속으로만 생각했다. 말은 하지 않았다.

"나는 조신한 여자들이 좋아요. 사실 나한테는 조신한 여자애 한 명만 있으면 돼요. 그런데 질투심 많은 잡년 때문에 붙잡히다니."

침묵.

"잡년 주제에." 룬드그렌이 혼잣말로 툴툴댔다.

침묵.

"그년은 딱 한 가지 일에만 쓸모 있는 계집애지."

어련하겠어, 마르틴 베크는 생각했다. 하지만 이번에는 그의 체념이 틀렸다. 삼십 초가 흐른 뒤, 초록 티셔츠의 남자가 갑자기 말했다.

"좋아요."

"그럼 이야기를 해볼까." 마르틴 베크가 말했다.

"좋아요. 하지만 우선 이것 하나는 똑바로 짚고 넘어가죠. 그 잡년이 지난 월요일 사건에 대해서는 내 알리바이를 대줄 거예요. 탄토 공원 사건 말이에요. 그때 그년하고 같이 있었으니까."

"그건 우리도 알아." 뢴이 말했다.

"안다고요? 아, 그년이 벌써 다 말했군요."

"그래." 뢴이 대답했다.

마르틴 베크는 뢴을 쳐다보았다. 그러니까 뢴은 이 간단한 사실을 부서 내의 다른 사람들에게는 구태여 알리지 않았던 것이다. 마르틴 베크는 저도 모르게 이런 말을 내뱉었다.

"내가 이제라도 알게 되어 다행이군. 그러면 여기 룬드그렌 씨는 혐의를 벗겠군."

"응, 그렇지." 뢴이 차분하게 대답했다.

"이제 이야기를 해볼까." 마르틴 베크가 룬드그렌에게 말했다.

룬드그렌이 눈을 가느스름하게 뜨고 그를 보았다.

"이 자리에서는 싫어요."

"무슨 말인가?"

"당신하고는 싫다고요. 당신한테는 말하고 싶지 않아요." 룬드그렌이 설명했다.

"그러면 누구와?" 마르틴 베크는 꾹 참고 물었다.

"나를 잡았던 남자하고요. 키 큰 남자."

"군발드는 어디 갔지?" 마르틴 베크가 뢴에게 물었다.

"퇴근했어." 뢴이 한숨을 쉬면서 대답했다.

"전화해."

뢴이 또 한숨을 쉬었다. 마르틴 베크는 왜 그러는지 알았다. 군발드 라르손은 한참 멀리 떨어진 볼모라에 살았다.

"라르손도 쉬어야 해. 피곤한 하루였잖아. 이렇게 대단한 악당을 잡았으니 말이야." 뢴이 말했다.

"닥쳐요." 룬드그렌이 항의했다.

뢴은 재채기를 한 뒤에 전화기로 손을 뻗었다.

마르틴 베크는 옆방으로 건너가서 함마르에게 전화를 걸었다. 함마르는 재깍 받았다.

"룬드그렌이라는 자가 살인에 있어서는 혐의가 없는 건가?"

"오늘 아침에 뢴이 이 남자의 애인에게 물어보았답니다. 탄토 공원 사건 발생 시점에 여자가 남자에게 알리바이를 대줄 수 있나 봅니다. 지난 금요일 바나디스 공원 사건에 대해서는 알리바이가 없습니다만."

"알겠네. 자네는 어떻게 생각하나?"

마르틴 베크는 잠시 망설이다가 대답했다.

"이자는 아닌 것 같습니다."

"살인범이 아닌 것 같다고?"

"이자가 그랬을 것 같지는 않습니다. 아귀가 안 맞습니다. 월요일의 알리바이는 관두고라도, 타입이 다릅니다. 성적으로는 정상 같습니다."

"그렇군."

함마르조차 약간 초조한 듯했다. 마르틴 베크는 뢴과 룬드그렌이 있는 방으로 돌아왔다. 두 사람은 돌처럼 묵묵히 앉아 있었다.

"정말 아무것도 안 먹어도 되겠나?" 마르틴 베크가 물었다.

"괜찮아요. 그 사람은 언제 옵니까?"

뢴이 한숨을 폭 쉬고 코를 풀었다.

16.

군발드 라르손이 방에 들어섰다. 전화로 호출을 받은 지 정확하게 삼십칠 분 지나서였다. 라르손의 손에는 택시 영수증이 들려 있었다. 아까 동료들과 헤어졌을 때와 달리 면도를 하고 깨끗한 셔츠로 갈아입었다. 그는 롤프 룬드그렌의 맞은편에 앉고는 영수증을 접어서 오른쪽 맨 위 서랍에 넣었다. 이제 그는 스웨덴 경찰들이 연간 평균 감당하는 240만 시간의 초과근무 중 일부를 수행할 참이었다. 하지만 그의 직급으로 볼 때, 향후 몇 시간의 잔업에 대해 제대로 수당을 지급받을지는 미지수였다.

군발드 라르손은 상당한 시간을 흘려보낸 후에야 입을 열었다. 그동안은 녹음기, 메모지, 연필 따위를 바삐 준비했다. 심리 전술이겠지, 마르틴 베크는 동료를 바라보며 생각했다. 그는 군발드 라르손을 좋아하지 않았고 뢴을 높이 평가하지 않았다. 사실을 말하자면 자기 자신도 높이 평가하지 않았다. 콜베리는 마르틴 베크가 겁을 먹었다고 지적했다. 함마르는 초조해 보였다. 다들 몹시 피곤했다. 뢴은 감기까지 걸렸다. 도보로든 경찰차로든 순찰을 도는 제복 경관들은 다들 초과근무를 하고 있었고, 다들 고단했다. 그중 겁을 먹은 사람도 있을 테고, 감기에 걸린 사람도 뢴 하나만은 아닐 것이었다.

그리고 이 순간, 스톡홀름 시내와 교외에서 백만이 넘는 인구가 두려워하고 있었다.

성과 없는 추적은 칠 일째에 접어들었다.

사회의 보루는 바로 그들이었다.

이런 한심한 보루라니.

뢴이 코를 풀었다.

"자." 군발드 라르손이 거대한 털북숭이 손을 녹음기에 얹으면서 말했다.

"나를 잡았던 게 당신이죠." 롤프 에베르트 룬드그렌은 경의를 표할 수밖에 없다는 듯한 말투로 이렇게 말했다.

"그래, 맞아. 하지만 그렇다고 내가 딱히 자랑스러운가 하면 그건 아니야. 일이니까 하는 거지. 나는 너 같은 쓰레기를 매일 매일 잡아들여. 다음주면 너 따위는 벌써 잊어버리겠지."

이것은 물론 절반의 진실이었지만, 허풍스레 포문을 연 것이 효과가 있는 듯했다. 롤프 에베르트 룬드그렌이라는 남자는 금방 풀이 죽어 보였다.

군발드 라르손이 녹음기를 켰다.

"이름이 뭐지?"

"롤프 에베르트 룬드그렌."

"태어난 건?"

"물론 태어났죠."

"까불지 마."

"1944년 1월 5일요."

"어디에서?"

"예테보리."

"어느 교구?"

"룬드뷔."

"부모의 이름은?"

제발, 군발드. 마르틴 베크는 속으로 애를 태웠다. 그런 걸 물을 시간은 앞으로 몇 주나 있지 않나. 우리가 정말로 관심이 있는 문제는 딱 하나뿐이라고.

"전과는?"

"없어요."

“소년원 경력은?”

“없어요.”

“우리는 한두 가지 세부적인 사항에만 관심이 있어.” 마르틴 베크가 끼어들었다.

“젠장, 내가 저 사람하고만 얘기할 거라고 했잖아요!” 롤프 에베르트 룬드그렌이 대들었다.

군발드 라르손은 무표정하게 마르틴 베크를 보고는 취조를 이어갔다.

“직업은?”

“직업요?”

“그래. 하나 있지 않나?”

“음…….”

“스스로를 뭐라고 소개하나?”

“사업가요.”

“그러면 네가 생각하기에 네 일은 어떤 종류의 사업이지?”

마르틴 베크와 뢴은 체념의 눈길을 주고받았다. 별수없이 시간이 걸릴 것 같았다.

정말로 시간이 걸렸다.

한 시간 하고도 사십오 분이 지났을 때, 군발드 라르손이 말했다.

"우리는 한두 가지 세부적인 사항에만 관심이 있어."

"그렇다더라고요."

"너는 6월 9일에, 그러니까 지난주 금요일 저녁에 바나디스 공원에 있었다는 사실을 시인했어. 그렇지?"

"네."

"그리고 오후 9시 15분에 그곳에서 강도 상해 사건을 저질렀다는 것도 시인했지?"

"네."

"매점 주인인 힐두르 망누손을 공격했지?"

"네."

"몇 시에 공원으로 나갔지?" 뢴이 물었다.

"닥쳐요." 룬드그렌이 말했다.

"건방지게 굴지 마. 몇 시에 공원으로 나갔지?" 군발드 라르손이 말했다.

"7시쯤요. 어쩌면 좀더 늦었을지도 모르고. 비가 잦아든 뒤에 집에서 나갔어요."

"그러면 7시 정각부터 힐두르 망누손 부인을 폭행하고 강도한 시각까지 바나디스 공원에 있었다는 말인가?"

"뭐, 계속 근처에 있었어요. 주변을 관찰하면서."

"그 시각에 공원에 있는 다른 사람을 보았나?"

"네, 몇 명."

"몇 명이나?"

"열 명쯤? 아니면 열두 명쯤. 열 명쯤 되겠네요."

"사람들을 하나하나 면밀히 관찰했겠지?"

"네, 상당히 꼼꼼하게 살펴봤죠."

"공격해도 될 만한 상대인지 아닌지 판단하려고?"

"그렇다기보다는 힘쓸 가치가 있는지 없는지 판단하려고 그랬죠."

"그때 봤던 사람들 중에서 기억나는 사람이 있나?"

"글쎄요, 한두 명쯤."

"어떤 사람들?"

"짭새를 둘 봤어요."

"경찰?"

"네."

"제복을 입었나?"

"아니요."

"그런데 어떻게 그 사람들이 경찰인 걸 알았지?"

"스무 번인가 서른 번쯤 봤던 사람들이니까요. 그 사람들, 수르브룬스가탄 거리의 소굴에서 일하고 빨간색 볼보 아마존을 몰고 가끔은 초록색 사브도 몰던데요."

군발드, 제발 '경찰서 말인가?' 하고 되묻지는 말아줘, 마르틴 베크는 생각했다.

"9구역 경찰서 말인가?" 군발드 라르손이 물었다.

"네. 수르브룬스가탄 거리에 있는 게 그건지는 모르겠지만."

"경찰들을 봤을 때가 몇 시였지?"

"8시 30분이었던 것 같은데요. 그때 그 사람들이 왔다는 말이에요."

"경찰들은 얼마나 오래 머물렀지?"

"십 분 아니면 십오 분쯤. 그 뒤에 릴얀스 숲으로 차를 몰고 떠났어요."

"어떻게 그걸 아나?"

"그 사람들이 그렇게 말했으니까요."

"말했다고? 경찰들하고 대화를 나눴단 말이야?"

"내가 미쳤다고 그랬겠어요. 근처에 서 있다가 엿들었죠."

군발드 라르손이 의미심장하게 침묵했다. 무슨 생각을 하는지 짐작하기는 어렵지 않았다. 이윽고 라르손이 물었다.

"그 밖에 또 누구를 봤지?"

"남자애하고 여자애요. 꽤 어렸어요. 스무 살쯤."

"그 사람들은 뭘 하던가?"

"더듬던데요."

"뭐라고?"

"더듬더라고요. 남자가 여자의 보지에 손가락을 찔러넣었어요."

"말 가려서 해."

"뭐가 어때서요? 있는 그대로 이야기하는 건데."

군발드 라르손이 입을 다물었다가, 딱딱하게 물었다.

"네가 공원에 있었던 시각에 그곳에서 살인 사건이 벌어졌다는 걸 아나?"

룬드그렌은 손을 들어 얼굴을 덮었다. 몇 시간 만에 처음으로 초조해하는 것 같았다. 뭐라 대답해야 좋을지 모르겠는 모양이었다.

"신문에서 봤어요." 마침내 남자가 말했다.

"그런데?"

"나는 아니에요. 맹세해요. 나는 그런 인간이 아니에요."

"여자아이에 대한 기사를 읽었다 이거지. 아이는 아홉 살이었고, 이름은 에바 칼손이었어. 청색 치마, 줄무늬 티셔츠를 입었고……."

군발드 라르손은 메모를 참고했다.

"……나무 밑창을 댄 검정 샌들을 신었어. 그 아이를 봤나?"

룬드그렌은 대답하지 않았다. 삼십 초쯤 지난 뒤에 군발드 라르손이 질문을 반복했다.

"여자아이를 봤나?"

룬드그렌이 한참 미적댄 뒤에 대답했다.

"네에, 본 것 같아요."

"어디에서 봤나?"

"저 아래 스베아베겐 거리에 있는 놀이터에서요. 거기 꼬마가 하나 있었던 건 분명해요. 여자아이요."

"아이가 뭘 하고 있었지?"

"그네를 타던데요."

"누구랑 함께 있던가?"

"다른 사람은 없었어요. 아이 혼자였어요."

"그게 몇 시였지?"

"그러니까…… 내가 공원에 도착한 직후예요."

"그게 몇 시지?"

"7시 10분쯤 되겠네요. 그보다 약간 후일지도 모르고요."

"아이가 혼자 있었던 게 확실해?"

"네."

"아이가 청색 치마에 줄무늬 티셔츠를 입었던 것도 확실해?"

"아니요. 그러니까, 모르겠어요. 하지만……."

"하지만?"

"그랬던 것 같긴 해요."

"다른 사람은 보지 못했고? 아이에게 말을 거는 사람은 없었나?"

"잠깐만요." 룬드그렌이 갑자기 말했다. "잠깐만요, 잠깐만요. 나도 신문에서 기사를 읽은 다음에 머리에 쥐가 나도록 생각해봤다고요."

"무슨 생각을 했는데?"

"그게, 내가……."

"네가 그 아이와 이야기를 나눴나?"

"아니요, 아니요, 맙소사, 아니에요."

"아이가 혼자서 그네를 타고 있었다고 했지. 가까이 가봤어?"

"아니요, 아니요……."

"군발드, 알아서 이야기하도록 놔둬봐. 자기 나름대로 그때 일에 대해서 많이 생각해본 것 같으니까." 마르틴 베크가 말했다.

룬드그렌은 포기한 표정으로 마르틴 베크를 곁눈질했다. 룬드그렌은 피곤해 보였고, 겁이 나는 듯했다. 이제는 까칠하게 굴지도 않았다.

입다물고 있어, 군발드. 마르틴 베크는 생각했다.

군발드 라르손은 입다물고 있었다.

강도는 손바닥에 머리를 묻고 일이 분쯤 가만히 있다가 이윽고 말했다.

“나도 그때 일에 대해서 생각해봤어요. 그날 이후로 매일매일.”

침묵.

“열심히 떠올려봤다고요. 확실한 건 내가 놀이터에서 꼬마를 봤다는 것, 아이가 혼자였다는 것, 그게 내가 공원에 도착한 직후였다는 것이에요. 7시 10분이나 15분쯤. 하지만 별로 관심을 기울이지 않았어요. 그저 꼬마일 뿐이었고, 나는 놀이터 근처에서는 일하지 않을 거였으니까요. 길에서, 그러니까 스베아베겐 거리에서 너무 가깝거든요. 그래서 그때는 아이에 대해서 별 생각이 없었죠. 만약에 그 애가 더 위쪽 급수탑 옆 놀이터에서 놀고 있었다면 이야기가 달랐겠지만.”

“아이가 그 위에 있는 것도 봤나?” 군발드 라르손이 물었다.

“아니요, 아니요…….”

“아이를 따라갔나?”

“아니요, 아니요, 제발 내 말을 들어보세요. 나는 아이한테는 털끝만큼도 관심이 없었다니까요. 하지만…….”

“하지만?”

“그날 저녁은 공원에 사람이 많지 않았어요. 날씨가 고약해서 금방이라도 비가 내릴 것 같았으니까. 나도 그만 포기하고 집에 가야겠다 하는 참에 그 할망구가…… 부인이 온 거예요. 하지만……."

"하지만?"

"내가 확실하게 말할 수 있는 건 여자아이를 봤다는 것뿐이에요. 그때가 7시 15분쯤이었을 거라는 것하고요."

"그건 아까 다 한 얘기잖아. 아이가 누구랑 함께 있었지?"

"다른 사람은 없었어요. 아이 혼자였어요. 물론 공원에서 다른 사람을 열두어 명쯤 보기는 했죠. 나는…… 나는 아주 조심하거든요. 잡히기 싫으니까. 그래서 늘 주변을 경계해요. 그러니까 어쩌면 내가 봤던 사람들 중에서 누군가……."

"어떤 사람들을 봤는데?"

"짭새를 둘 봤고……."

"경찰관."

"맙소사, 그래요. 한 명은 빨강머리에 트렌치코트를 입었고, 다른 한 명은 모자와 재킷에 바지를 입었고 얼굴이 좀 핼쑥한 편이었어요."

"악셀손하고 린드로군." 뢴이 중얼거렸다.

"자네는 관찰력이 뛰어나군." 마르틴 베크가 말했다.

"그래, 그렇네. 이제 나머지 얘기도 털어놔." 군발드 라르손이 말했다.

"짭새 둘은…… 제발, 말 좀 끊지 마세요……. 그 사람들은 서로 다른 방향에서 공원으로 들어와서 십오 분쯤 있다가 나갔어요. 내가 여자아이를 보고서는 한참 지났을 때였어요. 한 시간 삼십 분쯤 더 지나서였을 거예요."

"그리고?"

"그리고 아까 말했던 커플이 있었죠. 여자애랑 여자애를 더듬던 남자애랑. 그건 더 일찍이었어요. 나는 그 커플을 따라갔죠. 작전을 개시할까 했는데……."

"작전을 개시해?"

"네, 그러니까……. 아니요, 맙소사, 섹스를 말하는 게 아니에요. 여자애는 흰색과 검은색으로 된 미니스커트를 입었고, 남자는 블레이저를 입었어요. 부잣집 자식들로 보였지만, 여자애 손에 가방이 없더라고요."

룬드그렌이 입을 다물었다. 군발드 라르손과 마르틴 베크와 뢴은 기다렸다.

"여자애가 흰 레이스 팬티를 입었고요."

"어떻게 들키지 않고 그런 것까지 봤나?"

"젠장, 그때 여자애는 아무것도 못 봤을걸요. 남자애도 마찬가지고. 하마가 나타났더라도 둘은 못 봤을 거예요. 서로의 얼굴조차 쳐다보지 않더라고요. 그 커플이 나타났던 시각은…….”

남자가 말을 멎었다가 그들에게 물었다.

“짬새들이 왔던 때가 몇 시라고 했죠?”

“8시 30분.” 마르틴 베크가 얼른 알려주었다.

강도는 거의 의기양양한 표정으로 말을 이었다.

“그렇죠. 그때가 남녀 커플이 사라진 지 적어도 십오 분쯤 되었을 거예요. 그리고 커플이 공원에 있었던 시간은 적어도 삼십 분쯤 됐죠. 그러니까 7시 45분에서 8시 15분까지가 되겠네요. 나는 커플을 바싹 쫓아갔지만 금세 떨어져나왔어요. 그냥 멀찌감치 서서 두 사람이 더듬는 걸 구경했죠. 제기랄. 커플이 왔을 때, 아이는 사라지고 없었어요. 커플이 왔을 때도 떠날 때도, 아이는 놀이터에 없었어요. 있었다면 내가 봤을 거예요. 내가 눈치챘을 거예요.”

남자는 이제 진심으로 도우려 했다.

“그러니까 7시 15분에는 아이가 놀이터에 있었지만 7시 45분에는 없었다는 거지?” 군발드 라르손이 물었다.

“바로 그거예요.”

“너는 그동안 뭘 했지?”

“경계를 늦추지 않고 관찰했다고나 할까요. 스베아베겐 거리와 프레이가탄 거리가 만나는 모퉁이를 돌아다녔어요. 두 방향에서 공원으로 들어가는 사람을 모두 볼 수 있도록."

"잠깐만. 다 합쳐서 열 명쯤 행인을 봤다고 했지?"

"공원에서요? 네, 대강."

"경찰 둘, 젊은 남녀, 네가 강탈한 부인, 여자아이. 그러면 여섯인데."

"개를 산책시키는 남자 뒤를 밟기도 했어요. 남자가 공원에서 왔다갔다하는 동안 계속 쫓아다녔지만, 스테판 교회 근처나 길에서 가까운 곳으로만 다니더라고요. 개가 똥을 싸거나 뭐 그러기를 기다렸던 거겠죠."

"그 남자는 어느 쪽에서 왔지?" 마르틴 베크가 물었다.

"스베아베겐 거리에서 왔어요. 사탕 가게 쪽에서."

"몇 시에?" 뢴이 물었다.

"내가 도착한 직후였어요. 남녀 커플 전에 대상으로 점찍었던 사람은 그 남자뿐이었어요. 남자는…… 잠깐만요, 남자는 사탕 가게를 지나쳐왔고, 배짝 마른 작은 개를 데리고 있었는데요. 그때는 아이가 놀이터에 있었어요."

"확실해?" 군발드 라르손이 물었다.

"네. 잠깐만요, 내가 남자를 계속 쫓아다녔거든요. 남자는 십 분이나 십오 분쯤 있었어요. 그리고 남자가 떠날 때는 여자아이도 사라지고 없었어요."

"그 밖에 또 어떤 사람들을 봤지?"

"그냥 떠돌이 몇 명."

"떠돌이?"

"네. 그런 사람들은 고려도 안 해요. 두세 명쯤 봤는데, 다들 공원을 통과해서 지나갔어요."

"지금이라도 기억을 떠올려보라고." 군발드 라르손이 말했다.

"나도 노력하는 중이에요. 떠돌이 같은 사람 둘이 함께 걸어가는 걸 봤어요. 그 사람들은 스베아베겐 거리에서 들어와서 급수탑으로 올라갔어요. 노숙자였고 나이들이 꽤 많았어요."

"두 사람이 일행이라는 건 확실한가?"

"확실해요. 전에도 본 적 있는 사람들이거든요. 이제 기억나네요. 그때 나는 그 사람들이 독주나 맥주 뭐 그런 걸 구해서 공원 위쪽에서 한잔하려나 보다, 하고 생각했어요. 하지만 그건 더듬던 커플이, 그러니까 레이스 팬티 입은 여자애랑 남자친구가 공원에 있는 동안의 일이었어요. 그리고……."

"그리고?"

"다른 사람도 한 명 더 봤어요. 다른 방향에서 온 남자였어요."

"그 사람도 떠돌이로 보이던가?"

"글쎄요, 주목할 만한 사람은 아니었어요. 적어도 내 입장에서는요. 그 남자는 급수탑 쪽에서 내려왔어요. 이제 확실하게 기억나네요. 그때 나는 남자가 잉에마르스가탄 거리 쪽 계단으로 꼭대기까지 올라갔었나 보다고 생각했어요. 그 계단은 지랄맞게 가파른데, 힘들게시리 그리로 올라갔다가 다시 내려오다니 이상하네, 하고요."

"다시 내려와?"

"네. 남자가 스베아베겐 거리로 나갔거든요."

"그 남자를 본 건 언제지?"

"개를 산책시키던 남자가 사라진 직후요."

방에 침묵이 깔렸다. 그들은 한 사람 한 사람 룬드그렌이 방금 한 말의 의미를 깨우쳤다.

가장 늦게 깨달은 것은 룬드그렌 자신이었다. 그는 퍼뜩 시선을 들어 군발드 라르손의 얼굴을 똑바로 쳐다보았다.

"맙소사, 그래요!"

마르틴 베크는 몸속 어딘가가 짜릿했다. 군발드 라르손이 입을 열었다.

"요컨대, 이렇게 정리할 수 있겠군. 7시 15분에서 7시 30분 사이에 말쑥하게 차려입은 중년 남자가 개를 데리고 바나디스 공원으로 들어왔어. 남자는 사탕 가게와 놀이터를 지나쳤고, 그때는 아직 놀이터에 여자아이가 있었어. 남자는 십 분, 길어야 십오 분쯤 개를 산책시켰고, 스테판 교회와 프레이가탄 거리 사이에 해당하는 부분에서만 왔다갔다했어. 자네는 그동안 계속 남자의 뒤를 밟았지. 남자가 발길을 돌려 공원을 나갔고, 다시 사탕 가게와 놀이터를 지나쳤는데, 그때는 놀이터에 아이가 없었어. 몇 분 뒤, 급수탑 쪽에서 다른 남자가 나타나서 스베아베겐 쪽으로 나갔어. 자네는 그 남자가 잉에마르스가탄 거리에서 공원으로 들어와서 급수탑 뒤편의 계단을 올랐다가 스베아베겐 거리 쪽으로 빠져나가는 거라고 짐작했지. 하지만 어쩌면 그 남자는 십오 분쯤 전에 스베아베겐 거리 쪽에서 들어왔을지도 몰라. 자네가 개를 데리고 있는 남자를 따라다녔을 때 말이지."

"그래요." 룬드그렌은 입을 딱 벌렸다.

"그 남자가 놀이터를 지나치면서 아이를 꾀어서 급수탑으로 데리고 올라갔을지도 몰라. 그곳에서 아이를 죽이고 도로 내려오는 길에 자네한테 목격된 거야."

"그래요." 룬드그렌이 입을 더 크게 벌렸다.

"남자가 어느 길로 나가는지 봤나?" 마르틴 베크가 물었다.

"아니요. 남자가 공원을 나가는구나, 하고 생각했던 게 전부예요."

"남자를 가까이에서 봤나?"

"네. 바로 내 옆을 지나갔으니까요. 나는 사탕 가게 뒤에 서 있었어요."

"좋아. 인상착의를 말해봐. 어떻게 생겼지?" 군발드 라르손이 물었다.

"키는 그다지 크지 않았고, 그렇다고 작지도 않았어요. 차림이 꾀죄죄한 편이었고. 코가 컸어요."

"옷은 뭘 입었나?"

"꾀죄죄했어요. 셔츠는 옅은 색이었는데, 아마 흰색이었을 거예요. 넥타이는 안 맸어요. 바지는 짙은 색이었는데, 회색이나 갈색이었던 것 같아요."

"머리카락은?"

"숱이 없는 편이었어요. 정수리로 똑바로 빗어 넘겼어요."

"코트는 안 입었나?" 뢴이 끼어들었다.

"안 입었어요. 재킷도 코트도."

"눈 색깔은?"

"뭐라고요?"

"눈동자 색깔도 봤느냐고."

"아니요. 하지만 푸른색이었나 회색이었나, 아무튼 그런 종류였어요. 옅은 색깔."

"나이는 얼마나 되어 보였지?"

"어, 마흔에서 쉰 사이요. 마흔 살에 가까울 것 같아요."

"신발은?" 뢴이 물었다.

"모르겠어요. 떠돌이들이 흔히 신는 평범한 검정 신발이 아니었을까요? 추측이지만."

군발드 라르손이 총정리했다.

"마흔 살가량의 남자, 보통 체격, 보통 키, 성긴 머리카락을 뒤로 넘겼고, 코가 큼. 푸른색이나 회색 눈동자. 흰색 혹은 옅은 색 셔츠, 목 근처 단추는 풀었음. 갈색이나 진회색 바지, 아마도 검정 신발."

마르틴 베크는 막연하게 뭔가 기억이 떠오를 듯했다. 하지만 정체 모를 기억은 떠오르자마자 홀연히 사라졌다. 군발드 라르손이 계속 말했다.

"아마도 검정 신발, 달걀형 얼굴……. 좋아. 하나만 더. 자네가 사진들을 좀 봐줘야겠어. 강력반 앨범을 가져와."

롤프 에베르트 룬드그렌은 경찰이 아는 성적 일탈자들의 사진을 모두 넘겨보았다. 그는 한 장 한 장 꼼꼼하게 확인했지만, 매번 고개를 저었다.

결국 룬드그렌은 바나디스 공원에서 봤던 남자와 비슷하게 생긴 사람을 찾아내지 못했다.

게다가 강력반에 등록된 사진들 중에 자신이 봤던 남자가 없다는 사실을 확신한다고까지 했다.

자정이 다 되었을 때 군발드 라르손이 말했다.

"먹을 걸 챙겨줄 테니 식사한 뒤에 자도 좋아. 내일 보자고. 오늘은 이걸로 됐어."

군발드 라르손은 의기양양한 기세였다.

강도가 이끌려 나가기 전에 마지막으로 소리를 쳤다.

"생각해보세요, 내가 그 개자식을 봤다니까요!"

강도도 역시 의기양양한 기세였다.

하지만 그렇게 말하는 본인도 하마터면 여러 사람을 죽일 뻔했고, 불과 열두 시간 전에는 마르틴 베크와 군발드 라르손에게 총질하려 들었다. 기회가 없었기에 못했을 뿐이다.

마르틴 베크는 골똘히 이런 생각을 했다.

이제야 겨우 범인의 인상착의를 알게 되었지만 내용은 상당히 빈약하다. 족히 수천 명의 시민들에게 들어맞을 만한 묘사다. 그래도 성과는 성과였다.

추적은 이레째로 접어들었다.

마르틴 베크의 마음 깊은 곳에는 그것 말고도 신경쓰이는 일이 있었지만, 무엇인지는 꼬집어 말할 수 없었다.

마르틴 베크는 퇴근하기 전에 뢴과 군발드 라르손과 커피를 한 잔 마셨다.

세 사람은 취조를 마무리하는 대화를 몇 마디 나눴다.

"취조에 시간이 너무 오래 걸렸다고 생각해?" 군발드 라르손이 물었다.

"그래." 마르틴 베크가 대답했다.

"내 생각도 그래." 뢴이 동의했다.

"하지만 봤지, 아주 기본적인 부분부터 시작해서 세심하게 풀어가야 해. 신뢰 관계를 구축하는 거지." 군발드 라르손이 거드름을 피웠다.

"그래." 뢴이 말했다.

"솔직히 말하자면, 아무리 그렇더라도 지나치게 오래 걸린 건 사실이야." 마르틴 베크가 말했다.

마르틴 베크는 집으로 돌아왔다. 커피를 한 잔 더 마시고는 침대에 누웠다.

그는 컴컴한 방에 누워서 가만히 생각했다.

무언가를.

17.

금요일 아침에 깼을 때, 마르틴 베크는 전혀 쉬지 못한 기분이었다. 커피를 지나치게 마시다가 가까스로 잠자리에 들었던 지난밤보다 오히려 더 피곤했다. 그는 이리저리 뒤척거리면서 자다 깨다 했고, 악몽을 연달아 꾸었다. 깨어보니 윗배가 어릿하게 아팠다.

아침 식사 자리에서 그는 아내와 격렬하게 다퉜다. 하지만 말다툼의 원인이 너무나 사소한 것이었기 때문에 오 분 후에 문을 닫고 나설 때는 왜 싸웠는지조차 잊을 정도였다. 어쨌든 그의 입장에서는 다소 방어적인 싸움이었다. 공격은 아내의 몫이었다.

피곤하고, 스스로에게 불만스럽고, 눈꺼풀이 쑤시는 상태로, 그는 지하철을 타고 슬루센 역으로 갔다. 그곳에서 지하철을 갈아타고 미솜마르크란센까지 가서, 베스트베리아알레의 자기 사무실에 잠시 들렀다. 그는 지하철을 싫어했다. 자동차를 이용하면 바가르모센의 집에서 남부 경찰서까지 더 빨리 갈 수 있었지만, 그는 자가용 운전자가 되는 것도 완강하게 거부했다. 이것은 그와 아내 잉아의 숱한 불화의 요인들 중 하나였다. 아내는 국가에서 자가용을 모는 경찰에게 킬로미터당 사십육 외레씩 보조금을 준다는 사실을 알게 된 뒤로 예전보다 자주 이 문제를 끄집어냈다.

그는 승강기를 타고 3층으로 올라가 유리문 밖에 달린 숫자 패드에 비밀번호를 눌렀다. 수위에게 고개를 끄덕여 인사한 뒤 사무실로 들어섰다. 책상 위의 서류 더미에서 쿵스홀름스가탄의 경찰청으로 가져갈 문서를 몇 개 골라냈다.

책상에는 엽서가 한 장 놓여 있었다. 밀짚모자를 쓴 당나귀, 오렌지 바구니를 든 검은 눈의 작고 포동포동한 소녀, 야자나무가 원색으로 그려진 엽서였다. 마요르카 소인이 찍혀 있었다. 부서의 최연소자인 오케 스텐스트룀이 휴가를 떠난 곳이었다. 받는 사람의 이름은 "마르틴 베크와 똘마니들에게"라고 적혀 있었다. 마르틴 베크는 얼룩진 볼펜 글씨를 간신히 해독해냈다.

예쁜 영계들이 죄다 어디로 사라졌나 어리둥절합니까? 아가씨들이 제가 있는 곳을 알아냈거든요! 저 없이 어떻게 꾸려가고 있습니까? 죽을 맛이겠지요. 기다려보세요. 어쩌면 제가 돌아갈지도 모르니까요! 오케.

마르틴 베크는 싱긋 웃으면서 엽서를 주머니에 넣었다. 그리고 의자에 앉아 오스카르손 가족의 집 전화번호를 찾은 뒤에 전화기로 손을 뻗었다.

오스카르손 씨가 받았다. 다른 식구들도 막 집에 돌아왔다고 했다. 남자는 마르틴 베크가 그들을 만나고 싶다면 가급적 빨리 오는 게 좋다고 했다. 여행을 떠나기 전에 할 일이 많기 때문이라고 했다.

마르틴 베크는 택시를 불렀고, 십 분 뒤에는 그 집 초인종을 누르고 서 있었다. 남자가 그를 맞아 환한 거실의 소파로 안내했다. 아이들은 거실에 없었지만 옆방에서 목소리가 들려왔다. 부인은 창가에 서서 다림질을 하다가 마르틴 베크가 들어오는 것을 보고 말했다.

"죄송해요, 거의 다 마쳤어요."

"방해해서 미안합니다. 하지만 떠나시기 전에 꼭 한 번 더 말씀 나누고 싶었습니다."

남자는 고개를 끄덕이며 낮은 탁자 너머의 가죽 안락의자에 앉았다.

"우리가 도울 일이 있다면 당연히 뭐든지 하겠습니다. 아내와 나는 아는 게 없지만 레나에게 더 물어보기는 했습니다. 그렇지만 딸아이도 형사님께 이미 말씀드린 것 외에는 더 기억나는 게 없나 봅니다. 안타깝게도."

여자가 다리미를 내려놓고 마르틴 베크를 향해 말했다.

"차라리 고마운 일이라고 생각해요."

여자는 다리미 전원을 뽑고서 남편이 앉은 의자의 팔걸이에 걸터앉았다. 남편이 아내의 엉덩이에 팔을 둘렀다.

"제가 찾아온 이유는 혹시라도 아드님이 안니카에 대해 말하지 않았나 싶어섭니다."

"보세가요?"

"네. 레나에 따르면 그날 공원에서 아드님이 한동안 모습을 감췄다더군요. 그때 아드님이 안니카를 따라갔을지도 모른다는 추측을 반박하는 증거가 없습니다. 어쩌면 아드님이 안니카의 목숨을 앗아간 사람을 봤을지도 모릅니다."

마르틴 베크는 자기 말이 참으로 바보스럽게 들린다고 생각했다. 꼭 책이나 경찰 보고서를 읽는 것 같군. 대체 어떻게 세 살짜리 아이에게서 조리 있는 말을 끌어내겠다는 거지?

안락의자에 앉은 부부는 한껏 격식을 차린 마르틴 베크의 언변에 별다른 반응을 보이지 않았다. 경찰은 원래 그런 식으로 말한다고 생각하는지도 몰랐다.

"진작 여경 한 분이 와서 아이와 이야기하고 갔는데요. 아이가 너무 어려요." 오스카르손 부인이 말했다.

"저도 압니다. 그래도 다시 시도해보자고 부탁드리려고 왔습니다. 아이가 뭔가 봤을지도 모릅니다. 아이에게 그날 일을 떠올리게 할 수 있다면……."

"보세는 겨우 세 살이에요." 부인이 끼어들었다. "말도 제대로 못 하는걸요. 보세의 말을 알아듣는 건 우리뿐이에요. 우리도 사실 전부 알아듣진 못해요."

"그래도 시도는 해볼 수 있잖아. 도움이 된다면 뭐든 해보자고. 레나가 보세의 기억을 떠올리는 걸 거들어줄지도 몰라." 남편이 말했다.

"고맙습니다. 그래주시면 정말 감사하겠습니다." 마르틴 베크가 말했다.

오스카르손 부인은 자리에서 일어나 방으로 가서 곧 아이들을 데리고 돌아왔다.

보세가 달려와서 제 아빠 옆에 섰다.

"저거 뭐야?" 아이가 마르틴 베크를 가리키면서 물었다.

아이는 고개를 옆으로 틀면서 마르틴 베크를 쳐다보았다. 아이의 입가는 지저분했고, 뺨에는 긁힌 자국이 있었고, 이마를 덮은 아맛빛 머리카락 아래에는 커다란 멍이 들어 있었다.

"아빠, 저거 뭐야?" 아이가 안달하며 다시 물었다.

"사람이란다." 남자는 마르틴 베크에게 미안하다는 미소를 보내며 아이에게 설명했다.

"안녕." 마르틴 베크가 말했다.

보세는 마르틴 베크의 인사를 무시했다.

"여자 이름 뭐야?" 아이가 아빠에게 물었다.

"남자지." 옆에서 레나가 정정했다.

"내 이름은 마르틴이란다. 네 이름은 뭐니?"

"보세. 이름 뭐야?"

"마르틴."

"마틴. 이름 마틴." 보세는 사람이 그런 이름을 가질 수도 있구나, 하고 놀란 듯이 되풀이했다.

"그래. 네 이름은 보세지?"

"아빠 이름 쿠르트, 엄마 이름…… 이름 뭐야?"

아이가 제 엄마를 가리키자 여자가 대답했다.

"잉리드. 너도 알잖아."

"잉이."

아이는 소파로 다가와서 통통하고 끈적끈적한 손을 마르틴 베크의 무릎에 올렸다.

"오늘 공원에 나갔니?" 마르틴 베크가 물었다.

보세는 고개를 저으면서 새된 목소리로 말했다.

"공원 안 놀아. 자동차 타!"

"그래. 나중에. 나중에 자동차 타고 갈 거야." 아이 엄마가 달랬다.

"너도 자동차 타." 보세가 마르틴 베크에게 대들듯이 말했다.

"그래. 아마 그럴 거야."

"보세 자동차 타." 꼬마는 만족스럽게 말하면서 소파로 기어 올랐다.

"공원에 가면 뭘 하고 노니?" 마르틴 베크는 나름대로 아이를 어르는 말투라고 생각하는 어조로 물었다.

"보세 공원 안 놀아. 보세 자동차." 소년이 격분했다.

"물론이지. 물론 자동차 타러 가야지." 마르틴 베크가 말했다.

"네가 오늘 공원에서 논다는 말이 아니야. 아저씨가 묻는 건, 네가 저번에 공원에서 놀았을 때 뭘 했느냐는 거야." 아이의 누이가 말했다.

"바보." 보세가 힘주어 말했다.

아이가 소파에서 미끄러져 내려갔다. 마르틴 베크는 아이에게 줄 사탕 하나 가져오지 않은 것을 후회했다. 그는 증인들에게 뇌물을 먹여 환심을 사는 사람이 아니었지만, 세 살짜리 증인을 신문해본 경험은 전혀 없었다. 초콜릿 한 조각이면 분명 좋은 효과가 났을 것이다.

"보세는 아무한테나 저래요. 바보야." 보세의 누이가 말했다.

보세가 분개하여 누나를 때리면서 소리 질렀다.

"보세 안 바보! 보세 착해!"

마르틴 베크는 아이의 흥미를 끌 만한 것이 있나 해서 주머니를 더듬었지만 스텐스트룀이 보낸 엽서가 고작이었다.

"이것 볼래?"

보세가 얼른 그에게 달려와서 열심히 엽서를 들여다보았다.

"뭐야?"

"엽서란다. 뭐가 그려져 있는지 알겠니?"

"말. 꽃. 굴."

"굴이 뭐니?" 마르틴 베크가 물었다.

"귤이에요." 아이 엄마가 설명했다.

"굴. 꽃. 말. 여자. 여자 이름 뭐야?" 보세가 엽서를 가리키면서 물었다.

"모르겠구나. 보세 생각에는 그 여자아이 이름이 뭘까?" 마르틴 베크가 되물었다.

"울라." 보세가 재깍 대답했다. "여자, 울라."

오스카르손 부인이 딸을 쿡 찔렀다.

"울라랑 안니카랑 보세랑 레나랑, 공원에서 그네 타고 놀았던 것 기억해?" 레나가 얼른 물었다.

"응!" 보세는 기쁜 듯이 외쳤다. "울라, 안니카, 보세, 레나, 공원 그네 아이스크림. 억해?"

"그래. 공원에서 강아지 만났던 것 기억해?" 레나가 또 물었다.

"응! 보세 강아지 만났어. 강아지 만지면 안 돼. 강아지 우험해. 억해?"

부모가 눈길을 주고받았고, 부인이 고개를 끄덕였다. 마르틴 베크는 소년이 그날 공원에서의 일을 떠올리고 있다는 것을 깨달았다. 그는 잠자코 앉아서 소년이 갈피를 놓치는 일이 없기만을 바랐다.

"그것도 기억해? 울라, 레나, 보세가 돌차기 놀이 했던 거?" 누이가 계속 물었다.

"응. 울라, 레나, 돌차기. 보세도 돌차기. 보세 돌차기 잘해. 보세 돌차기, 억해?"

누이의 질문에 소년은 기쁜 듯 금방금방 답했다. 마르틴 베크가 보기에 대화는 동생과 누나의 '기억해' 놀이처럼 흘러가고 있었다.

"그래. 나도 기억해. 보세랑 울라, 레나가 같이 돌차기 놀이를 했지. 안니카는 돌차기를 안 했지."

"안니카 돌차기 안 해. 안니카 화났어, 레나, 울라." 보세가 진지하게 대답했다.

"안니카가 화났던 것 기억해? 안니카가 삐쳐서 가버렸잖아."

"레나, 울라 바보 안니카."

"안니카가 레나랑 울라는 바보라고 말했어? 뭐라고 말했는지 기억해?"

"안니카 말해, 레나, 울라 바보."

꼬마는 대단히 힘주어 덧붙였다.

"보세 안 바보."

"레나랑 울라가 바보같이 놀고 있을 때, 보세랑 안니카는 뭐 했어?"

"보세, 안니카 숨바꼭질."

마르틴 베크는 숨을 훅 들이마셨다. 그는 소녀가 다음 질문을 제대로 해주기를 바랐다.

"보세랑 안니카가 숨바꼭질 했던 것 기억해?"

"응. 울라, 레나 숨바꼭질 안 해. 울라, 레나 바보. 안니카 착해. 보세 착해. 아저씨 착해."

"어떤 아저씨?"

"공원 아저씨 착해. 보세 티케 줬어."

"공원에서 어떤 아저씨가 너한테 티케를 줬다고? 기억해?"

"아저씨 보세 티케 줬어."

"아빠 시계처럼 똑딱똑딱 가는 시계 말이야?"

"티케!"

"그 아저씨가 뭐라고 말했어? 아저씨가 보세랑 안니카한테 말을 걸었어?"

"아저씨 안니카 말해. 아저씨 보세 티케 줬어."

"보세랑 안니카가 아저씨한테 티케를 받았어?"

"보세 티케 줬어. 안니카 티케 안 줬어. 보세 티케 줬어."

보세는 갑자기 뒤돌아 마르틴 베크에게 달려왔다.

"보세 티케 줬어!"

마르틴 베크는 소매 끝을 접어올리고 보세에게 손목시계를 보여줬다.

"이런 티케 말하는 거니? 아저씨가 보세한테 이런 걸 줬니?"

보세가 마르틴 베크의 무릎을 때렸다.

"아냐! 티케!"

마르틴 베크는 아이의 엄마를 쳐다보았다.

"티케가 뭘까요?"

"모르겠어요. 손목시계나 벽시계를 가리켜 티케라고 하기는 하는데, 지금은 그걸 말하는 것 같지 않아요."

마르틴 베크는 허리를 숙여 꼬마에게 말을 걸었다.

"보세랑 안니카가 아저씨랑 뭘 했니? 둘 다 아저씨랑 함께 놀았니?"

보세는 질문 놀이에 흥미를 잃었는지 뾰로통하게 대답했다.

"보세 안니카 없어. 안니카 바보 아저씨랑 놀아."

마르틴 베크는 뭔가 말하려고 입을 벌렸지만, 증인이 쏜살같이 거실을 빠져나가는 것을 보고 그냥 다물었다.

"잡아봐! 잡아봐!" 소년은 즐겁게 소리쳤다.

아이의 누나가 동생의 뒤꽁무니를 보면서 새초롬하게 말했다.

"맨날 저렇게 바보 같아."

"티케가 뭘까?" 아이 아빠가 딸에게 물었다.

"몰라. 시계는 아닌 것 같아. 모르겠어."

"보세가 안니카와 함께 누군가를 만난 것 같군요." 오스카르손 씨가 말했다.

하지만 언제? 마르틴 베크는 생각해보았다. 금요일에? 아니면 이 주 전에?

"으으, 소름 끼쳐라. 틀림없이 그 남자였을 거예요. 그 짓을 저지른 남자요." 여자가 말했다.

여자가 부르르 몸을 떨자 남편이 아내의 등을 다독였다. 남자가 걱정스럽게 마르틴 베크에게 말했다.

"아이가 너무 어려서요. 아는 어휘도 적고요. 보세가 그 남자의 인상착의를 제대로 설명하지는 못할 것 같군요."

오스카르손 부인이 고개를 저었다.

"안 될 거예요. 남자의 외모에 특이한 점이 있었다면 또 모를까. 가령 제복 같은 걸 입었다면 보세가 틀림없이 군인이라고 말했을 거예요. 그런 게 아니라면 저도 모르겠어요. 아이들은 어지간한 건 특이하게 여기지 않으니까요. 보세는 머리카락이 초록색이고 눈동자가 분홍색이고 다리가 세 개인 남자를 만났더라도 신경도 안 썼을걸요."

마르틴 베크는 고개를 끄덕였다.

"어쩌면 남자가 정말 제복을 입었을지도 모르지요. 꼭 그게 아니라도, 보세가 기억하는 다른 특징이 있을지 모릅니다. 부인이 혼자 찬찬히 물어보시면 어떨까요?"

여자는 어깨를 으쓱하면서 일어났다.

"되든 안 되든 해볼게요."

여자는 아들과의 대화를 마르틴 베크가 들을 수 있도록 방문을 좀 열어두었다. 이십 분 뒤에 여자가 돌아왔다. 아무것도 알아내지 못했다고 했다.

"우리가 집을 비워도 될까요?" 여자가 초조하게 물었다. "혹시라도 보세가 꼭 여기 있어야……."

여자는 말을 멎었다가 이어 말했다.

"레나는요?"

"물론 떠나셔도 됩니다." 마르틴 베크는 자리에서 일어났다.

그는 부부와 악수하며 고맙다고 인사했다. 그가 떠나려는 순간, 보세가 달려 나와서 두 팔로 그의 다리를 껴안았다.

"안 가. 저기 앉아. 아빠랑 말해. 보세랑 말해."

마르틴 베크는 아이의 팔에서 다리를 풀려고 했지만, 그럴수록 아이는 더 세게 껴안았다. 아이를 속상하게 만들고 싶지는 않았다. 그는 바지 주머니에서 오십 외레 동전을 꺼낸 뒤, 아이 엄마에게 시선을 던졌다. 여자가 고개를 끄덕였다.

"보세, 이것 받으렴." 마르틴 베크는 아이에게 동전을 보여 주었다.

아이는 당장 팔을 풀고 동전을 받으면서 말했다.

"보세 아이스크림 사. 보세 돈 많이 아이스크림 사."

아이는 마르틴 베크를 앞질러 현관으로 뛰어가더니, 대문 옆의 낮은 옷걸이에서 조그만 재킷을 끌어내렸다. 그리고 재킷 주머니를 후볐다.

"보세 돈 많아." 아이는 지저분한 오 외레짜리 동전을 꺼내면서 말했다.

마르틴 베크는 대문을 열고, 뒤돌아 보세에게 손을 내밀었다.

꼬마는 재킷을 껴안은 채 서 있었다. 아이가 주머니에서 다시 손을 꺼냈을 때, 작고 하얀 종잇조각 한 장이 팔랑거리며 바닥으로 떨어졌다. 마르틴 베크가 그것을 주우려고 허리를 숙이자 소년이 외쳤다.

"보세 티케! 아저씨 보세 티케 줘어!

마르틴 베크는 손에 쥔 종잇조각을 보았다.

평범한 지하철 티켓이었다.

18.

1967년 6월 16일 금요일에는 아침 댓바람부터 여러 사건들이 벌어졌다.

경찰은 수만 명의 무고한 시민들에게 들어맞는다는 맹점을 지닌 범인 인상착의를 발표했다.

롤프 에베르트 룬드그렌은 하룻밤 자면서 곰곰이 생각한 후 협상을 원했다. 그는 경찰이 지난 일을 묻어두기로 약속한다면 기꺼이 모종의 '추가 정보'를 제공하여 수색을 돕겠다고 했다. 경찰은 딱 잘라 거절했다. 그는 우울하게 숙고에 빠져들었고, 결국 자발적으로 변호사를 요청했다.

형사들 중 어떤 이는 바나디스 공원에서 살인이 벌어졌던 저녁에 룬드그렌에게 알리바이가 없다는 점을 극구 지적하면서 증인으로서 그의 신뢰도를 의심해봐야 한다고 주장했다. 덕분에 군발드 라르손은 한 여성을 극도로 당황하게 만들었다. 그리고 콜베리는 다른 여성 때문에 그보다 더, 비교가 가능할지는 모르겠지만, 당황했다.

군발드 라르손은 바나디스 공원 근처의 한 아파트로 전화를 걸었다. 이런 대화가 오갔다.

"여보세요."

"안녕하세요. 경찰입니다. 살인수사과 경위 라르손이라고 합니다."

"아, 네."

"따님인 마이켄 얀손 양을 좀 바꿔주시겠습니까?"

"그러죠. 잠시 기다리세요. 아침을 먹던 중이라서요. 마이켄!"

"여보세요. 마이켄 얀손입니다."

밝고 교양 있는 목소리였다.

"경찰입니다. 라르손 경위라고 합니다."

"아, 네."

"6월 9일 저녁에 바람을 쐬려고 바나디스 공원에 나갔다고 했었지요."

"네."

"바람을 쐬러 갈 때 뭘 입었습니까?"

"뭐였더라……. 음, 잠시만요, 흰색과 검은색으로 된 칵테일 드레스를 입었어요."

"그리고요?"

"샌들을 신었고요."

"아하. 또?"

"없는데요. 아빠, 좀 조용히 하세요, 그냥 나한테 간단히 물을 게 있대요……."

"없다고요? 그것 말고는 아무것도 안 입었습니까?"

"그……런데요."

"그러니까, 원피스 밑에 아무것도 안 입었다는 말입니까?"

"어머, 물론 입었죠. 당연히 속옷을 입었죠."

"아하. 어떤 속옷이었습니까?"

"어떤 속옷이었느냐고요?"

"네."

"글쎄요, 당연히 그…… 보통 입는 걸 입었죠. 아이, 아빠, 경찰이라니까요."

"보통 뭘 입습니까?"

"어, 당연히 브래지어하고…… 뭐겠어요?"

"나야 모릅니다. 나는 아무런 선입견이 없습니다. 그냥 물어볼 뿐입니다."

"당연히 속바지를 입었죠."

"그렇군요. 어떤 종류였습니까?"

"어떤 종류냐고요? 무슨 뜻인지 모르겠네요. 당연히 평범한 속옷이었죠."

"팬티 말입니까?"

"네, 죄송하지만……."

"어떻게 생긴 팬티였습니까? 빨간색이었나요, 검은색이었나요, 파란색이었나요, 무늬가 있었나요?"

"그냥……."

"네?"

"그냥 흰 레이스 팬티였어요. 네, 아빠, 여쭤볼게요. 이런 걸 왜 묻는 거예요?"

"증인의 말을 믿어도 되는지 확인해보려고 그럽니다."

"증인이라고요?"

"그렇습니다. 안녕히 계세요."

콜베리는 감라스탄의 어느 주소로 차를 몰고 갔다. 스토르쉬르코브링켄 거리에 차를 세우고, 오래된 나선형 돌층계를 올라갔다. 초인종을 찾아보았으나 눈에 띄지 않기에, 평소 습관대로 귀가 먹도록 시끄럽게 문을 두드렸다.

"들어와요!" 여자의 목소리였다.

콜베리는 안으로 들어갔다.

"어머나. 누구세요?"

"경찰입니다." 콜베리는 침울하게 대답했다.

"세상에, 어쩌면 경찰들은 하나같이 버릇이……."

"아가씨 이름이 리스베트 헤드비그 마리아 칼스트룀입니까?" 콜베리는 손에 든 쪽지를 읽는 모습을 감추지도 않고 물었다.

"네. 어제 일 때문에 오셨어요?"

콜베리는 고개를 끄덕이고 주변을 둘러보았다. 방은 너저분했지만 안락했다. 리스베트 헤드비그 마리아 칼스트룀은 푸른 줄무늬 잠옷 상의를 입었는데, 길이가 그다지 길지 않았기 때문에 그 아래로 레이스 팬티든 뭐든 아무것도 입지 않은 하체가 훤히 드러났다. 방금 깬 게 분명했다. 여자는 거름종이에서 물이 더 빨리 떨어지도록 포크로 휘휘 저으면서 커피를 내리고 있었다.

"방금 일어나서 커피를 내리는 중이에요."

"아."

"옆집 친구인 줄 알았어요. 문을 그렇게 두드리는 사람은 그 애밖에 없거든요. 그것도 이런 시간에. 드실래요?"

"뭘?"

"커피요."

"글쎄……."

"앉으세요."

"어디에?"

여자는 잔뜩 구겨진 침대 옆의 가죽 오토만 의자를 포크로 가리켰다. 콜베리는 썩 내키지 않았지만 어쨌든 앉았다. 여자는 커피포트와 잔 두 개를 쟁반에 얹은 뒤, 낮고 작은 탁자를 왼쪽 무릎으로 쓱 밀고서 그 위에 쟁반을 놓았다. 그리고 침대에 앉았다. 다리를 꼬고 앉았기 때문에 여자의 중요한 부분이 제법 훤히 드러났는데, 매력이 없다고는 할 수 없는 모습이었다.

여자는 잔에 커피를 부어 콜베리에게 건넸다.

"고맙습니다." 콜베리는 여자의 발을 내려다보면서 말했다.

콜베리가 원래 민감한 사람이기는 해도 지금 이 순간 그는 지나칠 정도로 심란했다. 어쩐지 이 여자는 그가 아는 사람을 많이 닮은 듯했다. 아마도 아내가 아닐까 싶었다.

여자가 걱정스러운 듯이 콜베리에게 물었다.

"내가 뭘 더 입는 게 좋겠어요?"

"그러면 낫겠습니다." 콜베리는 빽빽한 목소리로 대답했다.

여자는 당장 일어나서 옷장으로 가 갈색 코듀로이 바지를 꺼내 입은 뒤 잠옷의 단추를 끄르고 벗어젖혔다. 잠깐이지만 여자는 상의를 다 벗고 서 있었다. 그에게 등을 돌린 자세였지만 그것이 사태 개선에 크게 도움이 되진 않았다. 여자는 잠시 망설인 뒤에 니트 스웨터를 골라 머리에 덮어썼다.

"옷을 입고 있으면 못 견디게 더워서요." 여자가 말했다.

콜베리는 커피를 좀 마셨다.

"뭘 알고 싶어서 오셨어요?"

콜베리는 커피를 좀더 마셨다.

"맛있군요."

"저는 정말로 아무것도 몰라요. 아무것도. 시몬손인가 하는 남자하고의 일은 좀 저질이었지만요."

"그 남자 이름은 롤프 에베르트 룬드그렌입니다."

"아, 그것도 몰랐네요. 형사님 눈에는 내가…… 내가 좋아 보이지 않겠죠. 하지만 그건 이제 와서 내가 어쩔 수 있는 일이 아니니까요."

여자는 불만스럽게 주변을 두리번거렸다.

"담배 피우시나요? 죄송하지만 담배는 없어요. 나는 안 피우거든요."

"나도 안 피웁니다." 콜베리가 말했다.

"네. 뭐, 나쁘게 보이든 말든, 어쩔 수 없어요. 어제 9시에 바나디스 수영장에서 남자를 만나서 집으로 갔어요. 다른 건 아무 것도 몰라요."

"우리가 알고 싶어 하는 것을 아가씨가 알지도 모릅니다."

"그게 뭔데요?"

"그 남자는 어땠습니까? 그러니까, 성적으로 말입니다."

여자는 성가신 듯이 어깨를 으쓱하고는, 굳은 빵 조각을 하나 집어서 야금야금 먹었다. 이윽고 여자가 대답했다.

"노코멘트 하겠어요. 저는 대체로……."

"대체로?"

"대체로 함께 잔 남자들에 대해 이렇다 저렇다 말하는 편이 아니에요. 가령 내가 형사님하고 지금 같이 자더라도, 나중에 딴 사람들한테 형사님에 대해 마구 떠들고 다니진 않을 거예요."

콜베리는 안절부절못했다. 어쩐지 몸이 더웠고 당황스러웠다. 코트를 벗고 싶었다. 어쩌면 다른 옷도 벗어버리고 이 아가씨와 섹스하고 싶은 것인지도 몰랐다. 그는 임무중에 좀처럼 그런 일을 저지르지 않는 편이었고 결혼한 뒤에는 더더욱 그럴 일이 없었지만, 그래도 간혹 그랬던 것은 사실이었다.

"질문에 대답해준다면 무척 고맙겠습니다. 남자는 성적으로 정상이었습니까?"

여자는 대답하지 않았다.

"중요한 일입니다." 콜베리가 부연했다.

여자는 콜베리의 눈을 똑바로 바라보며 진지하게 물었다.

"왜요?"

콜베리는 못 미더운 눈으로 여자를 보았다. 어려운 결정이었다. 동료들 중에는 그가 발가벗고 여자와 침대에 뛰어들기보다 지금 이런 말을 흘리는 것을 더 심하게 나무랄 사람이 많다는 것을 그도 알았다.

"룬드그렌은 상습 범죄자입니다." 콜베리는 결국 털어놓았다. "십여 건의 폭행 사건을 자백했습니다. 지난 금요일 저녁, 그러니까 일주일 전에 바나디스 공원에서 어린 여자아이가 살해당했을 때도 그 장소에 있었답니다."

여자가 황급히 콜베리를 쳐다보고는 여러 번 침을 삼켰다.

"아. 그건 몰랐어요. 그런 생각은 전혀 못했어요." 여자의 목소리는 부드러웠다.

한참 뒤에 여자는 맑은 갈색 눈동자로 다시 콜베리를 응시하며 말했다.

"내 질문에 대한 대답으로 충분하네요. 이제 나도 형사님 질문에 대답해야겠군요."

"그렇다면요?"

"내가 판단하는 한, 그 남자는 완벽하게 정상이었어요. 지나치게 정상이라고 해도 좋을 정도였어요."

"무슨 뜻입니까?"

"나 역시 성적으로 완벽하게 정상이기 때문에……. 물론…… 난 드물게 하는 편이라서 좀더 원할 때도 있지만…… 세세하게 다 말해야 하나요?"

"대강 알겠습니다." 콜베리는 멋쩍게 귀 뒤를 긁었다.

그리고 얼마쯤 망설였다. 여자가 진지하게 그를 바라보았다. 이윽고 콜베리가 물었다.

"남자가 먼저…… 바나디스 수영장에서 남자가 먼저 아가씨에게 접근했습니까?"

"아니요. 반대예요."

여자가 별안간 자리에서 일어나 창으로 걸어갔다. 교회가 내다보이는 창이었다. 여자는 고개를 돌리지 않은 채 말했다.

"그래요. 오히려 반대예요. 어제 나는 남자를 만날 작정을 하고 거기에 갔어요. 그런 일에 대비하고 갔어요. 몸을 준비하고 갔다고 말할 수 있겠죠."

여자가 어깨를 으쓱하며 계속 말했다.

"난 그렇게 살아요. 몇 년 동안 그렇게 살았어요. 원한다면 왜 그렇게 사는지도 말해드릴게요."

"그럴 것까지는 없습니다."

"난 신경 안 써요. 형사님에게 이야기해도……." 여자가 커튼을 만지작거렸다.

"그럴 필요는 없습니다." 콜베리가 재차 말했다.

"어쨌든 분명한 건, 그 사람이 나랑 있을 때는 정상적으로 행동했다는 거예요. 심지어 처음에는…… 딱히 흥미를 보이지 않았어요. 하지만…… 그 사람이 흥미를 보이도록 내가 유도했죠."

콜베리는 커피잔을 비웠다.

"에, 그거면 됐습니다." 그가 어정쩡하게 말했다.

여자는 여전히 몸을 돌린 채였다.

"예전에도 별의별 일이 다 있었지만 이 일을 겪고 보니 이런저런 생각이 많이 드네요. 기분이 좋지 않아요."

콜베리는 아무 말도 하지 않았다.

"역겨워." 여자는 다시 커튼을 만지작거리면서 중얼거렸다.

그러고는 뒤돌아 말했다.

"먼저 접근한 사람은 분명히 저예요. 노골적으로요. 듣고 싶다면……."

"아니요. 그럴 필요 없습니다."

"그 사람은 분명히…… 저랑 잘 때 철저히 정상이었어요."

콜베리는 일어났다.

"형사님은 멋진 분 같아요." 여자가 스스럼없이 이렇게 말했다.

"나도 아가씨가 좋습니다."

콜베리는 걸어가서 현관문을 열었다. 그리고 불쑥 이런 말을 꺼냈다. 스스로도 놀라운 일이었다.

"나는 유부남입니다. 결혼한 지 일 년이 넘었습니다. 아내가 곧 아기를 낳습니다."

여자가 고개를 끄덕였다.

"내 생활 방식은 말이죠……."

여자가 말을 하다 멈췄다.

"바람직하지 않습니다. 위험할지도 모릅니다." 콜베리가 말했다.

"알아요."

"그럼."

"안녕히 가세요." 리스베트 헤드비그 마리아 칼스트룀이 말했다.

콜베리가 차로 돌아와보니 주차 위반 딱지가 끼워져 있었다. 그는 멍하니 노란 종이를 접어 주머니에 넣으면서 생각했다. 좋은 아가씨야. 어쩐지 군을 닮았어. 어디가 그런지는 모르겠지만…….

그는 운전대를 잡고 앉으면서, 이 모든 상황이 흡사 형편없는 소설을 완벽하게 패러디한 것 같다고 생각했다.

수사본부에서 군발드 라르손이 기껍게 말했다.

"그럼 결론이 났군. 녀석은 성적으로 정상이고, 증인으로서 신뢰도도 확인되었어. 전부 시간 낭비였군."

물론 콜베리에게는 전부 시간 낭비는 아니었다.

"마르틴은 어딨나?" 콜베리가 물었다.

"아기를 취조하러 갔어." 군발드 라르손이 대답했다.

"그 밖에는?"

"아무것도 없어."

"여기 뭔가 있긴 해." 멜란데르가 서류에서 고개를 들면서 말했다.

"뭔데?"

"심리학자들의 소견서 요약문이야. 심리학적 관점."

"흐응." 군발드 라르손이 콧방귀를 뀌었다. "불행하게도 손수레와 사랑에 빠져서 운운하는 헛소리투성이겠지."

"글쎄, 그것만은 아닌 것 같은데." 멜란데르가 웅얼거렸다.

"파이프 좀 빼고 말해. 그래야 우리가 알아듣지." 콜베리가 타박했다.

"심리학자들이 해석을 했는데, 꽤나 그럴싸해. 이게 사실이라면 약간 걱정스러워."

"지금보다 더 걱정스러울 수도 있나?"

"범인이 우리 기록에 없을지도 모른다는 문제에 관해서 말인데……." 멜란데르는 무덤덤하게 말을 이었다. "범인은 전과가 없는 깨끗한 인물일 가능성이 높다는군. 심지어 오랫동안 자신의 성향을 전혀 드러내지 않고 살았을지도 모른대. 외국의 사례들에서 입증된바, 변태적인 성욕을 충족시키는 것은 마약중독과 여러모로 비슷하다는군. 변태성욕자는 노출이나 관음증을 통해서 성욕을 배출하면서 오랫동안 별 말썽 없이 지낼 수 있어. 그러다가 문득 어떤 충동을 느껴서 강간이나 성범죄를 저지르면, 이후에는 더 많은 강간과 살인을 통해서만 성욕을 만족시킬 수 있다는 거야."

"곰 이야기하고 비슷하네. 한번 소를 죽여본 곰은 계속 죽인다, 뭐 그런 말이 있잖아." 군발드 라르손이 말했다.

"갈수록 더 센 약을 원하는 중독자하고도 비슷해." 멜란데르가 보고서를 펄럭펄럭 넘기면서 말했다. "대마초에서 시작해서 헤로인으로 발전한 중독자는 다시 대마초로 못 돌아가지. 대마초로는 더이상 흥분을 느끼지 못하는 거야. 변태 성욕자도 그와 마찬가지라는군."

"합리적인 소리이기는 한데, 너무 기본적인 내용인걸." 콜베리가 말했다.

"나한테는 불쾌한 소리로만 들리는데." 군발드 라르손이 구시렁댔다.

"훨씬 더 불쾌한 소리도 있어." 멜란데르가 말했다. "보고서에 따르면, 겉으로는 변태적인 성욕을 추호도 드러내지 않고 몇 년 동안 멀쩡하게 지내는 사람도 있대. 자위도 안 하고 음탕한 사진도 안 봐. 하물며 노출하거나 엿보는 일도 없어. 그저 가만히 앉아서 온갖 변태적인 일들을 상상하는 거야, 스스로도 깨닫지 못하는 사이에. 그러다가 우연한 기회에 자극을 받아서 폭력적인 행동이 유발되는 거야. 그다음에는 자제가 불가능해져서 반복적으로 범행을 저지르고 또 저지르는 거지. 갈수록 더 무자비해지고 갈수록 더 야만적인 행동을 한다는군."

"잭 더 리퍼 같군." 군발드 라르손이 말했다.

"어떤 게 자극이 되는데?" 콜베리가 물었다.

"오만 것들이 다 자극으로 작용할 수 있어. 어떤 우연한 상황, 나약해진 정신 상태, 질병, 술, 마약. 우리가 이런 견해를 받아들인다면, 범인의 과거에서 단서를 찾아낼 가능성은 전무해. 전과자 명단은 무용지물이고, 정신병원 기록도 마찬가지야. 문제의 인물은 그런 데에 올라 있지 않을 테니까. 그리고 일단 그자가 강간이나 살인을 시작했다 하면, 멈추는 일은 없는 거야.

그자에게는 스스로 포기하거나 자신의 행동을 통제할 능력이 없어."

멜란데르는 잠시 입을 닫았다가 보고서 복사본을 톡톡 치면서 말했다.

"오싹할 정도로 우리 사건에 잘 들어맞는다는 말이네."

"다른 설명도 수십 가지 상상할 수 있을 텐데." 군발드 라르손이 짜증스럽게 말했다. "가령 낯선 사람의 짓일지도 몰라. 우연히 근처를 지나가던 외국인이라거나. 아니면 살인범이 두 명일지도 모르지. 탄토 공원 사건은 순간의 충동으로 인한 범행일지도 몰라. 첫 사건 보도를 보고서 충동적으로 모방한 거지."

"그런 식의 추론에는 반대 증거가 너무 많은걸." 멜란데르가 반박했다. "범인이 범행 지역을 잘 안다는 점, 몽유병자라도 되는 듯이 서슴없이 범행을 저지른 수법, 적절한 시간과 장소를 선택한 점, 살인이 두 건이나 벌어졌고 우리가 일주일이나 뒤졌는데도 이렇다 할 용의자 하나 발견되지 않았다는 어처구니없는 사실. 에릭손이라는 남자를 용의자로 보지 않는다면 말이지. 모방 살인 가설을 반박하는 중요한 사실이 또 있어. 두 경우 모두 아이들의 팬티가 사라졌다는 거야. 그건 언론에 공표되지 않은 정보잖아."

"얼마든지 다른 설명을 생각할 수 있어." 군발드 라르손이 퉁명스럽게 대꾸했다.

"안됐지만 그건 자네의 희망사항에 지나지 않아." 멜란데르가 파이프에 불을 붙이면서 말했다.

"맞아." 콜베리가 몸을 일으키면서 말했다. "그건 자네의 희망사항일 뿐인지도 몰라. 그래도 나는 자네가 옳았으면 좋겠군. 그렇지 않다면……."

"그렇지 않다면……." 멜란데르가 끼어들었다. "우리 수중에 아무것도 없으니까. 우리가 살인범을 찾아낼 유일한 방법은 녀석이 다시 한번 일을 저지를 때 현행범으로 잡는 것뿐이야. 아니면……."

콜베리와 군발드 라르손은 각자 멜란데르의 말을 이어서 생각해보고는 똑같이 불쾌한 결론에 도달했다.

"아니면, 녀석이 몽유병자처럼 서슴없이 범행을 거듭하다가 결국 운이 다 떨어질 때에야 잡히는 거지." 멜란데르가 말했다.

"거기에 또 뭐라고 나와 있나?" 콜베리가 물었다.

"예의 그렇고 그런 장광설이야. 모순되는 추측들이 난무해. 성욕 과잉일지도 모른다, 성욕 부진일지도 모른다. 후자가 더 가능성이 높지만 반대 사례들도 있으니까."

멜란데르는 보고서를 내려놓으면서 이어 말했다.

"자네들 그거 생각해봤나? 설령 그자가 버젓이 우리 앞에 서 있더라도, 우리에게는 그자가 두 건의 살인을 저질렀다는 증거가 하나도 없어. 수중의 자료라고는 탄토 공원에서 뜬 수상쩍은 발자국 몇 개뿐이지. 그자가 정말로 우리가 쫓는 자라는 것을 입증할 자료라고는 탄토 공원에서 아이의 시체 옆에 떨어져 있던 극소량의 정액뿐이야."

"범인이 우리 기록에 없는 인물이라면, 설령 우리가 열 손가락 지문을 구한다 해도 소용이 없겠지." 콜베리가 말했다.

"바로 그거야." 멜란데르가 말했다.

"증인이 있잖아. 강도가 그자를 봤어." 군발드 라르손이 말했다.

"그걸 정말 믿어도 될까." 멜란데르가 말했다.

"자네, 기운 나는 말을 해줄 순 없어?" 콜베리가 투정했다.

멜란데르는 대꾸가 없었다. 다들 침묵에 빠졌다. 옆방에서 전화들이 울렸고, 뢴과 다른 누군가가 전화 받는 소리가 들렸다.

"아가씨는 어떻던가?" 군발드 라르손이 불쑥 물었다.

"마음에 들더군." 콜베리가 말했다.

그 순간, 또 하나의 불쾌한 생각이 콜베리에게 떠올랐다. 리스베트 헤드비그 마리아 칼스트룀이 누구를 상기시키는지 문득 깨달은 것이었다. 아내가 아니었다. 결코 아니었다. 그 아가씨에게서 불길하게 연상된 사람은 살아생전에는 콜베리와 만나지 않았던 여자, 그러나 죽어서는 오랫동안 그의 생각과 행동을 사로잡은 여자였다. 콜베리는 그 여자를 딱 한 번 보았다. 삼 년 전 어느 여름날, 모탈라의 영안실에서.

콜베리는 기분이 으스스해져 몸을 떨었다.

십오 분 뒤, 마르틴 베크가 티켓을 쥐고 돌아왔다.

19.

"그게 뭐야?" 콜베리가 물었다.

"승차권." 마르틴 베크가 대답했다.

콜베리는 책상에 놓인 구겨진 티켓을 들여다보았다.

"지하철 승차권이로군. 이게 왜? 교통비를 환급받고 싶으면 경리과로 가."

"보세라는 세 살짜리 증인 말이야. 그 애가 탄토 공원에서 안니카와 함께 있다가 어떤 남자를 만났는데, 그 남자가 이걸 줬대. 안니카가 죽기 직전에."

멜란데르가 캐비닛을 닫고 그들에게 다가왔다. 콜베리가 고개를 돌려 마르틴 베크에게 말했다.

"남자가 아이를 목 졸라 죽이기 직전 말인가."

"그럴지도 모르지. 문제는 이거야. 우리가 이 티켓에서 뭘 알아낼 수 있을까?"

"지문이 나오려나." 콜베리가 말했다.

멜란데르가 몸을 숙여 티켓을 뜯어보면서 뭐라고 웅얼거렸다.

"불가능한 건 아니지만, 거의 가망 없어." 마르틴 베크가 말했다. "첫째, 승차권 뭉치에서 이걸 뜯어서 판 사람이 만졌을 테고, 꼬마에게 이걸 건네준 사람도 만졌을 테고, 꼬마는 월요일부터 이걸 달팽이니 뭐니 하는 나부랭이들하고 같이 주머니에 넣어두었어. 게다가 부끄럽지만 나도 만졌어. 그걸 차치하더라도, 티켓이 너무 구겨진데다가 나풀거려. 시도는 해봐야지. 하지만 그전에 발권 구멍부터 살펴보자고."

"벌써 봤어. 12일 오후 1시 30분에 찍혔군. 몇월인지는 나와 있지 않아. 그렇다는 것은……."

콜베리가 말을 멈췄다. 세 사람은 그것이 무슨 뜻인지를 동시에 알아차렸다. 멜란데르가 먼저 말을 꺼냈다.

"타입 100이라고 불리는 이 일 크로나짜리 티켓은 행정구역상 실제 도시 경계선 내에서만 쓸 수 있어. 어쩌면 언제 어디에서 팔린 티켓인지 알아낼 수 있을 거야. 여기 있는 숫자 두 개를 참고한다면."

"스톡홀름 순환트램(SS)." 콜베리가 말했다.

"이제 스톡홀름 대중교통(SL)으로 이름이 바뀌었어." 멜란데르가 지적했다.

"나도 알아. 하지만 직원들의 제복 단추에는 아직 SS라고 찍혀 있던걸.* 새로 단추를 제작할 여유는 없나 보더라고. 감라스탄에서 바로 다음 역인 슬루센까지 가는 데 일 크로나씩이나 받으면서 왜 그럴까? 단추 하나가 얼마나 한다고?"

멜란데르는 벌써 옆방으로 건너갔다. 티켓은 책상에 두고갔다. 일련번호 따위는 컴퓨터 같은 머리에 이미 저장한 모양이었다. 멜란데르가 전화를 거는 소리가 들렸다.

"꼬마애가 뭔가 말해줬어?" 콜베리가 물었다.

마르틴 베크는 고개를 흔들었다.

"그게 다야. 여자아이와 함께 있다가 웬 남자를 만났다고. 이 티켓도 우연히 발견한 거야."

콜베리가 의자를 뒤로 기울이면서 손톱을 씹었다.

"그러니까 우리한테는 살인범을 직접 봤고 대화도 나눈 듯한 증인이 있군. 다만 증인이 세 살이라는 게 문젠데. 꼬마가 조금만 더 컸어도……."

---

* 스톡홀름의 대중교통수단을 통합 관리하는 '스톡홀름 대중교통(Stockholms Lokaltrafik, SL)'은 1967년 1월에 전신인 '스톡홀름 순환트램(Stockholms Spårvägar, SS)'에서 이름을 바꿨다.

"그러면 살인이 안 벌어졌겠지. 적어도 그때 거기에서는." 마르틴 베크가 끼어들었다.

멜란데르가 돌아왔다.

"곧 전화해주겠다는군."

전화는 십오 분 뒤에 왔다. 멜란데르는 상대방의 말을 들으면서 메모를 했고, 고맙다고 인사하고 끊었다.

짐작이 맞았다. 6월 12일에 팔린 티켓이었다. 로드만스가탄 거리 지하철 역의 북쪽 개찰구 매표소 직원이 팔았다. 그 개찰구를 통과하려면 스베아베겐 거리의 스톡홀름 경제대학 양쪽에 있는 두 출입구 중 하나로 들어가야 했다.

마르틴 베크는 스톡홀름 지하철 노선을 숙지하고 있었지만, 그래도 정확하게 확인하려고 벽에 붙은 노선도로 갔다.

로드만스가탄 거리에서 티켓을 산 사람이 탄토 공원으로 오려면, T-센트랄렌 역, 감라스탄 역, 슬루센 역 중 한 곳에서 갈아탄 뒤에 싱켄스담 역에서 내리면 된다. 싱켄스담 역에서 죽은 소녀가 발견된 지점까지는 걸어서 오 분 거리였다. 그렇다면 그 사람은 1시 30분에서 1시 45분 사이에 지하철을 탔을 것이고, 갈아타는 시간을 감안하면 오는 데 이십 분쯤 걸렸을 테니 1시 55분에서 2시 10분 사이에 탄토 공원에 도착했을 것이다. 검시관에 따르면 소녀는 2시 30분에서 3시 사이에 죽었다. 어쩌면 좀더 일렀을 수도 있다고 했다.

"시간만 보면 맞는데." 마르틴 베크가 말했다.

동시에 콜베리도 말했다.

"시간을 보면 맞는데. 범인이 곧장 그곳으로 왔다면."

멜란데르가 혼잣말처럼 더듬더듬 중얼거렸다.

"지하철역이 바나디스 공원에서도 그다지 멀지 않지."

"그래. 하지만 우리가 그 사실에서 뭘 알 수 있지? 아무것도 없어. 범인이 지하철을 타고 공원에서 공원으로 옮겨다니면서 여자아이들을 죽인다는 것? 범인은 왜 55번 버스를 타지 않았지? 그러면 많이 걷지 않아도 다 돌아다닐 수 있는데." 콜베리가 말했다.

"그리고 아마도 잡혔겠지." 멜란데르가 말했다.

"그건 그래. 그 버스는 항상 텅텅 비어 있으니 운전사가 승객을 알아보겠지." 콜베리가 인정했다.

마르틴 베크는 콜베리가 저렇게 수다스럽지 않으면 좋을 텐데, 하고 가끔 바랄 때가 있었다. 지금이 그런 때였다. 마르틴 베크는 봉투에 승차권을 넣고 침을 발라 붙이면서 골똘히 생각했다. 어렴풋이 스쳐간 어떤 생각을 붙잡으려고 애썼다. 콜베리가 조용히 있었다면 성공했을지도 모르는데. 그러나 그 순간은 지나가버렸다.

봉투를 과학수사연구원으로 보내고 나서, 마르틴 베크는 직접 전화를 걸어 가급적 빨리 결과를 내달라고 부탁했다. 전화를 받은 사람은 마르틴 베크가 오래전부터 알고 지낸 옐름이었다. 옐름은 일에 쫓겨 심기가 불편한 듯했다. 옐름은 마르틴 베크에게 쿵스홀름스가탄과 베스트베리아알레의 양반들은 자신의 일이 얼마나 많은지 알기나 하느냐고 물었다. 마르틴 베크는 연구원의 업무 부하가 초인적인 수준이라는 것을 익히 알고 있으며 자신도 그런 엄밀한 업무를 처리할 능력만 있다면야 당장 달려가서 거들고픈 마음이 굴뚝같다고 대답했다. 옐름은 뭐라고 더 투덜거렸지만, 티켓 분석을 즉시 처리해주겠다고 약속했다.

콜베리는 점심을 먹으러 갔고, 멜란데르는 서류 더미와 함께 틀어박혔다. 그러기 전에 멜란데르가 이렇게 물었다.

"로드만스가탄 거리에서 티켓을 판매한 직원의 이름을 알아냈어. 사람을 보내서 그 여자 직원하고 이야기해보라고 할까?"

"아무쪼록." 마르틴 베크가 대답했다.

마르틴 베크는 책상에 앉았다. 서류를 훑으면서 집중을 하려고 노력했다. 괜히 초조하고 신경이 날카로웠다. 피로 탓이겠거니 했다. 뢴이 고개를 쑥 들이밀고 그를 보더니 말없이 사라졌다. 그것만 아니면 평화로웠다. 전화마저 오랫동안 침묵을 지켰다. 마르틴 베크가 난생처음으로 책상 앞에서 깜박 졸려는 찰나, 전화가 울렸다. 그는 수화기를 들기 전에 시계를 봤다. 2시 20분. 아직 금요일이었다. 브라보, 옐름. 그는 속으로 감탄했다.

옐름이 아니라 잉리드 오스카르손이었다.

"방해해서 죄송해요. 엄청 바쁘실 텐데." 여자가 말했다.

마르틴 베크는 웅얼웅얼 대강 대답했다. 스스로 생각해도 참 열의 없는 반응이었다.

"전화하라고 하셨잖아요. 어쩌면 중요하지 않은 일일지도 모르지만 알려드리는 게 좋겠다고 생각했어요."

"물론입니다. 제가 성함을 제대로 못 들어서 그랬습니다, 죄송합니다. 무슨 일입니까?"

"레나가요, 보세가 월요일에 공원에서 했던 말을 갑자기 기억해냈어요. 사건이 있었던 날 일요."

"아, 그래요? 뭡니까?"

"보세가 레나한테 놀이방 아빠를 만났다고 했대요."

"놀이방 아빠?"

마르틴 베크는 이렇게 되묻고는 속으로 생각했다. 이게 무슨 말이지?

"네. 올해 초에 제가 보세를 낮 동안 사설 놀이방에 맡겼어요. 탁아소의 빈자리를 구하기는 워낙 어렵고, 일하는 동안 아이를 맡길 데가 없더라고요. 그래서 광고를 내서 팀메르만스가탄 거리에 있는 사설 놀이방을 구했어요."

"방금 '놀이방 아빠'라고 하지 않았습니까?"

"네, 네. 그게 어떻게 된 거냐면, 놀이방 아주머니에게 남편이 있거든요. 남편분이 하루종일 집에 있는 건 아니지만, 종종 일찍 퇴근해서 온대요. 그래서 보세가 거의 매일 그 아저씨를 만났어요. 그러더니 애가 '놀이방 아빠'라고 부르더라고요."

"보세가 레나한테 월요일에 탄토 공원에서 그 아저씨를 만났다고 했단 말이죠?"

마르틴 베크는 피로가 싹 달아났다. 그는 메모지를 당기면서 주머니를 더듬어 펜을 찾았다.

"맞아요." 오스카르손 부인이 대답했다.

"보세가 그 말을 한 게 잠깐 사라지기 전인지 후인지, 레나가 기억하던가요?"

"확실히 그후에 말했대요. 저도 그래서 형사님께 알리는 게 좋겠다고 생각했어요. 무슨 관련이 있을 것 같진 않지만요. 그분은 상냥하고 친절하거든요. 하지만 보세가 그분을 만난 게 사실이라면, 그분이 뭔가 보고 들었을지도 모르니까……."

마르틴 베크는 펜을 종이에 대고 물었다.

"그분 성함이 뭡니까?"

"에스킬 엥스트룀. 화물차 운전수라고 들었어요. 툼메르만스가탄 거리에 살아요. 전화번호를 잊어버렸는데, 잠깐 기다리시면 찾아볼게요."

여자는 잠시 후에 돌아와서 주소와 전화번호를 불러주었다.

"그분은 정말로 착한 분 같았어요. 저도 보세를 데리러 갔다가 자주 만났거든요."

"보세가 놀이방 아빠를 만난 일에 대해서 다른 말은 더 안 했습니까?"

"안 했어요. 더 자세히 말해보라고 우리가 아이를 다그쳤지만 그 일을 까맣게 잊어버린 것 같아요."

"그분은 어떻게 생겼습니까?"

"글쎄요, 설명하기 어렵네요. 인상이 좋아요. 차림새가 좀 허름하지만 직업 때문일 거예요. 나이는 마흔다섯이나 쉰쯤 됐고 머리숱이 적어요. 그냥 평범해요."

마르틴 베크가 메모를 하는 동안 잠깐 침묵이 흘렀다. 그가 또 물었다.

"제가 부인의 이야기를 제대로 이해했다면, 요즘은 보세를 그 집에 맡기지 않는다는 말씀이죠?"

"네. 그 집에는 자식이 없기 때문에 보세가 좀 지루할 것 같았어요. 그래서 제가 어느 탁아소에 빈자리를 잡아뒀는데, 그게 글쎄, 다른 간호사 엄마에게 넘어간 거예요. 그런 부모에게 우선순위가 있다나 봐요."

"요즘은 보세가 낮에 어디에서 지냅니까?"

"집에서요. 하는 수 없이 제가 직장을 그만뒀어요."

"엥스트룀 부부의 집에 맡기지 않은 것이 언제부터입니까?"

여자는 잠시 생각한 뒤에 대답했다.

"사월 첫 주요. 그때 제가 일주일 휴가를 냈었어요. 다시 출근을 하려는데, 엥스트룀 부인이 다른 아이를 맡게 됐다면서 이제 보세는 못 맡겠다고 하더라고요."

"보세가 그 부인과 있는 걸 좋아했습니까?"

"꽤 좋아했어요. 그런데 엥스트룀 씨를 더 좋아했던 것 같아요. 놀이방 아빠요. 그분이 보세에게 티켓을 줬을까요?"

"모르겠습니다. 알아봐야죠."

"힘 닿는 데까지 돕고 싶지만 오늘 저녁에 우리 가족은 여행을 가요. 아시죠?"

"네, 압니다. 즐겁게 보내시길 바랍니다. 보세에게도 인사 전해주십시오."

마르틴 베크는 전화기를 내려놓고 한동안 생각에 잠겼다가 다시 전화기를 들어 강력반에 연락했다.

그는 요청한 정보를 기다리는 동안 책상에 놓인 파일들 중 하나를 당겨 훑어보았다. 종이를 훌렁훌렁 넘기다가, 롤프 에베르트 룬드그렌과의 심야 취조 내용을 타이핑한 부분에서 멈췄다. 룬드그렌이 바나디스 공원에서 목격했다는 남자의 인상착의의 빈약한 묘사를 꼼꼼히 읽어보았다. 놀이방 아빠에 대한 오스카르손 부인의 묘사는 그보다 더 빈약했지만, 어쩌면 같은 사람일지도 모른다는 희미한 가능성은 있었다.

강력반의 명단에 에스킬 엥스트룀의 이름은 없었다.

마르틴 베크는 파일을 덮고 옆방으로 갔다. 군발드 라르손이 책상에 앉아 시무룩하게 창밖을 보면서 종이 자르는 칼로 이를 쑤시고 있었다.

"렌나르트는?" 마르틴 베크가 물었다.

군발드 라르손은 마지못해 치아 조사를 마치고는 종이칼을 소매에 쓱 닦았다.

"젠장, 내가 어떻게 아나?"

"그러면 멜란데르는?"

군발드 라르손은 칼을 필기도구함에 내려놓고 어깨를 으쓱했다.

"뒷간에 있겠지. 왜?"

"아무것도 아니야. 자네는 뭐해?"

군발드 라르손은 재깍 대답하지 않았다. 마르틴 베크가 문을 향해 움직이자 그제야 말했다.

"다들 지독하게 정신이 나갔어."

"무슨 소리야?"

"방금 옐름하고 통화를 했거든. 참, 옐름이 자네한테 할말이 있다더군. 그건 그렇고, 마리아 경찰서 소속의 웬 녀석이 호른스툴스트란드 거리의 덤불에서 여자 팬티를 발견했다는 거야. 녀석은 우리한테 알리지도 않고 그걸 곧장 국립과학수사연구원으로 가져가서, 탄토 공원 시체에서 사라진 팬티일지도 모른다고 말했대. 그래서 그곳 사람들은 콜베리한테도 헐렁할 것 같은 특대 사이즈의 분홍색 팬티를 앞에 놓고서 대체 이게 무슨 일인가 갸우뚱했다는 거야. 그 친구들이 무슨 죄냐고. 이 직업에 종사하면 사람이 더 멍청해지는 걸까?"

"나도 종종 스스로에게 같은 질문을 던지지. 그 밖에 또 뭐라던데?"

"누가?"

"옐름이."

"자네가 통화중이라면서, 수다를 끝내면 자기한테 전화해달라고 했어."

마르틴 베크는 임시로 쓰는 자기 책상으로 돌아와서 연구원에 전화를 걸었다.

"아 그래요, 자네가 맡긴 지하철 승차권. 쓸모 있는 지문은 하나도 못 건졌습니다. 종이가 너무 나풀거려서." 옐름이 말했다.

"그렇겠다 싶었죠."

"검사가 다 끝난 건 아닙니다. 나중에 보고서를 보내죠. 그리고 참, 푸른색 면 섬유를 약간 발견했는데 아마도 주머니 안감에서 묻은 거겠죠."

마르틴 베크는 보세가 꽉 껴안고 있었던 자그만 푸른색 재킷을 떠올렸다. 그는 옐름에게 고맙다고 인사하고 수화기를 내려놓았다. 그러고는 택시를 부르고 코트를 입었다.

금요일이었다. 아직 이른 오후인데도 주말을 맞아 도시를 빠져나가는 거대한 엑소더스의 물결은 벌써 시작되었다. 차들은 굼벵이처럼 기어 다리를 건넜다. 운전사가 노련하고 눈치 빠르게 차를 몰았는데도, 택시는 삼십 분이 걸려서야 팀메르만스가탄 거리 남쪽에 도착했다.

집은 쇠드라 역 근처에 있었다. 건물은 낡고 허름했고, 입구는 어둡고 써늘했다. 1층에 문이 두 개 있었다. 하나는 안마당으로 들어가는 문이었다. 바닥이 포장된 안마당에는 쓰레기통 여러 개와 카펫을 걸어 먼지를 떠는 데 쓰는 지지대가 있었다. 다른 쪽 문에는 녹슨 놋쇠 명판이 붙어 있었다. 마르틴 베크는 엥스트룀이라는 이름을 어렵사리 읽어냈다. 초인종 단추가 안 보였기 때문에 그는 문을 세게 두드렸다.

문을 연 사람은 쉰 살쯤 되어 보이는 여자였다. 여자는 작고 야위었다. 갈색 모직 원피스를 입었고, 꽃무늬 타월 천으로 된 슬리퍼를 신었다. 여자는 눈에 띄게 두꺼운 안경알을 통해서 의심스레 마르틴 베크를 살폈다.

"엥스트룀 부인이십니까?"

"네." 가냘픈 여자에게서 나온 것치고는 몹시 거친 목소리였다.

"엥스트룀 씨는 댁에 계십니까?"

"아……니요." 여자의 대답이 굼떴다. "왜 그러시죠?"

"잠깐 이야기를 할 수 있을까요. 부인이 낮에 맡아 돌보았던 아이들 중 하나를 압니다."

"누구요?" 여자가 미심쩍이 물었다.

"보 오스카르손. 아이 어머니가 제게 부인의 주소를 알려줬습니다. 들어가도 될까요?"

여자가 문을 활짝 열었다. 마르틴 베크는 좁은 현관을 지나고, 부엌을 지나, 방 하나뿐인 듯한 집안으로 들어갔다. 창밖에 쓰레기통들과 카펫을 걸어 먼지를 떠는 지지대가 보였다. 어울리지 않는 쿠션들이 잔뜩 놓인 소파 겸 침대가 별 가구가 없이 휑한 방의 대부분을 차지했다. 아무리 봐도 아이들이 논 흔적은 없었다.

"죄송해요. 그런데 왜 오셨죠? 보세한테 무슨 일이 있나요?"

"저는 경찰입니다. 그냥 통상적인 조사입니다. 걱정하실 것 없습니다. 보세도 아무 일 없습니다."

여자는 처음에는 약간 겁을 내는 듯했지만 곧 명랑해졌다.

"내가 왜 걱정하겠어요? 나는 경찰을 무서워할 일이 없답니다. 에스킬에 관한 일인가요?"

마르틴 베크가 여자를 향해 미소를 지었다.

"네, 부인. 사실은 남편분과 이야기하려고 왔습니다. 그건 그렇고, 보세가 요전날 남편분을 만났다는 것 같습니다."

"에스킬을?"

여자가 참담한 표정으로 마르틴 베크를 보았다.

"네. 남편분은 언제 집에 옵니까?"

여자는 동그란 푸른 눈으로 마르틴 베크를 빤히 보았다. 두꺼운 안경알 때문에 눈동자가 비정상적으로 커 보였다.

"하지만…… 하지만, 에스킬은 죽었어요."

마르틴 베크도 여자를 마주보았다. 그는 상당한 시간이 흐르고야 겨우 정신을 추스르고 주워섬겼다.

"아, 죄송합니다, 몰랐습니다, 정말 미안합니다. 언제 돌아가셨습니까?"

"올해 4월 13일요. 교통사고였어요. 의사는 에스킬이 무슨 생각을 할 겨를도 없이 즉사했을 거라더군요."

여자는 창으로 다가가서 음울한 마당을 내다보았다. 마르틴 베크는 헐렁한 원피스에 감싸인 여자의 깡마른 등을 바라보았다.

"뭐라고 위로해드려야 할지 모르겠습니다, 엥스트룀 부인."

"에스킬은 쇠데르텔리에에서 화물차를 몰고 돌아오던 중이었어요. 월요일이었어요."

여자가 몸을 돌려 한결 옹골진 목소리로 계속 말했다.

"에스킬은 삼십이 년 동안 화물차를 몰면서도 무사고였어요. 그이의 과실이 아니었어요."

"그렇군요. 방해해서 정말 죄송합니다. 착오가 있었나 봅니다."

"그런데 에스킬을 들이받은 깡패놈들은 가볍게 방면되었죠. 심지어 훔친 차를 몰고 있었는데도요."

여자는 아득한 시선으로 고개를 주억거리고는 의자로 다가와서 쿠션을 만지작거렸다.

"이만 가보겠습니다."

마르틴 베크는 갑자기 폐소공포증을 느꼈다. 당장 밖으로 나가 음산한 집과 음울한 작은 여인에게서 벗어나고 싶었지만 간신히 마음을 가다듬고 물었다.

"괜찮으시다면 남편분의 사진을 보여주시겠습니까."

"그이 사진은 없어요."

"남편분의 여권이라도 없습니까? 아니면 운전면허증이나?"

"우리는 여행을 전혀 안 다녔기 때문에 에스킬은 여권이 없어요. 운전면허증은 오래되었고요."

"보여주실 수 있습니까?"

여자는 서랍을 열고 면허증을 꺼냈다. 에스킬 요한 알베르트 엥스트룀이라는 이름과 함께 1935년에 발행되었다는 표시가 찍혀 있었다. 사진의 남자는 젊었다. 윤기 나는 곱슬머리에, 큰 코에, 작은 입에, 얇은 입술이었다.

"늙어서는 얼굴이 좀 변했어요."

"어떻게요? 묘사해주실 수 있습니까?"

여자는 이 질문에 조금도 놀라는 기색 없이 대뜸 대답했다.

"형사님만큼 키가 크진 않았지만 나보다는 한참 더 컸어요. 마른 편이었고요. 머리카락은 세어가고 있었고, 조금씩 빠지기 시작했어요. 그 밖에는 뭘 더 말해야 할지 모르겠네요. 보기 좋은 얼굴이었어요. 적어도 나는 그렇게 생각했어요. 코가 크고 입이 작아서 잘생겼다고는 할 수 없지만. 하지만 인상이 정말 좋았어요."

"고맙습니다, 부인. 너무 오래 방해했군요."

여자는 마르틴 베크를 따라 문간까지 나왔고, 그가 건물 밖으로 나가 건물 출입문이 닫히고야 현관문을 닫았다.

마르틴 베크는 심호흡을 한 뒤에 북쪽으로 성큼성큼 걸었다. 얼른 사무실 책상으로 돌아가고 싶었다.

책상에는 짧은 메모가 두 개 놓여 있었다.

하나는 멜란데르가 남겼다. '지하철 티켓을 판매한 여자의 이름은 군다 페르손. 아무것도 기억나지 않는다고. 손님을 쳐다볼 시간은 없어요, 라고.'

다른 하나는 함마르의 것이었다. '당장 내게 올 것. 급한 일임.'

20.

군발드 라르손은 창가에 서서 여섯 명의 도로 인부들을 구경했다. 인부들은 일곱 번째 인부의 작업을 구경하고 있었다. 일곱 번째 인부는 삽에 기대어 선 채였다.

"옛날 일이 떠오르는군." 라르손이 이야기를 꺼냈다. "언젠가 칼마르에 소해정을 정박한 적이 있었어. 내가 이등항해사와 함께 항해실에 앉아 있는데, 경계 근무를 서던 녀석이 달려와서 말하는 거야. '부두에 죽은 남자가 서 있습니다.' 나는 말했지. '헛소리하지 마.' 녀석이 말했지. '정말입니다, 부두에 죽은 남자가 서 있습니다.' 내가 말했지. '죽은 남자가 어떻게 서 있나. 요한손, 정신 좀 차려.' 녀석이 말했지. '하지만 정말로 죽은 남자가 틀림없습니다. 제가 몇 시간 동안 지켜봤는데 꼼짝도 하지 않는단 말입니다.' 이등항해사가 자리에서 일어나 현창을 내다보고는 말했지. '하, 공무원이잖아.'"

거리의 인부는 삽이 쓰러지도록 내팽개치고 다른 인부들과 함께 가버렸다. 오후 5시였고, 여전히 금요일이었다.

"좋은 직업이지. 되기만 한다면. 가만히 서서 구경하면 그만이라니." 군발드 라르손이 말했다.

"그러는 자네는 지금 뭘 하는데?" 멜란데르가 물었다.

"물론 가만히 서서 구경하고 또 구경하지. 만약에 부국장 사무실이 길 건너편에 있다면, 그도 아마 창가에 서서 나를 구경할 거야. 전 재산을 걸어도 좋아. 그리고 만약에 국장 사무실이 우리 사무실 한 층 위에 있다면, 그도 아마 창가에 서서 건너편의 부국장을 구경할 테고, 만약에 내무장관의……."

"전화나 받아." 멜란데르가 말했다.

마르틴 베크가 막 방으로 들어섰다. 그는 문가에 서서 생각에 잠긴 눈으로 군발드 라르손을 보았다. 군발드 라르손이 전화에 대고 말했다.

"내가 뭘 어쩌면 좋겠어? 경찰견이라도 보낼까?"

그러고는 수화기를 탕 내려놓은 뒤에 마르틴 베크에게 물었다.

"자네는 또 웬일이야?"

"자네가 방금 한 말을 들으니 뭔가 기억이 나는데……."

"경찰견?"

"아니, 그전에 한 말."

"무슨 기억이 나는데?"

"모르겠어. 가물가물 기억이 날 듯도 한데 안 나."

"자네만 그런 건 아냐."

마르틴 베크는 어깨를 으쓱하고 화제를 바꿨다.

"오늘밤에 용의자 일제 검거가 있을 거야. 방금 함마르 국장에게 이야기를 듣고 왔어."

"일제 검거? 하지만 다들 초주검 상태라고. 내일은 어떻게 되겠나?" 군발드 라르손이 말했다.

"별로 건설적인 방법이 아닌걸. 누구 생각인데?" 멜란데르가 물었다.

"나도 몰라. 국장도 썩 기분이 좋은 것 같지는 않던데."

"요새 기분 좋은 사람이 어디 있어." 군발드 라르손이 말했다.

마르틴 베크는 그 결정을 내리는 자리에 참석하지 않았지만, 만약에 기회가 있었다면 아마 반대했을 것이다. 수사가 표류하는 현실과 뭐라도 해야 한다는 전반적인 압박감이 그런 결정의 동기일 것이다. 경찰은 실제로 몹시 난처한 입장이었다. 신문과 텔레비전은 수사에 대한 막연한 보도로 시민들을 자극했고, 시민들은 "경찰이 손놓고 있다"거나 "무력하다"는 둥 수군거리기 시작했다. 수사대에는 일흔다섯 명이 배치되어 일하고 있었는데, 그들이 외부로부터 받는 압박은 어마어마했다. 시시각각 쏟아지는 제보를 일일이 확인해야 했지만, 대부분은 척 보기에도 쓸데없는 것들이었다. 여기에 더해 내부에서의 압박도 있었다. 살인범을 꼭 잡아야 하는 것은 물론이려니와 한시바삐 잡아야 한다는 것을 알기에 느껴지는 압박이었다. 수사는 죽음의 무도였다. 여태껏 단서는 거의 없었다. 세 살짜리 꼬마와 비정한 범죄자에게서 얻은 막연한 인상착의. 지하철 승차권. 추적 대상의 정신 상태에 대한 막연한 해석. 모두 구체적이지 않은데다가 심란한 것들이었다.

"이건 수사가 아니야. 때려 맞히기 게임이지." 함마르 국장은 지하철 승차권에 대해 이렇게 말했다.

이것은 함마르가 즐겨쓰는 표현이었고 과거에도 무수히 했던 말이지만, 어쨌거나 그 표현이 지금 상황에 딱 들어맞는다는 것을 인정하지 않을 수 없었다.

물론 대대적인 일제 검거에서 단서가 나올 가능성도 있다. 하지만 미미했다. 가장 최근에 일제 검거를 수행했던 것이 불과 지난 화요일이었는데, 당시에도 경찰은 목적했던 공원 강도 검거에 실패했다. 성과라면 갖가지 부류의 범죄자를 서른 명 남짓 잡아들인 것이었다. 주로 마약 판매자나 도둑이었다. 이것이 오히려 경찰의 업무 부담을 늘렸고, 지하 세계 사람들을 극도로 당황시켰다.

오늘밤의 일제 검거로 내일 많은 이가 녹초가 될 것이다. 그리고 어쩌면 내일…….

하지만 어쨌든 일제 검거는 예정되어 있었고, 예정대로 실시되었다. 11시쯤 작전이 개시되자 범죄자들의 은신처와 마약 소굴로 소문이 들불처럼 번졌다. 결과는 실망스러웠다. 도둑, 장물아비, 포주, 창녀는 다들 납작 숨었고, 중독자들마저 대부분 그랬다. 불시 단속은 시간이 흘러도 처음의 기세를 잃지 않고 줄곧 강경하게 진행되었다. 경찰은 도둑 하나를 현장에서 검거했고, 자기 보존 본능이 부족했던지 지하로 숨지 않은 장물아비 하나를 잡았다. 경찰은 사회의 찌꺼기 구성원들을 휘저어놓는 데 성공한 것뿐이었다. 노숙자, 알코올의존자, 마약중독자, 모든 희망을 다 잃은 사람들, 자기들의 복지국가가 돌멩이를 일일이 들추듯 뒤지는데도 기어서 도망칠 여력조차 없는 사람들. 한편 열네 살짜리 여학생 하나가 다락에서 나체로 발견되었다. 아이는 프렐루딘을 오십 알 삼켰고, 적어도 스무 번쯤 강간당한 상태였다. 경찰이 도착했을 때는 아이 혼자였다. 아이는 피를 흘리는데다가 멍투성이었고 지저분했다. 그래도 말은 할 수 있어서 자신이 당한 일을 두서없이 이야기했지만, 막상 본인은 개의치 않는다고 했다. 옷이 보이지 않아서 경찰은 낡은 퀼트로 아이의 몸을 감싼 뒤 차에 태워 아이가 댄 주소로 데려갔다. 그런데 엄마라는 사람은 아이가 가출한 지 사흘째라면서 집에 들이지 않겠다고 했다. 아이가 계단에서 쓰러진 뒤에야 그들은 구급차를 불렀다. 비슷한 사건이 여러 건 있었다.

4시 30분, 마르틴 베크와 콜베리는 셉스브론 다리에 차를 세워두고 앉아 있었다.

"군발드에게 뭔가 있어." 마르틴 베크가 말했다.

"그래, 군발드는 바보지." 콜베리가 대꾸했다.

"아니, 그런 게 아니고. 군발드에 관해서 뭔가 꼬집어 기억이 안 나는 일이 있어."

"그래?" 콜베리가 하품을 했다.

그때 무전기에서 보고가 들어왔다.

"5구역의 한손입니다. 베스트만나가탄 거리에 와 있습니다. 여기에서 시체를 한 구 발견했습니다. 그런데……."

"그런데?"

"인상착의가 맞습니다."

그들은 곧장 그곳으로 갔다. 폐가 앞에 경찰차가 두 대 서 있었다. 죽은 남자는 3층의 어느 방에 반듯이 누워 있었다. 남자가 3층까지 올라갔다는 사실이 놀라웠다. 건물이 반쯤 철거되어 계단이 대부분 무너진 상태였기 때문이다. 마르틴 베크와 콜베리는 경찰이 세워둔 가벼운 금속 사다리에 올라가 살펴보았다. 남자는 서른다섯 살쯤 되었고, 이목구비가 뚜렷하고, 옅은 청색 셔츠와 진갈색 바지를 입었다. 낡아빠진 검정 신발을 신었다. 양말은 신지 않았다. 성긴 머리카락을 뒤로 빗어 넘겼다. 두 사람은 한참 남자를 보았다. 누군가 하품을 참는 소리가 들렸다.

"일대를 통제하고 감식반을 불러서 살펴보라고 하는 수밖에 없겠군." 콜베리가 말했다.

"사실 그럴 필요도 없습니다. 토사물에 질식해서 죽은 겁니다. 보나마나 뻔합니다." 노련한 한손이 말했다.

"그렇게 보이는군요. 죽은 지 얼마나 된 것 같습니까?" 마르틴 베크가 물었다.

"그다지 오래되지 않았을 거야." 콜베리가 말했다.

"맞습니다. 이렇게 더운데 오래됐을 리 없습니다." 한손도 동의했다.

한 시간 뒤에 마르틴 베크는 집으로, 콜베리는 쿵스홀름스가탄 거리로 갔다.

두 사람은 헤어지기 전에 몇 마디 주고받았다.

"인상착의는 맞던데."

"무수히 많은 사람에게 맞을 만한 내용이니까." 마르틴 베크가 대답했다.

"장소도 맞고."

"신원부터 알아내야지."

6시 30분이었다. 마르틴 베크는 바가르모센으로 왔다. 아내는 방금 깬 모양이었다. 깨어 있긴 했지만 아직 침대에 누워 있었다. 아내가 마르틴 베크를 쳐다보며 비난하듯 말했다.

"엄청난 몰골이네."

"왜 잠옷을 안 입고 있어?"

"너무 더워서. 신경쓰여?"

"아니. 나는 괜찮아."

그는 수염이 텁수룩하고 온몸이 퀴퀴한 기분이었지만, 씻기에는 너무 피곤했다. 그는 옷을 벗고 잠옷을 입었다. 침대로 들어갔다. 그리고 생각했다. 더블베드라는 건 어디의 누가 만든 멍청한 물건이야. 다음 월급날 반드시 소파 겸 침대를 하나 사서 딴 방에 놓아야지.

"왜, 흥분되셔?" 아내가 빈정거렸다.

하지만 그는 벌써 잠들어 있었다.

같은 날 아침 11시에 그는 쿵스홀름스가탄 거리로 돌아왔다. 눈이 좀 퀭했지만, 목욕도 했고 약간 상쾌한 기분도 들었다. 콜베리는 여태 사무실에 있었다. 베스트만나가탄 거리에서 죽은 남자는 아직 신원이 밝혀지지 않았다.

"남자의 주머니에 종잇조각 한 장도 없어. 지하철 승차권조차 없어."

"의사는 뭐래?"

"틀림없이 토사물로 인한 질식사라고. 부동액을 마신 것 같다는군. 그 방에 빈 캔이 있었대."

"죽은 지 얼마나 됐대?"

"실외라고 간주하면 스물네 시간."

두 사람은 한참 말이 없었다.

"그 남자 같진 않아." 콜베리가 문득 말했다.

"나도 그렇게 생각해."

"하지만 모르는 일이지."

"그렇지."

두 시간 뒤에 그들은 강도에게 시체를 대면시켰다.

"으엑, 역겨워라."

강도는 잠시 후에 이어 말했다.

"아니요. 내가 봤던 사람이 아니에요. 이 사람은 처음 보는 얼굴이에요."

그리고 강도는 욕지기를 냈다.

이게 무슨 터프가이라고, 룅은 생각했다. 룅은 강도와 수갑을 나눠 차고 있었기 때문에 화장실까지 강도와 함께 가야 했다. 그는 말없이 수건을 꺼내어 룬드그렌의 입과 이마를 닦아주었다.

수사본부에서 콜베리가 말했다.

"그래도 확실하다고는 할 수 없어."

"그래." 마르틴 베크도 동의했다.

21.

토요일 저녁 7시 45분에 콜베리의 아내에게 전화가 왔다.

"여보세요, 콜베리입니다."

"하느님 맙소사, 렌나르트, 자기 뭐하는 거야? 자기, 어제 아침에 나간 뒤로 집에 안 들어왔어."

"나도 알아."

"징징대고 싶지 않지만, 계속 혼자 있기는 싫단 말이야."

"나도 알아."

"나, 토라진 것 아니야. 안달복달하는 것처럼 보이기도 싫어. 그건 알아줘. 하지만 외롭단 말이야. 좀 무섭기도 하고."

"알았어. 지금 당장 갈게."

"나 때문에 올 필요는 없어. 할 일을 놔두고 올 것까진 없어.

잠깐이라도 이렇게 전화로 이야기할 수 있으면 돼."

"알아, 지금 당장 갈게."

잠시 대화가 멎었다. 콜베리의 아내가 뜻밖에 부드러운 말투로 불렀다.

"렌나르트?"

"응?"

"얼마 전에 텔레비전에서 자기를 봤어. 엄청 피곤해 보였어."

"엄청 피곤해. 지금 집에 갈게. 끊어."

"안녕, 자기야."

콜베리는 마르틴 베크에게 몇 마디를 남기고 곧장 차로 내려갔다.

마르틴 베크와 군발드 라르손처럼 콜베리도 도시 남쪽에 살았다. 하지만 시내와 좀더 가까웠다. 셰르마르브링크 지하철역 근처의 팔란데르가탄 거리였다. 콜베리는 시내를 가로질러 운전하다가, 슬루센에 다다르자 내처 남쪽으로 내려가는 대신 호른스가탄 거리로 우회전했다. 왜 그러는지 분석하기는 별로 어렵지 않았다.

그에게는 더이상 사생활이 없었다. 쉬는 시간도 없었다. 임무와 책임 외의 다른 것을 생각할 여유가 없었다. 살인범이 자유롭게 돌아다니는 이상, 날이 밝은 이상, 공원이 존재하는 이상,

공원에서 노는 아이가 있는 이상, 오로지 수사만이 중요했다.

어쩌면 막연한 추적이라고 불러야 옳을지도 모른다. 경찰에게 수사라는 것은 구체적으로 작업할 단서가 있음을 암시하는 표현인데, 그들이 확보했던 한줌의 사실들은 진작 수사 조직에 의해 철저하게 뼛속까지 검토된 뒤에 가루처럼 바스러져 사라졌기 때문이다.

콜베리는 심리학 분석의 결론을 떠올렸다. 살인범은 아무런 특색도 특징도 없는 인물이라고 했다. 경찰의 유일한 목표는 그가 또 다른 살인을 저지를 여유를 주지 않고 얼른 붙잡는 것이다. 그러려면 운이 좋아야 한다. 저녁의 기자회견 때 어느 기자가 그렇게 말했다. 그러나 콜베리는 그런 생각이 잘못임을 잘 알았다. 경찰이 살인범을 잡으면, 그리고 그는 반드시 그럴 것이라 확신하는 편이었는데, 마치 운이 좋아서 그런 것처럼 보일 것이다. 요행으로 여기는 사람이 많을 것이다. 콜베리는 그것도 잘 알았다. 하지만 사실 운은 거들 뿐이다. 경찰은 최대한 촘촘하게 수사망을 좁힘으로써 끝내 범죄자가 체에 걸릴 수밖에 없도록 정황을 만들어야 한다. 콜베리가 진 임무가 바로 그것이었다. 모든 경찰의 임무가 그것이었다. 외부인이 해줄 수 있는 일이 아니었다.

콜베리가 곧장 집으로 가지 않은 것은 그 때문이었다. 원래는 정말로 곧장 귀가할 생각이었지만, 그러지 않고 그는 호른스가탄 거리를 따라 서쪽으로 천천히 차를 몰았다.

콜베리는 굉장히 체계적으로 일하는 사람이었기에, 경찰 업무에서 성패를 운에 맡긴다는 것은 있어서는 안 될 일이라고 믿었다. 가령 그는 군발드 라르손이 강도 집의 현관문을 무작정 부수고 들어간 것은 심각한 실수라고 보았다. 낡고 삐걱거리는 문이었더라도 마찬가지다. 몸을 던졌을 때 한 번에 문이 열리지 않았다면 어떻게 되었겠는가? 문을 부수는 것은 운을 시험하는 짓이다. 따라서 콜베리는 원칙적으로 찬성할 수 없는 행동이었다. 이 점에서는 마르틴 베크조차도 콜베리와 의견이 달랐다.

콜베리는 마리아토리에트 광장을 돌면서 녹지나 노점 주변에 몰려 있는 몇몇 젊은이들을 면밀히 관찰했다. 그가 알기로 이곳은 주로 학생들이나 젊은이들이 소규모로 마약을 거래하는 장소였다. 이곳에서 매일 다량의 대마초, 마리화나, 프렐루딘, LSD가 암암리에 판매자의 손에서 구매자의 손으로 넘어갔다. 구매자의 나이는 갈수록 어려졌다. 그 아이들은 곧 중독자가 될 것이다. 어제 콜베리는 요즘 열 살, 열한 살 여학생들에게까지 마약의 손길이 뻗친다는 이야기를 들었다. 경찰이 할 수 있는 일은 별로 없었다. 자원이 부족했다. 게다가 이런 악덕은 사회적으로 지지를 받았다. 또한 약에 탐닉하는 사람들이 이를 은근히 과시하면서 자신의 안전을 과신하도록 유도하게 만드는 요인이 있었다. 대중매체에서는 시도 때도 없이 이런 현상을 선전하곤 했다. 사실 콜베리는 이것이 경찰의 일인지조차 의심스러웠다. 젊은이들의 마약 복용은 현 사회 체계가 빚어낸 파국적 철학을 좇은 행위였다. 따라서 사회는 그보다 더 효과적인 반론을 구축할 필요가 있었다. 잘난 척 으스대지 않는 논리, 더 많은 경찰을 동원하지 않는 논리여야 했다.

비슷한 맥락에서, 콜베리는 회토리에트 광장이나 미국 무역센터 앞에 모인 시위대를 기병대와 경찰봉으로 진압하는 것이 대체 무슨 의미인지 알 수 없었다. 물론, 별로 내키지 않지만 지시에 따라 부득이 그 업무를 수행하는 동료들의 마음은 충분히 이해했다.

렌나르트 콜베리 경위는 이런 생각을 하면서 로센룬스가탄 거리로 운전대를 꺾었다. 셸드가탄 거리를 지난 뒤, 탄토고르덴의 작은 골프장을 지나 차를 세웠다. 그리고 탄토 공원으로 들어가는 여러 샛길 중 하나를 택해 걸어 올라갔다.

땅거미가 내리고 있었고, 공원에는 돌아다니는 사람이 많지 않았다. 그래도 아이들이 몇 명쯤 나와 놀고 있었다. 이런 상황에서도. 하기야 살인범 하나가 잡히지 않았다고 해서 대도시의 모든 아이들이 집에 처박혀 있기를 기대하기는 어려웠다. 콜베리는 오르막을 다 올라가서 듬성듬성한 관목 숲에 멈춰 섰다. 오른발로 나무 그루터기를 짚었다. 이 장소에서는 저 아래 임대 텃밭들이 잘 보였다. 닷새 전에 죽은 소녀가 누워 있었던 장소도 잘 보였다.

콜베리는 자신이 왜 하필 이곳으로 이끌렸는지 이유를 알 수 없었다. 어쩌면 이곳이 시내 중심부에서 제일 큰 공원이고 자기 집에서 멀지 않기 때문인지도 모른다. 저 멀리 아이들이 보였다. 제법 큰 아이들이었다. 십 대 초반 같았다. 콜베리는 가만히 서서 기다렸다. 무엇을 기다리는지는 자신도 알 수 없었다. 어쩌면 아이들이 집으로 돌아가기를 기다리는 것일지도 모른다. 콜베리는 몹시 피곤했다. 이따금 눈앞에서 뭔가 가물거렸다.

콜베리는 무장하지 않았다. 사회가 점차 폭력적으로 변하고 범죄가 흉포해지는 요즘이지만, 그는 경찰의 완전한 무장해제를 촉구하는 입장이었다. 그는 꼭 필요할 때에만, 그것도 직접적으로 지시를 받아야만 권총을 소지했다.

높직한 철로에 기차가 덜컹대며 지나갔다. 바퀴들의 굉음이 잦아들기 시작한 뒤에야 콜베리는 자신이 관목 숲에 혼자 있는 게 아니라는 것을 감지했다.

그 순간, 그는 머리부터 이슬 젖은 풀밭으로 고꾸라졌다. 입에서 피맛이 났다. 누가 그의 목덜미를 세게 내리쳤다. 무기를 사용한 것 같았다.

콜베리를 습격한 사람은 누군지 몰라도 크게 실수한 것이었다. 과거에도 비슷한 실수를 저지른 사람들이 몇 있었고, 그들은 다들 톡톡히 대가를 치렀다.

게다가 공격자는 한 번의 강타에 몸무게를 지나치게 실었던지 기우뚱 균형을 잃었다. 콜베리는 이 초도 안 되는 틈을 타서 빙글 돌아누운 뒤, 공격자를 끌어내렸다. 키 크고 무거운 사내가 쿵 소리와 함께 쓰러졌다. 콜베리가 추가로 상대를 제압할 여유는 없었다. 남자가 한 명 더 있었기 때문이다. 그 남자는 오른손을 재킷 주머니에 찔러 넣은 채 얼빠진 얼굴로 서 있었다. 콜베리가 한쪽 무릎을 땅에 짚고서 남자의 팔을 쥐어 비틀 때도 남자는 여전히 놀란 표정이었다.

자칫 남자의 팔이 빠지거나 심지어 부러질지도 모르는 상황이었다. 콜베리가 도중에 자제하고 상대를 덤불에 밀어 처박는 데 만족하지 않았다면.

콜베리를 때렸던 남자는 왼손으로 오른쪽 어깨를 문지르면서 인상을 쓰고 앉아 있었다. 고무 경찰봉이 땅에 떨어져 있었다. 청색 운동복을 입었고, 콜베리보다 몇 살 어려 보였다. 다른 남자가 덤불에서 기어나왔다. 그는 나이가 좀더 많았고 체구가 좀더 작았으며, 코듀로이 재킷과 체육복 바지를 입었다. 둘 다고무 밑창을 댄 흰 운동화를 신었다. 흡사 한 쌍의 아마추어 요트 선수 같았다.

"무슨 짓들이야!" 콜베리가 소리쳤다.

"당신은 누굽니까?" 운동복을 입은 남자가 물었다.

"경찰이오."

"이런." 작은 남자가 말했다.

남자는 소심하게 바지의 먼지를 떨면서 일어났다.

"그렇다면 사과해야겠군요. 그나저나 좋은 기술입니다. 어디서 배웠습니까?" 첫 번째 남자가 말했다.

콜베리는 대꾸하지 않았다. 땅에 웬 납작한 물건이 떨어진 것이 눈에 들어왔다. 콜베리는 허리를 숙여 그것을 집었다. 뭔지는 대번에 알 수 있었다. 아스트라라는 작고 검은 스페인제 자동 권총이었다. 콜베리는 손으로 권총의 무게를 가늠하면서 두 남자를 수상쩍게 바라보았다.

"이게 무슨 짓입니까?"

큰 남자가 일어나서 몸을 털었다.

"죄송하다고 하지 않았습니까. 당신이 덤불에 숨어서 아이들을 훔쳐보고 있었으니……. 알잖습니까, 그 살인범이……."

"그래서? 계속 말해보세요."

"우리는 이곳 주민입니다." 작은 남자가 철로 건너편 주택단지를 가리키면서 대신 말했다.

"그래서?"

"자식을 둔 부모들인데다 요전날 살해된 여자아이의 부모와도 아는 사이입니다."

"그래서?"

"그래서 도움이 될까 해서……."

"뭐가요?"

"자발적으로 시민 순찰대를 조직해서 공원을 지킵니다."

"뭘 조직했다고요?"

"자발적으로 자경단을 조직해서……."

콜베리는 갑작스러운 분노에 휩싸였다.

"이봐요, 그게 대체 무슨 소리요?" 그가 윽박질렀다.

"고함지르지 마세요. 우리는 당신이 마구 협박하고 영창에 처넣어도 되는 술주정뱅이가 아니란 말입니다. 우리는 책임감 있고 점잖은 시민이란 말이오. 스스로와 아이들을 보호하려는 것뿐입니다." 나이든 남자도 골나서 반박했다.

콜베리가 남자를 노려보았다. 다시 호통을 치려고 입을 벌렸지만, 간신히 자제하고 가급적 차분히 물었다.

"이거, 당신 총입니까?"

"네."

"총기 면허는 있습니까?"

"아니요. 몇 년 전에 바르셀로나에서 샀습니다. 보통 때는 서랍 안에 넣고 잠궈둡니다."

"보통 때는?"

마리아 경찰서의 까맣고 하얀 순찰용 밴이 전조등을 환하게 밝히고 공원을 올라왔다. 이제 사방이 제법 어둑했다. 제복 경관 두 명이 차에서 내렸다.

"무슨 일입니까?" 한쪽이 물었다.

그러다 곧 콜베리를 알아보고 달라진 말투로 다시 물었다.

"무슨 일입니까?"

"이 두 사람을 데려가요." 콜베리가 건조하게 지시했다.

"나는 평생 경찰서에 발을 들여놓은 적이 없는 사람이오." 나이 많은 남자가 말했다.

"나도 그래요." 운동복을 입은 남자가 말했다.

"그럼 이제 가보면 되겠군."

콜베리는 이렇게 대꾸하고는 잠깐 입을 다물었다가, 두 경찰에게 말했다.

"나도 곧 따라가겠습니다."

그리고 발길을 돌려 혼자 가버렸다.

로센룬스가탄 거리의 마리아 경찰서에는 벌써 주정뱅이들이 한가득이었다.

"두 토목 기사를 어떻게 처리할까요?" 당직 경관이 콜베리에게 물었다.

"몸수색을 한 다음에 유치장에 넣어요. 내가 나중에 경찰청으로 데려갈 테니까."

"당신, 이 일을 후회하게 될 거요. 내가 누군지 아쇼?" 운동복을 입은 남자가 끼어들었다.

"아니."

콜베리는 전화를 쓰려고 사무실로 갔다. 그리고 집 번호를 돌리면서 케케묵은 실내장식을 침울하게 바라보았다. 그는 한때 이곳에서 근무했다. 무척이나 오래된 일로 느껴졌다. 당시에도 이 구역은 주정뱅이가 많기로 악명 높았다. 예전에 비하면 요즘은 처지가 좀 나은 사람들이 사는 동네가 되었지만, 그래도 주정뱅이 통계에서 클라라 경찰서와 카타리나 경찰서에 이어 세 번째를 자랑했다.

"여보세요." 콜베리의 아내가 받았다.

"나 좀 늦을 것 같아."

"목소리가 이상하네, 무슨 안 좋은 일 있어?"

"응. 다 안 좋아."

콜베리는 전화를 내려놓고 한동안 가만히 앉아 있다가 마르틴 베크에게 전화를 걸었다.

"좀 전에 탄토 공원에서 웬 녀석들에게 뒤통수를 맞았어. 무장한 토목 기사 두 명이 나를 덮쳤어. 동네 주민들끼리 자경단을 결성했다는군."

"거기만이 아니야. 한 시간 전에 하가 공원에서는 한 연금 생활자가 노상방뇨중에 구타당했어. 방금 그 소식을 들은 참이야."

"이러다 생지옥이 되겠군."

"그러게. 자네 지금 어딘가?"

"아직 마리아 경찰서야. 취조실에 앉아 있어."

"두 인간은 어떻게 했어?"

"유치장에 넣어뒀지."

"이리로 데려와."

"오케이."

콜베리는 유치장이 있는 아래층으로 내려갔다. 벌써 사람이 들어가 있는 칸이 많았다. 운동복을 입은 남자는 서서 창살 사이를 내다보고 있었다. 옆방에는 서른다섯 살쯤 된 훤칠하고 호리호리한 남자가 무릎을 턱까지 끌어당기고 앉아 있었다. 남자는 우울하고 낭랑하게 노래 불렀다.

"내 지갑은 텅 비었고, 심장은 고통으로 가득찼고……."

가수가 콜베리를 흘깃 보더니 말했다.

"여어, 대장님. 6연발 권총은 어쨌소?"

"그런 것 없는데." 콜베리가 대답했다.

"젠장, 완전히 무법천지입니다." 경비가 말했다.

"당신은 무슨 짓을 했는데?" 콜베리가 가수에게 물었다.

"아무 짓도." 남자가 대답했다.

"사실입니다." 경비가 설명했다. "곧 풀어줄 겁니다. 해군 헌병들이 이 사람을 여기로 데려왔습니다. 무려 다섯 명이서요. 상상해보세요. 셉스홀멘에서 이 사람이 갑판장인가 보초인가를 귀찮게 한 모양입니다. 그렇다고 여기까지 이 사람을 질질 끌고 왔답니다. 바보들. 더 가까운 경찰서를 못 찾았다나요. 헌병들을 쫓아버리려고 별수없이 이 사람을 가둔 겁니다. 그렇잖아도 할 일이 천지인데……."

콜베리는 옆 칸으로 가서 운동복을 입은 남자에게 말했다.

"드디어 경찰서에 발을 들여놓으셨군. 잠시 후에는 경찰청이 어떻게 생겼는지도 보게 될 거요."

"당신을 권력 남용으로 고발하겠어."

"그러시진 못할걸."

콜베리는 수첩을 꺼냈다.

"이동하기 전에 먼저 당신네 조직원들의 이름하고 주소를 몽땅 알아야겠어."

"조직이 아니라니까요. 우리는 그저 가족을 보살피는 가장들이고……."

"공공장소에서 무장을 하고 어슬렁거리다가 경찰을 때려눕히는 사람들이지." 콜베리가 일침을 놓았다. "어서 이름들을 대."

십 분 뒤에 콜베리는 두 가장을 뒷좌석에 태우고 쿵스홀름스가탄 거리로 데려갔다. 함께 승강기를 타고 올라가서 마르틴 베크의 사무실에 그들을 집어넣었다.

"당신, 평생 이 일을 후회하게 해주지." 나이 많은 남자가 말했다.

"내가 후회하는 일은 아까 당신의 팔을 부러뜨리지 않은 것뿐이야."

마르틴 베크가 얼른 콜베리를 훑어보고는 말했다.

"됐어, 렌나르트. 자네는 집에 가."

콜베리가 나갔다.

운동복을 입은 남자가 입을 열었지만, 마르틴 베크가 바로 제지했다. 마르틴 베크는 그들에게 앉으라고 손짓한 뒤 팔꿈치를 책상에 대고 손을 맞잡은 자세로 한참 묵묵히 앉아 있었다. 그러다가 이윽고 말했다.

"당신들의 행동은 변명의 여지가 없습니다. 자경단이라는 것은 한 사람의 범죄자나 갱단보다 사회에 더 큰 위험을 안깁니다. 무분별한 집단 응징의 정서와 자의적인 정의 구현으로 가는 지름길이기 때문입니다. 그것은 사회의 보호 메커니즘을 방해합니다. 내 말 무슨 뜻인지 알겠습니까?"

"꼭 책 읽듯이 말씀하시는군." 운동복을 입은 남자가 비꼬았다.

"바로 그겁니다. 그만큼 기본적인 사실인 겁니다. 초보적인 내용입니다. 내 말 무슨 뜻인지 알겠습니까?"

그들은 한 시간쯤 더 지나서야 마르틴 베크의 말이 무슨 뜻인지 알겠다고 했다.

콜베리가 팔란데르가탄 거리의 집에 도착했더니 아내는 침대에 앉아 뜨개질을 하고 있었다. 그는 한마디 말도 없이 옷을 벗고, 욕실로 가서 샤워를 했다. 그리고 침대로 들어갔다. 아내가 뜨개질거리를 내려놓으며 말했다.

"목에 흉측한 멍이 들었네. 누구한테 맞았어?"

"안아줘." 콜베리가 말했다.

"내 배가 중간에 걸리겠지만……. 자. 누가 자기를 때렸어?"

"빌어먹을 아마추어 한 쌍이." 콜베리는 곧바로 잠들었다.

22.

일요일 아침 식사 자리에서 마르틴 베크의 아내가 말했다.

"일은 잘되고 있어? 그놈을 얼른 잡을 순 없어? 어제 렌나르트가 당한 일을 봐. 끔찍하게시리. 사람들이 겁을 내는 것도 무리는 아니지만, 경찰을 공격하다니 너무 심해."

마르틴 베크는 구부정하게 식탁에 앉아 있었다. 잠옷에 가운을 걸치고 있었다. 방금 깨기 전까지 꿨던 꿈을 떠올리느라 머리가 복잡했다. 불쾌한 꿈이었다. 군발드 라르손과 관련 있는 꿈. 그는 그날의 첫 담배를 비벼 끄면서 아내를 보았다.

"그 사람들은 렌나르트가 경찰이란 걸 몰랐어."

"그래도 그렇지. 찜찜해."

"맞아. 찜찜해."

아내가 토스트를 한입 물더니 재떨이의 꽁초를 보면서 인상을 썼다.

"이렇게 아침 일찍 담배를 피우면 안 돼. 목에 나빠."

"알아."

마르틴 베크는 가운 주머니에 손을 넣고 있었다. 원래 한 개비 더 피울 생각이었지만, 주머니 속의 담뱃갑을 만지작거리기만 했다. 잉아 말이 옳아. 물론 몸에 나쁘지. 나는 담배를 너무 많이 피워. 돈도 많이 들고.

"자기는 담배를 너무 많이 피워. 돈도 많이 들고." 아내가 말했다.

"나도 알아."

그는 십육 년의 결혼 생활 동안 아내가 이 대사를 몇 번이나 읊었을지 생각해보았다. 짐작조차 불가능했다.

"아이들은 자?" 그가 화제를 바꿨다.

"응. 여름방학이니까. 우리 딸이 어젯밤에 늦게 들어왔잖아. 애가 그렇게 밤늦게 다니는 게 영 마음에 안 들어. 특히나 요즘처럼 미치광이가 돌아다니는 때에. 우리 딸은 아직 어린애인데."

"곧 열여섯 살이 되잖아. 그리고 듣자니 옆집 친구랑 같이 있었다면서."

"아래층 사는 닐손 씨가 어제 그러는데, 부모가 아이를 감시하지 않고 내버려둔 경우에는 무슨 일이 생기면 다 부모 탓이래. 사회에는 공격성을 발산하지 못해 안달인 소수자들, 가령 노출광 같은 사람들이 늘 있게 마련이라서, 만약에 아이들에게 문제가 생기면 그건 부모 탓이라는 거야."

"닐손이 누구야?"

"아랫집에 사는 사업가."

"그 사람은 자식이 있어?"

"없어."

"그런데 뭘."

"나도 그렇게 말해줬어. 당신은 자식이 없으니까 모른다고. 늘 노심초사하는 부모 맘을 모른다고."

"그 사람하고 왜 그런 이야기를 했는데?"

"뭐, 이웃과 친하게 지내야 하니까. 당신도 사람들한테 친근하게 대해서 나쁠 건 없어. 좌우간 좋은 사람들인걸."

"별로 그런 것 같지 않은데."

마르틴 베크는 말다툼이 촉발될 찰나임을 감지하고 얼른 커피잔을 비웠다.

"어서 옷을 입어야겠군." 그는 일어서면서 중얼거렸다.

마르틴 베크는 침실로 들어가서 침대 모서리에 앉았다. 잉아가 설거지하는 소리가 들렸다. 수돗물 소리가 멎고 아내가 침실로 다가오는 발소리가 들리자, 그는 잽싸게 욕실로 들어가 문을 잠갔다. 그리고 욕조에 물을 받고, 옷을 벗고, 뜨거운 물속에 몸을 쭉 뻗었다.

그는 느긋하게 누워 있었다. 눈을 감고 간밤의 꿈을 떠올리려고 애썼다. 군발드 라르손을 생각했다. 그와 콜베리는 군발드 라르손과 간간이 함께 일할 뿐이었지만, 둘 다 라르손을 좋아하지 않았다. 그가 짐작하기에는 멜란데르마저도 함께 일하는 라르손을 그다지 높이 평가하지 않는 듯했다. 물론 내색은 전혀 하지 않았다. 군발드 라르손은 마르틴 베크를 짜증나게 만들 수 있는 희귀한 능력의 소유자였다. 마르틴 베크는 지금 그를 생각하면서도 슬몃 짜증이 일었다. 하지만 왠지 지금의 짜증은 군발드 라르손이라는 인물 때문이 아니라 그의 어떤 언행과 관련된 것이라는 느낌이 들었다. 일전에 그가 뭔가 중요한 말이나 행동을 했다는 직감이 들었다. 공원 살인 사건들에 관한 결정적인 말 또는 행동을. 다만 그게 무엇인지 구체적으로 잡히지 않아서 짜증이 나는 게 분명했다.

그는 생각을 떨쳐버리고 욕조에서 일어났다. 꿈에서 이 일 저 일이 뒤섞인 거겠지, 그는 면도를 하면서 이렇게 생각했다.

십오 분 뒤에 그는 지하철을 타고 시내로 가는 중이었다. 조간신문을 펼쳤다. 첫 면에 소녀 살인범의 몽타주가 실려 있었다. 경찰 소속 화가가 증인들로부터, 주로 롤프 에베르트 룬드그렌으로부터 들은 엉성한 묘사를 바탕으로 그린 것이었다. 아무도 몽타주에 만족하지 못했다. 화가와 롤프 에베르트 룬드그렌이 제일 그랬다.

마르틴 베크는 신문을 멀찍이 들고 눈을 가느스름하게 좁혀 몽타주를 보았다. 이 그림이 그들이 쫓고 있는 남자와 실제로 얼마나 닮았을지 궁금했다. 경찰은 엥스트룀 부인에게도 그림을 보여주었다. 부인은 처음에는 죽은 남편과 손톱만큼도 닮지 않았다고 하더니 나중에는 약간 닮은 듯도 하다고 말했다.

몽타주 밑에는 불완전한 인상착의 묘사가 적혀 있었다. 마르틴 베크는 그 짧은 문장을 읽어보았다.

돌연 그는 뻣뻣하게 굳었다. 뜨거운 기운이 온몸을 훑었다. 절로 숨이 멎었다. 강도가 잡힌 뒤로 자신이 줄곧 고민했던 게 무엇이었는지, 자꾸만 신경이 쓰였던 게 무엇이었는지, 군발드 라르손과 관련이 있다고 생각했던 게 무엇이었는지, 그 순간 깨달았다.

인상착의 묘사였다.

군발드 라르손이 룬드그렌의 묘사를 요약하면서 사용한 표현은 이 주 전에 라르손이 전화에 대고 했던 말과 토씨 하나 다르지 않을 정도로 비슷했다.

마르틴 베크는 서류 캐비닛 옆에 서서 군발드 라르손의 통화를 들었던 일을 떠올렸다. 그때 멜란데르도 방에 있었다.

대화가 다 기억나진 않았지만, 한 여자가 자기집 건너편 건물의 발코니에 남자가 서 있다고 신고하는 내용이었던 것 같았다. 군발드 라르손이 여자에게 남자를 묘사해보라고 했는데, 그때 그가 여자의 말을 반복하며 중얼거렸던 말이 나중에 군발드 라르손이 룬드그렌을 취조하면서 했던 말과 거의 같았다. 게다가 여자는 발코니의 남자가 길에서 노는 아이들을 계속 지켜본다고 말했었다.

마르틴 베크는 신문을 접고 창밖을 보았다. 그날 아침에 어떤 말과 행동이 오갔는지를 회상하려 애썼다. 통화를 들었던 날이 언제인지는 알았다. 직후에 자신이 중앙역으로 가서 모탈라행 기차를 탔기 때문이다. 6월 2일 금요일이다. 바나디스 공원의 살인 사건으로부터 정확하게 일주일 전이었다.

마르틴 베크는 전화를 걸었던 여자가 제 주소를 말했는지 아닌지를 떠올려보았다. 아마 말했을 것이다. 그렇다면 분명 군발드 라르손이 어딘가 받아 적었을 것이다.

지하철이 시내로 접근하는 동안, 마르틴 베크는 이 놀라운 착상을 곱씹어보았다. 그러자 처음에 느꼈던 열광이 차차 가라앉았다. 묘사가 너무 엉성했다. 들어맞는 사람이 수천 명은 될 것이다. 군발드 라르손이 전혀 다른 두 상황에서 같은 표현을 썼다고 해서 그것이 꼭 같은 사람을 가리키는 말이라고는 할 수 없었다. 어떤 남자가 자기집 발코니에 밤낮없이 서 있는다고 해서 그가 살인 용의자라고는 할 수 없다. 마르틴 베크가 과거에 수차 이런 식의 순간적인 영감을 떠올렸고, 그것이 결국 까다로운 사건을 해결하는 계기가 되었다고 해서 이번에도 꼭 그렇다는 말은 아니었다.

그래도 확인해볼 가치는 있을 것이다.

그는 보통 중앙역에서 내린 뒤에 걸어서 클라라베리 육교를 넘어 쿵스홀름스가탄 거리로 갔지만, 오늘은 택시를 탔다.

군발드 라르손은 책상에 앉아 커피를 마시고 있었고, 콜베리는 한쪽 허벅지를 책상에 걸치고 야금야금 페이스트리를 먹고 있었다. 마르틴 베크는 멜란데르의 의자에 앉아서 라르손을 마주보았다.

"내가 모탈라로 내려간 날, 자네가 웬 여자의 전화를 받았던 것 기억하나? 자기집 건너편 발코니에 서 있는 남자를 신고한 여자?"

콜베리가 남은 페이스트리를 한입에 털어넣고 놀란 눈으로 마르틴 베크를 보았다.

"젠장, 그래. 정신 나간 여편네. 그 여자가 뭐?" 군발드 라르손이 대답했다.

"여자가 남자를 어떻게 묘사했는지 기억하나?"

"아니. 전혀 기억 안 나. 미치광이들이 하는 말을 어떻게 일일이 기억하나?"

콜베리가 어렵사리 음식을 삼키고 끼어들었다.

"대체 무슨 소리야?"

마르틴 베크는 손사래를 쳐서 조용히 시키고는 계속 말했다.

"잘 생각해봐, 군발드. 중요할지도 몰라."

라르손이 미심쩍이 그를 보았다.

"왜? 좋아, 있어봐. 생각 좀 해보게."

그리고 한참 뒤에 말했다.

"이제 기억이 나네. 아니, 기억이 안 난다는 말이야. 남자에 대해 별 특별한 말은 없었던 것 같은데. 틀림없이 평범한 외모라고 했는데."

군발드 라르손은 집게손가락 한 마디를 콧구멍에 찔러넣으면서 인상을 썼다.

"바지 앞섶이 열렸다고 했나? 아니지, 있어봐……. 아니지, 셔츠였지. 흰 셔츠를 입었는데 단추를 풀었다고 했어. 그거야, 이제 기억나네. 노파가 남자의 눈이 청회색이라고 말하기에 내가 길이 좁은 모양이라고 말했지. 그랬더니 여자가 뭐랬는지 알아? 길은 전혀 좁지 않고, 자기는 쌍안경으로 본다는 거야. 미쳤어. 남들을 엿보는 여자였던 거야. 가둬야 할 사람은 여자라고. 입을 떡 벌리고 앉아서 쌍안경으로 남자들이나 훔쳐보는……."

"대체 무슨 소리야?" 콜베리가 다시 물었다.

"나도 그게 궁금하군. 갑자기 왜 이게 중요하지?" 군발드 라르손이 말했다.

마르틴 베크는 묵묵히 있다가 대답했다.

"내가 왜 발코니의 남자를 떠올렸느냐면, 룬드그렌이 바나디스 공원에서 봤다는 남자의 인상착의를 군발드가 요약해서 말할 때 그 여자와 똑같은 표현을 썼기 때문이야. 숱이 적은 머리카락을 똑바로 뒤로 넘겼고, 코가 크고, 키는 보통이고, 단추를 푼 흰 셔츠, 갈색 바지, 청회색 눈동자. 맞나?"

"아마도. 사실 기억이 잘 안 나. 하지만 룬드그렌이 말한 남자는 대강 그런 식이었어." 군발드 라르손이 대답했다.

"같은 사람일지도 모른다는 건가? 하지만 보기 드문 묘사는 아니잖아, 안 그래?" 콜베리가 미심쩍게 말했다.

마르틴 베크는 어깨를 으쓱했다.

"그야 그렇지. 그 묘사는 그게 전부야. 하지만 룬드그렌을 취조한 이후로 줄곧 발코니의 남자와 살인 사건들 사이에 관련이 있을지도 모른다는 직감이 들었어. 잊고 있다가 오늘에야 확실하게 생각난 거야."

마르틴 베크는 턱을 쓰다듬으면서 열없이 콜베리를 보았다.

"몹시 허약한 가설이지. 대단한 단서는 못 돼. 나도 알아. 하지만 그 남자를 확인해봐서 나쁠 건 없겠지."

콜베리가 일어나서 창가로 갔다. 창을 등지고 서서 팔짱을 꼈다.

"뭐, 허약한 가설이 가끔은……."

마르틴 베크는 군발드 라르손을 바라보았다.

"자, 어서 대화를 떠올려봐. 여자가 전화로 뭐라고 말했지?"

군발드 라르손은 커다란 두 손을 펼쳐 내밀었다.

"그게 다야. 맞은편 발코니에 서 있는 남자를 신고하겠다고. 수상하다고."

"왜 수상하다던데?"

"남자가 노상 거기에 서 있기 때문이라고 했어. 밤에도. 여자 왈, 자기가 쌍안경으로 내내 관찰했는데 남자는 거기에 서서 지나가는 자동차나 밖에서 노는 어린아이들을 지켜본대. 그러더니 여자가 갑자기 성질을 냈어. 내가 충분히 관심을 기울이지 않는다면서. 하지만 왜 관심을 기울여야 하지? 누구나 이웃에게 신고당하지 않고 자기집 발코니에 서 있을 권리가 있는 법이야. 안 그래? 내가 뭘 어떻게 해주길 바라는 건데?"

"여자가 어디 산다고 했지?" 마르틴 베크가 물었다.

"모르겠는걸. 주소를 얘기했나 안 했나도 모르겠어."

"여자 이름은 뭐였어?" 콜베리가 물었다.

"몰라. 말이야 바른 말이지, 내가 그걸 어떻게 알겠어?"

"자네가 여자에게 이름을 물었을 텐데?" 마르틴 베크가 물었다.

"그래, 묻긴 물었겠지. 그건 기본이니까."

"기억 안 나나? 열심히 생각해봐." 콜베리가 말했다.

마르틴 베크와 콜베리는 군발드 라르손의 두뇌가 마지못해 활동하고 있다는 것을 그의 얼굴에 드러난 변화를 통해서 관찰할 수 있었다. 옅은 두 눈썹이 하나로 모여, 투명할 정도로 푸르른 두 눈동자 위에서 일직선을 그렸다. 얼굴이 벌게졌다. 화장실에 앉아 용쓰는 사람 같았다. 한참 후에 군발드 라르손이 말했다.

"아니, 기억 안 나. 무슨 부인…… 에…… 무슨 부인이었는데."

"어디 적어두지 않았나? 자네는 언제나 메모를 하잖아." 마르틴 베크가 말했다.

군발드 라르손이 마르틴 베크를 쳐다보았다.

"물론 그렇지. 하지만 메모지를 다 보관하진 않는다고. 그 전화는 전혀 중요하지 않았단 말이야. 정신 나간 노파의 전화였을 뿐이야. 그걸 내가 왜 기억해야 하나?"

콜베리가 한숨을 쉬었다.

"이제 어쩌지?"

"멜란데르는 언제 오지?" 마르틴 베크가 물었다.

"3시일걸. 어젯밤에 일했거든."

"전화해서 지금 당장 오라고 해. 잠은 나중에 자면 돼."

23.

아니나 다를까, 콜베리가 전화를 했을 때 멜란데르는 노르멜라르스트란드 거리와 폴헴스가탄 거리가 교차하는 지점에 있는 자기집에서 잠들어 있었다. 멜란데르는 당장 옷을 입고, 집에서 멀지 않은 쿵스홀름스가탄 거리까지 급히 차를 몰아 십오 분 만에 세 사람과 합류했다.

멜란데르는 그 통화를 기억했다. 롤프 에베르트 룬드그렌의 취조 내용이 담긴 테이프 뒷부분을 다 같이 들은 뒤, 멜란데르는 인상착의 묘사에 대한 마르틴 베크의 생각이 정확하다고 인정했다. 그러고는 커피를 한 잔 부탁하고, 파이프에 세심하게 담배를 재우기 시작했다.

파이프에 불을 붙이고 의자에 몸을 기대면서 멜란데르가 말했다.

"그래서, 관련이 있다고 생각하는 거야?"

"가설일 뿐이야. 때려 맞히기 경쟁에 끼려는 것뿐이야." 마르틴 베크가 대답했다.

"뭔가 나올지도 모르지. 내가 뭘 도와주면 되겠어?"

"자네가 뇌 대신 갖고 있는 그 컴퓨터를 굴려봐." 콜베리가 말했다.

멜란데르는 고개를 끄덕이고 침착하게 파이프를 빨았다. 콜베리는 멜란데르를 "걸어다니는 펀치 카드 기계"라고 불렀는데, 그야말로 딱 맞는 별명이었다. 멜란데르의 기억력은 경찰들 사이에서 이미 전설이었다.

"군발드가 전화를 받았을 때 어떤 말과 행동을 했는지 기억해봐." 마르틴 베크가 주문했다.

"렌나르트가 이리로 이사 오기 전날 아니었나? 보자……. 6월 2일이었겠군. 그때만 해도 나는 옆방을 썼는데 렌나르트가 오면서 이 방으로 옮겼지." 멜란데르가 말했다.

"정확해. 그리고 그날 나는 모탈라로 내려갔어. 기차를 타러 가기 전에 여기에 들렀지. 자네한테 어느 장물아비에 관해서 물어보느라고." 마르틴 베크가 말했다.

"라르손, 그 죽은 남자."

콜베리는 창턱에 엉덩이를 걸치고 앉아서 귀를 기울였다. 콜베리는 멜란데르가 지나간 사건의 경로를 복기하는 현장에 자주 함께 있었다. 이것보다 훨씬 더 오래된 일인 경우도 가끔 있었는데 그때마다 늘 강신술이라도 목격하는 듯한 기분이 들었다.

멜란데르는 콜베리가 "생각하는 사람 포즈"라고 부르는 자세를 취하고 있었다. 의자에 길게 누워 쭉 뻗은 다리를 살짝 꼬고, 눈은 게슴츠레하게 뜨고, 태연자약 파이프를 뻐끔거리는 자세였다. 마르틴 베크는 언제나처럼 캐비닛에 한 팔을 올리고 서 있었다.

"내가 들어왔을 때 자네는 정확하게 지금 그 자리에 서 있었고 군발드는 지금 저 자리에 앉아 있었어. 우리가 한창 장물아비 이야기를 하는데 전화가 울렸지. 군발드가 받았어. 군발드가 자기 이름을 대고 여자의 이름을 물었어."

"군발드가 여자의 이름을 받아 적었는지 아닌지 기억해?" 마르틴 베크가 물었다.

"기억날 것 같은데. 군발드는 펜을 들고 있었어. 그래, 틀림없이 메모를 했어."

"군발드가 여자의 주소를 물었는지 아닌지도 기억해?"

"묻지 않았던 것 같아. 그런데도 여자가 불쑥 자기 이름하고 주소를 말했을 거야."

마르틴 베크는 군발드 라르손에게 확인하는 시선을 던졌지만, 그는 어깨를 으쓱할 뿐이었다.

"설령 들었대도 기억 안 나." 라르손이 말했다.

"그리고 군발드가 고양이가 어쩌고 했어." 멜란데르가 말했다.

"아, 그랬지. 나는 처음에 여자가 말하는 게 고양이인 줄 알았어. 여자네 집 발코니에 고양이가 있다는 줄 알았지. 그런데 고양이가 아니라 남자라고 했어. 그래서 당연히 나는 여자네 집 발코니에 남자가 서 있는 줄 알았어. 그러니까 경찰에 전화했겠지 하고."

"그다음에 자네가 여자에게 남자를 묘사해보라고 했어. 자네가 여자의 말을 따라 읊으면서 메모를 했던 게 똑똑히 기억나."

"좋아. 하지만 내가 메모를 했으면, 물론 하기는 했겠지만, 아마도 이 메모지에 적었을 거야. 그리고 따로 조치할 필요가 없는 신고로 판단했기 때문에 뜯어서 버렸을 거야."

마르틴 베크는 담뱃불을 붙이고 멜란데르의 재떨이로 가서 성냥을 버린 뒤 캐비닛으로 돌아왔다.

"안타깝지만 아마 그랬겠지. 프레드리크, 계속해." 마르틴 베크가 말했다.

"자네는 여자가 묘사를 읊은 뒤에야 비로소 남자가 자기집 발코니에 있다는 걸 알았어. 그렇지?"

"그래, 그래서 정신 나간 노파라고 생각했지."

"자네는 여자에게 길 건너편에 있는 남자의 눈동자가 청회색인 건 어떻게 아느냐고 물었지."

"그래, 그랬더니 노파가 쌍안경으로 본다고 대답한 거야."

멜란데르가 놀라서 눈길을 들었다.

"쌍안경? 맙소사."

"그래, 그래서 내가 여자한테, 남자가 어떻게 괴롭히느냐고 물었지. 그랬더니 아니라는 거야. 남자는 그냥 발코니에 서 있을 뿐인데 불쾌하다는 거야."

"남자가 밤에도 발코니에 서 있는다고 했지." 멜란데르가 말했다.

"여자 말로는 그랬어."

"그래서 자네가 여자에게 물었지. 남자가 뭘 보느냐고. 여자는 대답했어. 남자가 거리를 내려다본다고. 자동차도 보고 길에서 노는 아이들도 본다고. 그래서 자네가 말했지. 경찰견이라도 보내야 하겠느냐고."

군발드 라르손이 짜증스러운 눈으로 마르틴 베크를 보면서 말했다.

"그때 마침 마르틴이 개 이야기로 나를 귀찮게 했거든. 마르틴이 빌어먹을 경찰견을 파견할 좋은 기회였단 말이야."

마르틴 베크는 콜베리와 눈이 마주쳤지만, 서로 아무 말이 없었다.

"그게 끝이었던 것 같군. 여자가 자네를 무례하다고 나무라면서 전화를 끊었어. 나는 내 방으로 돌아갔고." 멜란데르가 말했다.

마르틴 베크가 한숨을 쉬었다.

"그게 전부라면 별 단서는 없군. 묘사가 일치한다는 걸 확인했을 뿐."

"밤낮으로 자기집 발코니에 서 있는 남자라니 이상하긴 이상해. 어쩌면 진작 퇴직한 사람이라 달리 할 일이 없는지도 모르지." 콜베리가 말했다.

"아니야, 그게 아니라……. 여자가 했던 말이 이제 기억나네. '게다가 젊은 남자예요. 마흔이 안 넘었을 거예요. 그런데 거기에 서서 뚫어져라 구경하는 것 말고는 딴 일이 없나 봐요.' 정확하게 그렇게 말했어. 잊고 있었네." 군발드 라르손이 말했다.

마르틴 베크가 캐비닛에서 팔을 떼면서 말했다.

"그것 역시 룬드그렌의 묘사와 들어맞는걸. 마흔가량이라. 여자가 쌍안경으로 관찰했다면 제법 똑똑히 봤을 거야."

"신고하기 전에 얼마나 오래 남자를 관찰했는지도 말했나?" 콜베리가 물었다.

군발드 라르손은 잠깐 골똘히 생각한 뒤에 답했다.

"잠깐만……. 그래, 여자는 남자를 두 달 동안 관찰했다고 했어. 하지만 자기가 몰랐을 뿐, 남자는 더 이전부터 그랬을지도 모른다고 말했어. 여자는 처음에 남자가 목숨을 끊을까 말까 고민하는 거라고 생각했대. 뛰어내릴까 말까 하고 말이야."

"자네가 메모를 챙겨두지 않았다는 건 확실해?" 마르틴 베크가 물었다.

군발드 라르손은 서랍을 열었다. 갖가지 크기의 얇은 종이 뭉치들을 꺼낸 뒤, 앞에 늘어놓고 들춰보기 시작했다.

"이것들은 검토나 보고가 필요한 일을 적어둔 거야. 처리가 끝나면 그것만 뜯어서 버리지." 군발드 라르손이 손가락으로 한 장 한 장 넘겨보면서 말했다.

멜란데르가 몸을 굽히고 파이프를 비웠다.

"그래, 자네가 펜을 쥐고 메모지를 당기면서 전화번호부를 밀치고……."

군발드 라르손은 확인을 끝낸 종이 뭉치를 서랍에 도로 넣으며 말했다.

"없어. 그 메모를 보관해두지 않은 게 분명해. 안타깝지만 버렸어."

멜란데르가 파이프 부리로 군발드 라르손을 가리키면서 말했다.

"전화번호부."

"무슨 전화번호부?"

"자네 책상에 전화번호부가 펼쳐져 있었어. 그 위에 적지는 않았나?"

"가능성은 있지."

군발드 라르손이 자신의 전화번호부로 손을 뻗었다.

"이 두꺼운 걸 다 뒤져봐야 한단 말이야?"

멜란데르가 파이프를 내리면서 말했다.

"그럴 필요 없어. 자네가 전화번호부에 뭔가 썼더라도, 아마 분명히 썼던 것 같은데, 어쨌든 자네 전화번호부는 아니야."

마르틴 베크의 눈앞에 퍼뜩 그날의 정경이 떠올랐다. 그때 멜란데르가 전화번호부를 펼쳐 들고서 옆방에서 이리로 건너왔고, 자신에게 그것을 건네주며 아르비드 라르손이라는 장물아비의 이름을 보여주었다. 그리고 마르틴 베크 자신이 전화번호부를 책상에 내려놓았다.

"렌나르트. 자네 방에 있는 전화번호부의 첫 권을 가져다주겠어?"

마르틴 베크는 우선 '라르손 아르비드 중고 가구'라는 항목이 들어 있는 페이지를 펼쳤다. 메모는 없었다. 다음으로 그는 맨 앞부터 한 장 한 장 꼼꼼히 살펴보기 시작했다. 군데군데 낙서가 있었는데, 대부분은 남들의 필체와 좀처럼 헷갈릴 일이 없는 멜란데르의 악필이었다. 깨끗하고 알아보기 쉬운 콜베리의 필체도 간간이 있었다. 마르틴 베크를 둘러싼 나머지 사람들은 잠자코 기다렸다. 군발드 라르손은 마르틴 베크의 어깨 너머로 보고 있었다.

1082쪽에 다다랐을 때 라르손이 외쳤다.

"거기!"

네 사람은 일제히 여백에 적힌 낙서를 보았다.

한 단어였다.

'안데르손.'

24.

안데르손.

군발드 라르손이 고개를 모로 꼬며 이름을 보았다.

“그래, 안데르손인 것 같네. 어쩌면 안데르센인지도 모르지. 아니면 안드레센이거나. 제기랄, 뭐든 될 수 있겠어. 그래도 아마 안데르손이라고 쓴 것 같군.”

안데르손.

스웨덴에는 안데르손이라는 이름을 가진 사람이 삼십구만 명이나 있었다. 스톡홀름 전화번호부만 봐도 그 이름이 천이백 명 있었고, 인근 지역에 이천 명이 더 있었다.

마르틴 베크는 곰곰이 생각했다. 신문, 라디오, 텔레비전을 잘만 활용한다면, 문제의 전화를 걸었던 여자를 찾는 일이 생각보다 쉬울 수도 있다. 물론 생각보다 어려울 수도 있다. 이 수사는 지금까지 쉽게 된 일이 아무것도 없었다.

그들은 신문, 라디오, 텔레비전을 활용했다.

아무 일도 없었다.

일요일에 아무 일도 없는 것은 충분히 그럴 만했다.

그러나 월요일 오전 11시까지도 진척이 없자 마르틴 베크는 의문을 품기 시작했다.

수천 명의 안데르손을 일일이 찾아가거나 전화를 걸어보려면 수사대 인원의 상당수를 다른 일에서 손떼게 하고 이 업무로 돌려야 하는데, 그러고도 끝내 이 단서가 무용지물로 밝혀질 수도 있다. 업무 범위를 좀 한정할 수 없을까? 널찍한 거리라. 분명 시내 중심가일 것이다.

"꼭 그럴까?" 콜베리가 이의를 제기했다.

"물론 꼭 그러라는 법은 없지만……."

"없지만 뭐? 자네의 육감이 그렇다고 말해?"

마르틴 베크는 성가시다는 시선을 콜베리에게 던졌지만, 마음을 가다듬고 대답했다.

"지하철 티켓 말이야, 그게 로드만스가탄 거리에서 팔린 거잖아."

"그 티켓은 살인 사건이나 살인범과의 관련성이 입증되지 않은 물건이지."

"그 티켓은 로드만스가탄 거리 역에서 판매되었고, 한 방향으로 한 번만 사용되었어. 살인범이 그걸 갖고 있었던 건 돌아갈 때도 사용할 심산이었기 때문이야. 그자는 로드만스가탄 거리에서 마리아토리에트 광장이나 싱켄스담까지 지하철을 타고 온 다음에 거기서부터 걸어서 탄토 공원으로 간 거야." 마르틴 베크는 고집스럽게 주장했다.

"추측일 뿐이야." 콜베리가 말했다.

"그자는 여자아이를 따라다니는 꼬마를 떼어내야 했어. 그런데 티켓밖에 줄 게 없었던 거야."

"추측이야."

"하지만 논리적으로 들어맞아."

"어느 정도는."

"첫 번째 살인이 바나디스 공원에서 저질러졌다는 점도 고려해야지. 죽 이어진 지역들이란 말이야. 바나디스 공원, 로드만스가탄 거리, 오덴가탄 거리 북쪽 일대."

"자네는 전에도 그렇게 말했지. 그저 추측일 뿐이야." 콜베리가 건조하게 말했다.

"확률에 근거한 가설이야."

"그렇게 말하고 싶으면 그렇게 해."

"안데르손이라는 여자를 찾고 싶어. 여자가 자발적으로 앞에 나타나기를 기다리면서 빈들거려서는 안 돼. 여자의 집에 텔레비전이 없을지도 모르고, 여자가 신문을 안 읽을지도 몰라. 하지만 적어도 전화는 있겠지."

"그럴까?"

"틀림없어. 그런 전화를 공중전화 부스나 담뱃가게에서 걸리는 없어. 게다가 여자는 통화중에도 남자를 지켜보는 것 같은 분위기였어."

"좋아, 그 점은 인정해."

"일일이 전화나 방문을 할 거라면, 우선 시작점을 특정 구역으로 좁혀야 해. 스톡홀름의 모든 안데르손들과 접촉할 만한 여유 인력은 없으니까."

콜베리가 한참 묵묵히 있다가 말했다.

"안데르손이라는 여자는 잠시 잊고, 우리가 살인범에 대해 아는 내용을 정리해보지."

"그자의 인상착의 비슷한 걸 알고 있지."

"인상착의 비슷한 거라, 그래, 그 표현이 적격이군. 사실 룬드그렌이 봤다는 남자가 살인범이라고 단정할 수는 없어. 녀석이 정말로 봤는지부터가 문제지만."

"범인이 남자라는 것은 알아."

"그래. 또 뭘 알지?"

"남자가 강력반 기록에 없다는 것."

"그래. 기록 담당자가 부주의하게 빠뜨리지 않았다는 가정하에. 예전에 정말로 그런 경우가 있었지."

"대강의 범행 시각도 알아. 바나디스 공원은 저녁 7시 직후였고, 탄토 공원은 오후 2시에서 3시 사이였어. 그러니까 그때 범인은 일하는 시간이 아니었던 거야."

"그 사실에서 유추할 수 있는 바는?"

마르틴 베크는 말이 없었다. 콜베리는 스스로 답했다.

"범인은 직업이 없는 사람이라거나, 휴가중이라거나, 병가중이라거나, 스톡홀름에 잠시 다니러 온 사람이라거나, 근무 시간이 불규칙하다거나, 퇴직자라거나, 부랑자라거나……. 한마디로, 그 사실에서 알 수 있는 바는 아무것도 없어."

"옳은 말이야. 하지만 우리는 범인의 행동 패턴을 대강이나마 파악하고 있어."

"심리학자들의 장광설을 말하는 건가?"

"그래."

"그건 추측에 지나지 않아, 하지만……."

콜베리는 잠시 말을 끊었다가 이어 말했다.

"하지만 멜란데르가 그 허섭스레기에서 그럴싸한 요지를 발춰해냈다는 사실은 인정해야겠군."

"맞아."

"전화했던 여자는, 좋아, 최선을 다해서 찾아보자고. 자네가 적절하게 지적했듯이 그러려면 우선 시작점이 있어야 하지. 우리가 할 수 있는 건 추측밖에 없으니까, 일단 자네의 가설이 옳다고 가정하지. 자, 어떻게 진행하는 게 좋을까?"

"5구역과 9구역에서 시작하지. 일손을 두 명쯤 빼서 안데르손이라는 이름의 번호에 죄다 전화를 걸게 하고, 두 명쯤 더 빼서 직접 방문하게 해. 그리고 5구역과 9구역의 모든 경찰에게 이 문제에 신경을 쓰도록 지시해. 특히 폭이 넓은 거리에 발코니 달린 주택이 있는 동네에. 오덴가탄, 칼베리스베겐, 텡네르가탄, 스베아베겐 등등."

"좋았어." 콜베리가 말했다.

그들은 작업에 착수했다.

끔찍한 월요일이었다. '위대한 탐정'이라고도 할 수 있는 대중은 일요일에는 덜 설쳤다. 주말을 맞아 교외로 나간 시민이 많기도 하거니와 신문과 텔레비전이 계속 안심시키는 기사를 내보내서 그렇기도 했다. 그랬던 사람들이 월요일을 맞아 다시금 본격적인 활약에 나섰다. 수사본부는 제보 전화에 파묻혔다. 자신이 뭔가 안다고 생각하는 사람, 범행을 자백하겠다는 미치광이, 장난삼아 전화했다가 욕설만 듣고 마는 건달. 공원과 숲에는 사복 경관이 넘쳐났다. 백 명을 두고 넘쳐난다고 할 수 있는지는 모르겠지만 말이다. 이런 일들에 더해 안데르손 부인을 찾는 업무도 있었다.

그러는 내내, 두려움이 근저에 깔려 있었다. 부모들은 밖에 나간 아이가 십오 분이나 이십 분 이상 보이지 않으면 당장 경찰에 신고했다. 경찰은 그런 신고를 일일이 기록했다가 확인해야 했다. 자료는 자꾸 불어났다. 사실은 아무짝에도 쓸모없는 자료들이었다.

이런 와중에 5구역의 한손이 마르틴 베크에게 전화를 걸었다.

"다른 시체라도 찾았습니까?" 마르틴 베크가 물었다.

"아닙니다. 우리가 감시하고 있는 에릭손이라는 남자가 걱정되어서 말입니다. 본부에 잠깐 구류되었던 노출광 말입니다."

"그가 왜요?"

"지난 수요일 이후로 외출을 안 합니다. 그날 술을 잔뜩 사 들고 들어갔습니다. 주로 와인을요. 주류 판매점을 몇 군데나 들러서요."

"그런데요?"

"간간이 창문으로 실루엣이 보이곤 했습니다. 감시하는 친구들 말로는 꼭 유령 같다더군요. 그런데 어제 아침부터는 살아 있다는 표시조차 없답니다."

"초인종은 눌러봤습니까?"

"네. 문을 안 엽니다."

마르틴 베크는 남자를 잊고 있었다. 능글맞고 비굴했던 눈동자, 사시나무처럼 떨렸던 수척한 손이 이제야 떠올랐다. 온몸에 쫙 한기가 들었다.

"들어가보세요."

"어떻게요?"

"마음대로, 무슨 수단을 써서든."

전화기를 내려놓은 마르틴 베크는 손바닥에 머리를 묻은 채 기다렸다. 안 돼, 고민할 일이 산더미인데 이런 일까지 있으면.

삼십 분 뒤에 다시 한손에게 전화가 왔다.

"남자가 가스를 틀었더군요."

"그래서요?"

"지금 병원으로 실려가고 있습니다. 살아 있습니다."

마르틴 베크는 한숨을 쉬었다. 안도의 한숨이었다.

"위태롭긴 합니다만. 일을 철저하게 계획했더군요. 문틈을 꼼꼼히 막고, 현관과 부엌문의 열쇠 구멍까지 막았더라고요."

"괜찮은 거지요?"

"네, 평범한 문제 덕분에 살았다고나 할까요. 가스가 바닥났더라고요. 그래도 남자가 더 오래 그러고 누워 있었다면……."

한손은 말을 흐렸다.

"적어둔 유언은 없었습니까?"

"있었습니다. 오래된 누드 잡지의 여백에 '더는 못 버티겠다' 라고 끼적거려뒀더군요. 제가 금주 위원회에 통지했습니다."

"진작 그래야 했습니다."

"글쎄요, 지금까지는 남자가 꽤 잘해왔거든요."

한손이 잠깐 머뭇거리다가 덧붙였다.

"경감님이 남자를 불러들이기 전에는."

끔찍한 월요일은 아직 몇 시간 더 남았다. 마르틴 베크와 콜베리는 밤 11시쯤 퇴근했다. 군발드 라르손도 퇴근했다. 멜란데르는 남았다. 멜란데르가 밤새우는 걸 끔찍하게 싫어한다는 것, 하루 열 시간의 수면을 포기한다는 것은 그에게 생각만으로도 악몽이라는 것을 모두들 알았지만, 정작 멜란데르 본인은 아무 말이 없었고 여느 때와 다름없이 차분한 표정이었다.

결국 아무 일도 없었다. 그들은 이름이 안데르손인 여자를 여럿 만나보았다. 하지만 경찰 사이에서 유명해진 문제의 그 전화를 걸었다는 사람은 없었다.

시체가 더 발견되는 일도 없었다. 낮에 실종 신고가 되었던 아이들은 저녁에 모두 안전하게 돌아왔다.

마르틴 베크는 프리드헴스플란 역까지 걸어가서 지하철을 타고 귀가했다.

그들은 또 하루를 견뎌냈다. 마지막 살인이 벌어진 뒤로 일주일이 흘렀다. 마지막이 아니라 가장 최근의 살인이라고 해야 할까.

그는 물에 빠진 사람이 발 디딜 곳을 발견한 기분이었다. 하지만 이것이 일시적인 휴식일 뿐임을 알았다. 몇 시간이 지나면 다시 밀물이 찰 것이다.

25.

6월 20일 화요일 이른 아침이었다. 9구역 경찰서는 아직 조용했다. 크비스트 경관은 탁자 앞에 앉아 담배를 피우며 신문을 읽었다. 그는 금발 턱수염을 기른 청년이었다. 구석의 파티션 너머에서 웅얼거리는 목소리들이 들려왔고, 간간이 목소리 대신 타자기가 딸각거리는 소리가 들렸다. 전화가 울렸다. 크비스트가 신문에서 눈을 뗐다. 유리 창구 안에서 수화기를 드는 그란룬드가 보였다.

크비스트의 뒤에서 문이 열렸다. 로딘이 들어왔다. 로딘이 문가에 서서 허리띠와 어깨띠를 조였다. 로딘은 크비스트보다 연배가 한참 높았다. 나이도 그렇고, 근속 기간도 그랬다. 크비스트는 작년에 경찰대학을 졸업했고, 불과 얼마 전에 9구역으로 전출된 신참이었다.

로딘이 탁자로 다가와서 자기 모자를 집어들고는 크비스트의 어깨를 갈겼다.

"친구, 가세나. 한 바퀴 더 돌고 와서 커피를 마시자고."

크비스트는 담배를 끄고 신문을 접었다.

"자네는 무슨 신문을 읽지?" 로딘이 물었다.

"《티드시그날》요. 좋은 신문입니다. 읽어보세요."

"젠장, 됐어. 정치적인 신문 쪼가리 아냐. 문화 얘기도 하던가? 흥. 됐어. 나는 《이드롯스블라데트》나 계속 읽을 거야. 가자고."*

두 사람은 정문으로 나와서 수르브룬스가탄 거리를 따라 서쪽으로 걷기 시작했다. 어깨를 나란히 하고, 큰 보폭으로 느긋하게, 손은 뒷짐을 지고.

"안데르손 부인이라는 여자를 찾아내면 어떻게 하라고 그란룬드가 말했었죠?" 크비스트가 물었다.

"별것 없어. 여자한테 당신이 6월 2일에 경찰청으로 전화해서 발코니에 선 남자에 관해 떠들었던 사람이냐고 물어본 다음, 그렇다고 하면 그란룬드에게 알려야지."

---

* 《티드시그날》은 사회주의 논조의 신문이고 《이드롯스블라데트》는 스포츠 신문이다.

두 사람은 툴레가탄 거리를 지났다. 크비스트가 바나디스 공원을 올려다보았다.

“살인 사건이 났을 때 저 위에 올라가셨습니까?”

“응. 자네는 안 갔나?”

“네. 비번이었거든요.”

두 사람은 잠시 묵묵히 걸었다.

“저는 시체를 본 적이 한 번도 없어요. 아마도 엄청 끔찍하겠죠.”

“걱정 마. 퇴직할 때까지 수없이 볼 테니까.”

“왜 경찰이 되셨나요?”

로딘은 얼른 대답하지 않았다. 그는 답을 고민하는 듯하다가 입을 열었다.

“아버지가 경찰이었어. 자연스럽게 나도 경찰이 되어야겠다고 생각했지. 어머니는 좋아하지 않았지만. 자네는? 자네는 왜 경찰이 됐나?”

“공공의 안녕에 기여하는 일을 하고 싶어서요.”

크비스트는 제풀에 웃음을 터뜨린 뒤에 이어 말했다.

“처음에는 무슨 일을 해야 좋을지 몰랐어요. 제 졸업 성적표에는 2등급밖에 없었거든요. 그런데 군대에서 어떤 사람을 만났죠. 경찰이 되려는 사람이었는데, 그가 내 성적으로도 충분히 경찰대학에 들어갈 수 있다고 하더라고요. 게다가 경찰은 일손이 달린다고……. 뭐, 그 사람한테 설득된 셈이죠."

"벌이가 짜잖아."

"아, 저는 잘 모르겠어요. 훈련생일 때는 한 달에 만사천 크로나씩 받았는데, 지금은 그래도 9급으로 올랐습니다."

"그래, 요즘은 내가 시작할 때보다는 나은 편이지."

"어디서 읽었는데, 경찰은 주로 고등학교 졸업생들 가운데 직업학교나 대학에 진학하지 않는 이십 퍼센트에서 충원된대요. 그리고 그 이십 퍼센트 가운데 상당수는 선배처럼 아버지의 뒤를 잇는 경우라더군요. 선배의 아버님이 경찰이었던 게 중요한 요소였던 거죠."

"그래. 만약에 우리 아버지가 청소부였다면 내가 대를 잇지는 않았을걸."

"전국적으로 경찰 자리가 최소한 천오백 개쯤 비어 있대요. 우리가 초과근무에 시달릴 만하죠."

로딘은 인도에 떨어져 있던 빈 깡통을 옆으로 차면서 말했다.

"자네는 통계에 밝군. 경찰청장이 되겠다는 야망인가?"

크비스트는 살짝 당황하면서 웃었다.

"아, 그냥 기사에서 읽은 겁니다. 하지만 경찰청장이라, 그것도 괜찮네요. 경찰청장은 얼마나 벌까요?"

"글쎄, 많이 읽는 자네가 더 잘 알겠지."

스베아베겐 거리에 다다른 두 사람의 대화는 시들해졌다.

길모퉁이에 위치한 주류 판매점 바로 앞에 신문 가판대가 있었다. 그 앞에서 척 보기에도 취한 두 남자가 밀치락달치락하는 중이었다. 한 남자가 줄곧 주먹을 흔들면서 다른 남자를 때리려 했는데, 만취한 상태라 뜻을 이루지는 못했다. 상대는 그 사람보다는 정신이 맑은 듯했다. 그는 손바닥으로 상대의 가슴을 밀어서 상대가 다가오지 못하도록 막고 있었다. 마침내 보다 말짱한 쪽이 참을성을 잃고 계속 뭐라 지껄여대는 골칫덩이 상대를 도랑에 처박았다.

로딘이 한숨을 쉬었다.

"저 사람을 데리고 가야겠어. 내가 예전부터 아는 사람이야. 항상 말썽을 일으키지." 로딘이 길을 건너면서 말했다.

"어느 쪽 말입니까?"

"도랑에 빠진 쪽. 다른 남자는 알아서 처신할 수 있겠군."

두 사람은 재빨리 남자들에게 다가갔다. 메트로폴 식당 앞의 작은 정원에서 남자들의 언쟁을 구경하던 어느 누추한 남자가 얼른 오덴가탄 거리를 향해 내뺐다. 남자는 애써 품위를 지키려 하면서도 신경이 쓰이는 듯 자꾸 돌아보았다.

두 경관은 도랑에서 주정뱅이를 건져 일으켜 세웠다. 남자는 육십 대였고, 몹시 여위었고, 겉보기보다 더 가벼웠다. 점잖고 평범한 시민으로 분류될 법한 행인 몇 명이 가던 길을 멈추고 멀찍이 서서 구경했다.

"요한손, 오늘 일진이 어때요?" 로딘이 물었다.

요한손이 고개를 털썩 떨어뜨렸다. 그러면서 몸에 붙은 먼지를 떠는 시늉을 했다.

"조, 좋습니다, 수, 순경 나리, 여기 동무하고 이야기 좀 했습다, 자, 장난 좀 쳤습다. 봤죠?"

남자의 동무는 기특하게도 자세를 바로 하려고 노력하면서 말했다.

"오스카르는 문제없습니다. 괜찮을 겁니다."

"저리 가요." 로딘은 살갑게 손을 내저었다.

안도한 남자는 얼른 안전한 곳으로 멀리 떨어졌다.

로딘과 크비스트는 주정뱅이의 겨드랑이를 단단히 끼고 이십 미터 떨어진 택시 승강장으로 끌어가기 시작했다.

택시 운전사가 멀리서 그들을 보고는 차에서 내려 뒷좌석 문을 열었다. 경찰에 협조적인 타입이었다.

"요한손, 택시를 타야겠어요. 가서 자면 됩니다." 로딘이 말했다.

요한손은 고분고분 택시 뒷좌석에 기어올랐고, 푹 쓰러져 잠들었다. 로딘은 옆에 타 남자의 몸을 받치면서 어깨 너머로 크비스트에게 말했다.

"내가 데리고 가서 기록을 작성할 테니까, 나중에 경찰서에서 봐. 올 때 마자랭 케이크 좀 사오고."

크비스트는 고개를 끄덕였다. 인도에서 멀어지는 택시를 보며, 천천히 발길을 돌려 모퉁이의 신문 가판대로 갔다. 요한손의 동무는 어디 있나 보았더니, 주류 판매점에서 몇 미터 떨어진 수르브룬스가탄 거리에 서 있었다. 크비스트가 남자를 향해 몇 발자국 떼자 남자는 두 손으로 손사래를 치면서 하가가탄 거리로 내뺐다.

남자가 모퉁이를 돌아 사라질 때까지 지켜본 뒤, 크비스트는 스베아베겐 거리로 돌아갔다.

신문 가판대의 여자가 창구에 고개를 내밀었다.

"고마워요. 주정뱅이들이 장사를 망친다니까요. 노상 여기에 죽치고 있으니, 원."

"주류 판매점 때문입니다."

크비스트는 요한손 같은 사람들이 안됐다는 생각도 들었다. 그들이 노상 말썽을 일으키는 데는 달리 시간을 보낼 곳이 없다는 이유도 있기 때문이었다.

크비스트는 여자에게 인사한 뒤, 계속 스베아베겐 거리를 걸어 내려갔다. 얼마 안 가서 빵집 간판이 보였다. 그는 시계를 확인했다. 여기에서 케이크를 사서 돌아가 커피를 마시면 되겠다고 결정했다.

그가 빵집 문을 열고 들어서자 작은 종이 딸랑 울렸다. 체크무늬 하우스코트*를 걸친 나이 지긋한 부인이 카운터 앞에 서서 주문받는 여자와 잡담을 나누고 있었다.

크비스트는 뒷짐을 지고 기다렸다. 갓 구운 빵 냄새를 들이마시며, 갈수록 이런 작은 빵집을 보기가 힘들어진다고 생각했다.

머지않아 동네 빵집들은 모두 사라질 것이다. 사람들은 비닐로 포장된 대량생산 빵을 살 수밖에 없고, 온 국민이 똑같은 빵과 롤과 마자랭 케이크를 먹게 될 것이다. 크비스트 경관은 이런 생각을 하며 서 있었다.

고작 스물두 살인데도 크비스트는 자신의 어린 시절이 이미 까마득한 과거가 되었다는 느낌을 종종 받았다. 그는 여자들의 대화를 무심코 귀동냥했다.

"죽은 81번지의 팔름 노인을 생각해봐요." 하우스코트를 입은 뚱뚱한 부인이 말했다.

"그러게요, 하지만 차라리 잘됐지. 나이가 오죽 많고 몸이 약

* 헐렁한 원피스 풍의 실내복.

했어야죠." 빵집 여자가 말했다.

빵집 여자는 반백이었고, 나이가 많았고, 흰 가운을 입었다. 여자는 크비스트를 슬쩍 보고는 손님이 고른 물건을 장바구니에 잽싸게 담았다.

"이거면 됐나요, 안데르손 부인? 오늘은 크림은 필요 없수?"

손님은 가방을 집으면서 폭 숨을 내쉬었다.

"됐어요, 오늘 크림은 됐어요. 고마워요. 평소대로 장부에 달아둬요. 그럼 좋은 아침 보내고요."

여자가 문을 향해 걷기 시작하자, 크비스트는 서둘러 문을 열어주었다.

"자기도 좋은 아침. 잘 가요, 안데르손 부인." 빵집 여자가 말했다.

뚱뚱한 부인은 문을 비집고 나가면서 크비스트에게 고맙다고 고개를 까딱했다.

크비스트는 빵집 여자의 "자기"라는 말에 혼자 씩 웃었다. 뚱뚱한 부인이 다 나가 문을 닫으려는 차, 번뜩 무슨 생각이 떠올랐다. 빵집 여자가 의아하게 그를 보았다. 그가 한마디 말도 없이 냉큼 나가버렸기 때문이다.

크비스트는 빵집 옆에 난 문으로 반쯤 들어간 체크무늬 하우스코트를 입은 여자를 따라잡았다. 크비스트는 얼른 경례를 붙이고 물었다.

"죄송합니다만 부인, 부인의 성함이 안데르손입니까?"

"그……런데요……?"

크비스트는 여자의 장바구니를 대신 들면서 문을 잡아주었다. 두 사람이 들어서고 문이 닫혔다.

"이런 걸 여쭤봐서 죄송합니다만, 혹시 6월 2일 금요일 오전에 경찰서에 전화하지 않았습니까?"

"6월 2일? 네에, 내가 경찰에 전화를 하긴 했다우. 아마 2일이었던 것 같네요. 그건 왜요?"

"왜 전화하셨습니까?"

크비스트는 저도 모르게 열의가 찬 말투로 물었다. 안데르손 부인이 놀라서 그를 보았다.

"형사인가 뭔가하고 이야기를 했다우. 무례한 사람이었지. 조금도 관심을 기울이지 않았어요. 나는 내가 본 걸 신고하려는 것뿐이었는데. 웬 남자가 저기 발코니에 서서……."

"제가 댁으로 따라가서 전화를 빌려 써도 되겠습니까?" 크비스트는 벌써 승강기로 발을 들여놓으면서 물었다.

"올라가면서 설명해드리겠습니다."

26.

마르틴 베크는 전화기를 내려놓고 콜베리를 소리쳐 불렀다. 그리고 재킷 단추를 채우고, 담배와 성냥을 주머니에 넣고, 손목시계를 보았다. 9시 55분이었다. 콜베리가 문간에 나타났다.

"왜 소리를 지르고 난리야?"

"여자를 찾았어. 안데르손 부인. 9구역의 그란룬드가 방금 전화해서 그러는군. 스베아베겐 거리에 산대."

콜베리가 옆방으로 사라졌다가 재킷을 들고 허겁지겁 팔을 꿰면서 돌아왔다.

"스베아베겐이라." 콜베리가 생각에 잠긴 눈으로 마르틴 베크를 보았다. "어떻게 여자를 찾았대? 집집마다 다니다가?"

"아니. 9구역의 젊은 경관 하나가 마자랭 케이크를 사러 빵

집에 들어갔다가 만났대."

두 사람이 아래층으로 내려가는 동안 콜베리가 말했다.

"커피 마시는 시간을 폐지해야 한다고 주장했던 게 그란룬드 아니었어? 이제 마음을 바꿀지도 모르겠네."

안데르손 부인은 빠끔하게 연 문틈으로 두 사람을 비난하듯이 보았다.

"그날 아침에 나하고 통화를 한 게 두 분 중 하나였수?"

"아닙니다. 부인과 통화한 건 라르손 경위였습니다." 마르틴 베크가 대답했다.

안데르손 부인은 안전 체인을 끄르고 두 사람을 좁고 어두운 현관으로 들였다.

"경위건 뭐건, 몹시 무례한 사람이었어요. 아까 나를 따라온 젊은 순경한테도 이야기했지만, 경찰은 시민이 신고를 하면 고맙게 여겨야죠. 내가 그 순경한테 그랬어요. 혹시 아느냐, 사람들이 아무도 신고를 하지 않으면 당신네가 일을 못 할지도 모른다. 어쨌든 들어오시구랴, 커피를 가져올 테니."

콜베리와 마르틴 베크는 거실로 들어갔다. 집은 3층이었고 거리로 창문이 나 있는데도 안이 어둠침침했다. 방이 컸지만, 낡고 육중한 가구들이 바닥 공간을 대부분 점령하고 있었다. 창문 하나는 살짝 열려 있었고, 다른 하나는 키 큰 화분들에 거의 가려져 있었다. 야단스럽게 주름이 잡힌 크림색 커튼이 드리워져 있었다.

갈색 플러시 천으로 씌운 소파 앞의 둥근 마호가니 탁자에 커피잔들과 케이크 접시가 차려져 있었다. 탁자 양옆에 팔걸이 덮개가 달린 높직한 안락의자가 하나씩 자리했다.

안데르손 부인이 도자기 커피포트를 들고 부엌에서 돌아왔다. 부인은 커피를 따르고 소파에 앉았다. 소파가 여자의 몸무게를 못 이겨 신음했다.

"커피가 없으면 얘기가 안 되지. 자, 말해보시우. 건너편 남자에게 무슨 일이 생겼나요?" 여자가 쾌활하게 물었다.

마르틴 베크가 말을 꺼내려는 순간, 저 아래 길에서 찢어지는 듯한 구급차 사이렌 소리가 울려 그의 말을 삼켰다. 콜베리가 창을 닫았다.

"안데르손 부인, 신문을 안 읽습니까?" 마르틴 베크가 물었다.

"안 읽어요. 시골에 있을 때는 절대로 안 읽어요. 어젯밤에 집에 돌아왔어요. 케이크 더 드세요, 신사 양반. 들어요, 들어, 아래층 빵집에서 갓 구운 따끈한 거라우. 참, 제복을 입은 상냥한 젊은 순경을 만난 것도 빵집이었지요. 순경이 내가 경찰에 전화한 사람이란 걸 어떻게 알아봤는지 당최 모르겠지만. 어쨌든 내가 전화한 게 맞아요. 6월 2일 금요일이었지. 똑똑히 기억해요. 왜냐하면 여동생 남편의 이름이 루트게르인데 그날이 그 사람 성명 축일이었거든. 그래서 그 집에 커피를 마시러 가서 형사인가 뭔가 하는 무례한 작자에 대해서 동생 부부한테 얘기해줬지. 그게 내가 전화를 하고 나서 한두 시간 뒤였으니까."

이 대목에서 여자가 숨을 고르는 사이 마르틴 베크가 재빨리 끼어들었다.

"발코니를 좀 보여주시겠습니까?"

콜베리는 벌써 창가로 가 있었다. 여자가 영차 몸을 일으켰다.

"밑에서 세 번째 발코니라우." 여자가 가리켰다. "저기 커튼 없는 창문의 발코니."

그들은 발코니를 보았다. 그 건물의 집들은 거리로 난 창문이 두 개씩인 것 같았는데, 발코니 출입문 옆의 창은 컸고 다른 창은 작았다.

"최근에도 남자를 봤습니까?" 마르틴 베크가 물었다.

"아니요, 한동안 못 봤어요. 내가 주말에 시골에 가 있었거든. 하지만 그전에도 며칠 동안 남자를 못 봤어요."

콜베리가 창턱의 화분들 사이에 놓인 쌍안경을 알아차렸다. 콜베리는 그것을 집어 눈에 대고 건너편 건물로 초점을 맞췄다. 발코니 문과 창문은 닫혀 있었다. 유리가 햇빛을 반사하여

어두운 방안에 무엇이 있는지까지는 보이지 않았다.

“루트게르가 나한테 그 쌍안경을 줬다우. 해군에서 쓰는 거지. 루트게르는 해군 장교였거든. 나는 주로 쌍안경으로 남자를 봤어요. 창문을 열면 더 잘 보여요. 내가 남의 생활을 캐기나 하는 사람이라고는 생각하지 마시우. 사월 초에 다리를 수술했는데, 그때 남자를 발견했어요. 수술 뒤에 말이에요. 여기 이쪽에 절개를 했기 때문에 걸을 수가 없었고 잠도 안 올 만큼 아파서, 창가에 앉아서 밖을 구경하면서 시간을 때웠지. 그 남자는 뭔가 이상하다는 느낌이 오더라고요. 달리 하는 일이 없이 계속 저기에 서서 바깥만 보니까. 흥. 뭔가 불쾌한 걸 숨기고 있는 게 틀림없어요.”

여자가 이야기하는 동안, 마르틴 베크는 강도의 묘사를 토대로 그린 몽타주를 꺼내어 보여주었다.

“꽤 비슷하네. 내가 보기에 썩 잘 그린 그림은 아니지만. 아무튼 닮은 구석이 있어요.”

“마지막으로 언제 보셨는지 기억합니까?” 콜베리가 쌍안경을 마르틴 베크에게 건네면서 물었다.

“글쎄, 며칠 됐는데. 일주일이 넘었나. 보자……. 그래요, 마지막으로 본 건 청소하는 여자가 왔을 때라우. 기다리세요, 찾아볼 테니까.”

여자는 뚜껑 달린 책상의 뚜껑을 열고 달력을 꺼냈다.

"보자……. 지난 금요일이네요. 그날 창문을 청소했지. 오전에는 남자가 서 있었는데 저녁에는 없었어요. 다음날도. 그래, 맞아, 그날 이후로 남자를 못 봤어요. 분명해요."

마르틴 베크는 쌍안경을 내리고 얼른 콜베리와 눈길을 주고받았다. 두 사람은 달력을 보지 않아도 그 금요일에 무슨 일이 있었던지 똑똑히 기억했다.

"그러니까 9일 말씀이죠." 콜베리가 말했다.

"맞아요. 자, 커피 한 잔 더 어떻수?"

"고맙지만 됐습니다." 마르틴 베크가 말했다.

"오, 한 모금만 더 해요, 어서."

"고맙지만 됐습니다." 콜베리가 말했다.

여자는 커피잔을 다시 채우고, 소파에 푹 기대어 앉았다. 콜베리는 안락의자 팔걸이에 걸터앉아 작은 아몬드 케이크를 입에 넣었다.

"항상 혼자였습니까, 그 남자?" 마르틴 베크가 물었다.

"글쎄, 다른 사람이 있는 건 못 봤어요. 고독한 타입 같던데. 가끔 안됐다고 느껴질 때도 있어요. 집안은 늘 어둡고, 남자는 발코니가 아니면 부엌 창가에 앉아 있어요. 비 오는 날도 그렇고요. 누구 다른 사람이 있는 건 못 봤어요. 어쨌든, 거기 앉아서 커피를 더 마시면서 남자에게 무슨 일이 있었는지 말해주시구랴. 그것 봐요, 내가 신고를 한 게 결국에는 효과가 있었지. 시간이 엄청나게 오래 걸리기는 했지만."

마르틴 베크와 콜베리는 벌써 커피를 목으로 다 넘겼다. 두 사람은 일어났다.

"고맙습니다, 안데르손 부인. 안녕히 계십시오. 아니요, 따라 나오실 것 없습니다."

두 사람은 현관으로 물러났다.

건물 밖으로 나온 뒤, 준법정신이 투철한 콜베리는 오십 미터 떨어진 건널목을 향해 걷기 시작했지만 마르틴 베크가 콜베리의 팔을 잡고 서둘러 무단 횡단을 했다.

27.

마르틴 베크는 3층까지 걸어 올라갔고, 콜베리는 승강기를 탔다. 두 사람은 문 앞에서 만나 함께 주의깊게 문을 살폈다. 안으로 열리는 평범한 갈색 나무문이었고, 예일사社에서 제작한 자물쇠가 달려 있었으며, 놋쇠 편지함이 붙어 있었다. 하얀 금속으로 된 녹슨 이름판에는 "I. 프란손"이라는 검은 글자가 새겨져 있었다. 온 건물이 찍소리 하나 없이 조용했다. 콜베리가 문에 오른쪽 귀를 대고 소리가 나는지 들어보았다. 그런 다음, 오른쪽 무릎을 돌바닥에 꿇고 앉아서 매우 조심스럽게 편지함 덮개를 몇 센티미터쯤 들어올렸다. 귀를 기울였다. 올렸던 때처럼 조용히 덮개를 닫았다. 일어나서 고개를 흔들었다.

마르틴 베크는 어깨를 으쓱하고, 오른손을 뻗어 전기초인종 단추를 눌렀다. 소리가 나지 않았다. 초인종이 고장난 것 같았다. 마르틴 베크는 문을 두드렸다. 대답이 없었다. 콜베리가 주먹으로 두들겼다. 아무 일도 없었다.

두 사람은 직접 문을 따지 않았다. 반 층 내려가서 속닥속닥 의논을 한 뒤, 절차를 밟아 전문가를 불러오기 위해서 콜베리가 밖으로 나갔다. 마르틴 베크는 계단에 선 채 문에서 눈을 떼지 않고 기다렸다.

십오 분 만에 콜베리가 기술자와 함께 돌아왔다. 기술자는 숙련된 시선으로 문을 쓱 가늠하더니 얼른 무릎을 꿇었다. 그리고 길쭉하고 조종이 쉬워 보이는 한쌍의 부젓가락 같은 도구를 편지함에 넣었다. 안쪽으로 도둑 방지 장치가 되어 있지 않았기 때문에, 자물쇠는 삼십 초 만에 풀렸다. 기술자가 문을 몇 센티미터쯤 열었다. 마르틴 베크가 기술자를 물리고 집게손가락을 문에 대고 밀어보았다. 기름칠되지 않은 경첩들이 삐걱거렸다.

그들은 현관을 들여다보았다. 문이 두 개 보였는데, 둘 다 열려 있었다. 왼쪽 문은 부엌으로, 오른쪽 문은 그 집의 하나뿐인 방으로 통하는 듯했다. 현관 매트에 우편물이 쌓여 있었다. 주로 신문, 광고지, 전단지였다. 욕실은 현관 오른쪽에 있었다. 문 바로 안쪽이었다.

들리는 소리는 스베아베겐 거리에서 올라오는 아련한 자동차 소리뿐이었다.

마르틴 베크와 콜베리는 우편물 더미를 조심스레 넘어 발을 디디고는 부엌을 훑어보았다. 길가로 창문이 나 있었고, 그 앞에 비좁은 식사 공간이 있었다.

콜베리는 욕실 문을 열었고, 마르틴 베크는 거실로 들어갔다. 정면에는 발코니 출입문이, 오른쪽으로 비스듬히 또 다른 문이 있었다. 확인해보니 옷장 문이었다. 콜베리가 자물쇠 기술자에게 몇 마디를 하고는 현관을 닫고 방으로 왔다.

"아무도 없군." 콜베리가 말했다.

"그래."

두 사람은 대단히 주의를 기울여서 체계적으로 집을 훑었다. 가급적 물건에는 손대지 않으려고 조심했다.

거실의 창문과 식탁 근처의 창문은 둘 다 길가로 나 있었는데 전부 닫혀 있었다. 발코니 문도 닫혀 있었다. 공기는 갑갑하고 텁텁했다.

헐어빠진 집도 아니고 방치된 집도 아니었지만, 어쩐지 누추했다. 그리고 가구가 거의 없었다. 거실에는 가구 석 점이 전부였다. 너덜너덜한 붉은 퀼트와 꾀죄죄한 시트가 깔린 정리 안 된 침대 하나, 침대 머리맡의 부엌 의자 하나, 반대편 벽에 선 키 작은 서랍장이 전부였다. 커튼은 없었고, 리놀륨 바닥에는 깔개가 없었다. 의자는 협탁으로 쓰이는 모양이었는데 위에 성냥갑 하나, 잔 받침 하나, 《스몰란스 포스텐》 한 부가 놓여 있었다. 접힌 모양새를 볼 때 이미 읽은 신문인 듯했다. 접시에는 약간의 담뱃재, 타다 만 성냥이 일곱 개비, 작은 공처럼 단단하게 뭉쳐진 담배 종이가 놓여 있었다.

서랍장 위쪽 벽에 말 두 마리와 자작나무 한 그루가 그려진 유화 복제품이 액자에 담겨 걸려 있었고, 서랍장 위에 또 다른 장식품이 있었다. 유약을 칠한 푸른 도자기 접시였다. 속은 비어 있었다. 그게 전부였다.

콜베리가 의자 위의 물건들을 뜯어보면서 말했다.

"꽁초에서 가루를 훑어낸 뒤에 파이프에 담아 피웠던 것 같군."

마르틴 베크는 고개를 끄덕였다.

두 사람은 발코니로는 나가지 않았다. 닫힌 문의 유리를 통해서 밖을 살펴보기만 했다. 원통형 철제 난간에 양옆은 골함석을 댄 발코니였다. 휘청거릴 것처럼 보이는 니스칠 된 야외 탁자 하나와 접이식 의자 하나가 있었다. 낡은 의자였다. 나무 팔걸이가 반들반들했고, 캔버스 천으로 된 엉덩이가 닿는 자리는 색이 바랬다.

옷장에는 그만하면 꽤 근사해 보이는 진청색 양복이 한 벌, 나달나달한 겨울 코트가 한 벌, 갈색 코듀로이 바지가 한 벌 걸려 있었다. 선반에는 털모자 하나와 모직 스카프 하나가 놓여 있었고, 바닥에는 검정 신발 한 짝과 낡아빠진 갈색 부츠 한 켤레가 있었다. 사이즈는 250밀리미터쯤 되어 보였다.

"발이 작군. 신발 한 짝은 어디 갔을까." 콜베리가 말했다.

그들은 몇 분 뒤에 청소 도구 보관함에서 신발을 발견했다. 옆에 걸레와 구둣솔이 놓여 있었다. 신발에 뭔가 묻은 것 같았지만 어두워서 알아볼 수 없었다. 두 사람은 손을 대고 싶지 않았기에 컴컴한 보관함을 들여다보기만 했다.

부엌에는 흥미로운 물건이 몇 개 있었다. 가스 스토브 위에 커다란 성냥갑 하나와 음식물 찌꺼기가 남은 소스 냄비 하나가 놓여 있었다. 찌꺼기는 오트밀 같았는데 바싹 말라 있었다. 개수대에는 법랑 커피포트와 더러운 컵이 담겨 있었다. 컵 바닥에 얇은 앙금이 보였다. 찌꺼기가 먼지처럼 바짝 마른 것이었다. 수프 접시 하나, 거칠게 간 커피가 든 깡통 하나도 있었다. 반대쪽 벽에는 냉장고가 있었고, 그 옆으로 미닫이문 선반이 두 개 달려 있었다. 두 사람은 세 개를 다 열어보았다. 냉장고에는 개봉한 마가린 반 통, 달걀 두 개, 소시지 약간이 들어 있었다. 소시지는 하도 오래되어서 곰팡이가 얇게 슬었다.

선반 하나는 그릇을 넣어두는 곳인 듯했고, 다른 하나는 식료품을 보관하는 곳인 듯했다. 접시 몇 장, 컵 몇 개, 커다란 접시, 소금, 빵 반 덩어리, 각설탕 꾸러미, 압착 오트밀 한 봉지. 아래쪽 서랍에는 고기 써는 칼이며 이런저런 칼, 포크, 숟가락 등이 들어 있었다.

콜베리가 빵을 쿡 찔렀다. 돌처럼 단단했다.

"한동안 집에 오지 않은 것 같아." 콜베리가 말했다.

"그래."

접시 건조대 아래의 찬장에는 프라이팬과 소스 냄비들이 들었고, 개수대 아래의 공간에는 쓰레기봉투가 있었다. 거의 빈 봉투였다.

식사 장소로 쓰이는 창가의 우묵한 공간에는 덧판이 달린 빨간 식탁과 부엌 의자 두 개가 있었다. 식탁에 병 두 개와 더러운 컵 하나가 놓여 있었다. 병에는 달콤한 베르무트주가 담겨 있었던 것 같았다. 하나는 아직 바닥에 술이 조금 있었다.

창틀과 식탁에는 끈끈한 먼지가 얇은 막처럼 덮여 있었다. 아마도 거리의 배기가스가 날아와서 앉은 듯했다. 창이 닫혀 있었지만, 틈새로 스며들었을 것이다.

콜베리는 욕실로 건너가서 살펴보고는 삼십 초 만에 돌아와서 고개를 저었다.

"아무것도 없어."

서랍장의 맨 위 두 칸에는 셔츠 몇 벌, 카디건 한 벌, 양말들,

속옷들, 넥타이 두 개가 들어 있었다. 모두 깨끗해 보였지만 나달나달했다. 맨 아래 서랍에는 더러운 천이 가득했다. 그리고 군대에서 받은 병역 기록부가 있었다.

두 사람은 그것을 열어 읽어보았다. '2521-7-46 잉에문드 루돌프 프란손, 크로노베리 주 벡셰 5/2-26, 정원사, 말뫼 베스테르가탄 거리 22번지.'

마르틴 베크는 병역 기록부를 한 장 한 장 넘기면서 읽었다. 덕분에 잉에문드 루돌프 프란손의 1947년까지의 행적을 꽤 상세히 알 수 있었다. 남자는 사십일 년 전에 스몰란드에서 태어났다. 1946년에 말뫼에서 정원사로 일자리를 구했고, 말뫼의 베스테르가탄 거리에 살았다. 같은 해에 남자는 소집을 받았다. 남자는 전투 요원으로는 적합하지 않다고 간주되는 4등급으로 분류되어 말뫼의 대공 부대에서 십이 개월을 복무했다. 1947년 남자가 제대할 때, 해독 불가능한 서명을 지닌 누군가가 남자에게 X-5-5 등급을 매겼다. 평균에서 한참 아래 등급이었다. 군대에서의 품행을 표시하는 로마 문자 X는 남자가 죄를 짓거나 규율을 위반한 적이 없다는 것을 말해주었다. 두 개의 숫자 5는 남자가 비전투 요원 보직 중에서도 특히나 군인답지 못하다는 뜻이었다. 해독 불가능한 서명을 지닌 장교는 남자에게 '취사 능력'이라는 간결하고 실용적인 암호를 부여해두었다. 그 말인즉 남자가 병역을 이행하는 내내 부엌에서 감자 껍질을 깠다는 뜻이었다.

두 사람의 신속하고 피상적인 수색으로는 잉에문드 프란손의 현재 직업이나 지난 이십 년간의 행적을 더 밝혀낼 수 없었다.

"우편물." 콜베리가 이렇게 말하고 현관으로 갔다.

마르틴 베크는 고개를 끄덕였다. 그는 침대 옆에 서 있었다. 침대를 들여다보았다. 시트는 구겨지고 꾀죄죄했으며, 베개는 뭉개져 있었다. 지난 며칠 동안 여기에서 잔 사람은 없는 듯했다.

콜베리가 돌아왔다.

"신문하고 광고지뿐이야. 거기 있는 신문은 날짜가 어떻게 되나?"

마르틴 베크가 고개를 옆으로 기울여 눈을 가늘게 하고 보았다.

"6월 8일 목요일."

"거봐. 바로 다음날 온 거로군. 남자는 10일 토요일 이후로는 우편물에 손을 대지 않았어. 바나디스 공원에서의 살인 직후지."

"그런데 부인이 본 바에 따르면 남자가 월요일에는 집에 있었지."

"그래. 하지만 그 뒤에는 또 안 온 것 같아."

마르틴 베크가 오른팔을 뻗어 엄지와 집게손가락으로 베갯잇을 잡고 베개를 들어올렸다.

그 밑에 여자아이들이 입는 흰 팬티가 두 장 있었다.

아주 작아 보였다.

군데군데 옅고 짙은 얼룩이 묻어 있었다.

두 사람은 퀴퀴하고 썰렁한 방에 꼼짝 않고 서 있었다. 거리의 자동차 소리와 자신들의 숨소리를 들으면서. 이십 초쯤. 그러다가 마르틴 베크가 무미건조하게 얼른 말했다.

"좋아. 됐어. 집을 통제하고 감식반에게 알리지."

마르틴 베크는 베스트만나가탄 거리의 폐가에 죽어 있었던 남자를 떠올렸다. 남자의 신원은 아직 확인되지 않았다. 어쩌면 그 사람일지도 모른다. 하지만 확실하냐고 묻는다면, 전혀 그렇지 않았다. 사실 가능성은 낮았다.

그들은 잉에문드 프란손이라는 남자에 대해서 거의 아는 바가 없었다.

세 시간 뒤인 6월 20일 화요일 오후 2시, 그들은 상당히 많은 것을 알게 되었다.

우선, 베스트만나가탄 거리의 죽은 남자는 잉에문드 프란손이 아니었다. 몇 명의 증인이 구역질을 하며 확인해주었다.

경찰은 마침내 올이 빠진 부분을 매듭지었다. 무정하리만치 일사불란하게 효율적으로 돌아가는 수사 조직의 도움을 받아,

잉에문드 프란손의 과거라는 비교적 단순한 실타래를 곧 풀어낼 수 있었다. 그들은 벌써 백여 명의 증인과 접촉했다. 이웃, 상점 주인, 사회복지사, 의사, 군대 장교, 목사, 금주 위원회 도우미 등. 신속하게 그림이 그려졌다.

잉에문드 프란손은 1943년에 말뫼로 이사 와서 도시공원관리부서에 일자리를 얻었다. 그가 이사한 이유는 양친을 잃었기 때문인 듯했다. 벡셰의 일용근로자였던 그의 아버지가 그해 봄에 죽었다. 어머니는 이미 오 년 전에 죽었다. 다른 친척은 없었다. 남자는 병역을 마치자마자 스톡홀름으로 이사했다. 1948년부터 스베아베겐 거리의 집에 살았고, 1956년까지 정원사로 고용되어 있었다. 그해에 일을 그만두었는데, 처음에는 개인 병원의 환자 명단에 올랐다가, 나중에는 사회복지국 소속의 여러 정신과 의사에게 검사를 받았다. 이 년 뒤, 남자는 일하기 어려운 상태로 판단되어 연금을 받게 되었다. 공식 소견서에는 다소 어리둥절한 문장이 씌어 있었다. '육체적 노동을 할 정신적 능력이 부족함.'

관계했던 의사들에 따르면 남자는 능력은 평균 이상이었지만 일에 대한 일종의 만성적 공포심을 갖고 있어서 일하러 나서는 것조차 불가능했다. 재활 시도는 족족 실패했다. 남자가 기계 공장에 일자리를 구한 적이 있었다. 그때 그는 사 주 동안 매일 아침 공장 문 앞까지 갔지만, 안으로 발을 들여놓지 못했다. 의사들은 이런 무능력이 드물기는 해도 결코 독특한 것은 아니라고 했다. 프란손은 정신적으로 문제가 있거나 간호를 필요로 하는 상태가 아니었다. 지능은 전혀 이상이 없었고, 육체적으로도 이렇다 할 결함은 없었다. (군의관이 낮은 등급을 매긴 것은 평발 때문이었다.) 하지만 사회성이 몹시 부족했고, 사람들과의 접촉을 원하지 않았으며, 친구도 취미도 없었다. 어느 의사가 알려준 하나의 예외는 "고향인 스몰란드 전원에 대한 막연한 흥미"였다. 남자의 행동거지는 조용하고 친근했다. 남자는 술을 마시지 않았고, 극도로 경제적이었고, "외모에 그다지 신경쓰지 않는다"고는 해도 깔끔한 편이었다. 남자는 담배를 피웠다. 성적으로 비정상적인 면은 드러나지 않았다. 의사가 프란손에게 자위를 하느냐고 물었을 때 남자는 막연하게만 대답했는데, 의사는 그렇다는 대답으로 알아들었다. 어차피 성욕이 극히 부진한 상태라고 했다. 남자는 아고라포비아를 앓았다.

이런 내용은 주로 1957년과 1958년에 작성된 진단서에 적힌 것이었다. 이후에는 당국이 정기적인 점검 외에는 프란손에게 신경을 쓸 이유가 없었다. 남자는 국민연금에 의지하여 살았고, 외롭게 지냈다. 남자는 1950년대 초부터 《스몰란스 포스텐》을 구독했다.

"아고라포비아가 뭐야?" 군발드 라르손이 물었다.

"광장공포증." 멜란데르가 대답했다.

수사본부는 활기차게 돌아갔다. 가능한 인력은 몽땅 투입되었다. 사람들은 다들 피곤한 것도 잊었다. 신속한 해결의 희망에 다시 불이 붙었다.

밖에서는 날이 서서히 쌀쌀해졌다. 가벼운 비가 내리기 시작했다.

마치 전신타자기를 켜둔 것처럼 제보가 시끄럽게 쏟아져들어왔다. 아직 사진은 확보되지 않았지만, 의사들, 이웃들, 예전 직장 동료들, 남자가 식료품을 구입하는 가게의 점원들을 통해서 인상착의에서 미진했던 점을 메워나갔다.

프란손은 키가 174센티미터였고 몸무게는 75킬로그램쯤 나갔다. 아니나 다를까, 신발 사이즈는 250이었다.

이웃들은 남자가 말수는 적지만 예의 바르고 상냥한 사람이라고 했다. 마주치면 늘 인사말을 건넨다고 했다. 남자는 스몰란드 억양이 있었다. 믿을 만한 사람으로 보였다. 지난 여드레 동안 아무도 남자를 보지 못했다.

스베아베겐 거리의 집으로 출동했던 감식반원들은 모든 단서를 확인하고 조사했다. 프란손이 두 건의 살인을 저지른 장본인이라는 데는 의문의 여지가 없는 듯했다. 감식반은 선반의 검정 신발에서 핏자국도 확인했다.

"십 년 이상 납작 엎드려 있었던 거로군." 콜베리가 말했다.

"그러다가 이제 몸이 근질근질해져서, 싸돌아다니면서 어린 여자아이들을 강간하고 죽인다는 거지." 군발드 라르손이 말했다.

전화가 울렸다. 뢴이 받았다.

마르틴 베크는 손가락 마디를 씹으면서 서성거리다가 말했다.

"우리는 남자에 대해서 알아야 할 것을 사실상 다 아는 셈이야. 얼굴 사진을 제외하고는 모두 찾았어. 사진도 곧 어디선가 나타날 테고. 우리가 모르는 단 한 가지는, 지금 어디에 있는가?"

"나는 알아. 남자가 십오 분 전에 어디에 있었는지." 뢴이 말했다. "상트에리크 공원에 여자아이 시체가 있대."

28.

상트에리크 공원은 시내 공원들 가운데 가장 작은 편이었다. 눈에도 띄지 않을 정도라서 대부분의 시민들은 존재조차 몰랐다. 그곳에 찾아가는 사람은 적었고, 그곳을 지킬 생각을 하는 사람은 더 적었다.

공원은 도시 북쪽에 있었다. 긴 베스트만나가탄 거리의 한쪽 끝이 부자연스럽게 연장되어 공원이 된 모양새였다. 나무로 뒤덮인 아담한 바위 언덕에 자갈길과 계단이 나 있었고, 상당히 가파른 비탈이 주변 거리들로 이어졌다. 공원의 대부분은 어느 학교의 부지에 속했는데, 학교는 여름방학이라 문을 닫았다.

시체는 공원의 북서쪽에 뉘어 있었다. 바위 언덕 꼭대기에서 뻔히 내려다보이는 장소였다. 살인이 점차 잔혹해질 것이라는 섬뜩한 이론에 부합하는 결과였다. 잉에문드 프란손이라는 남자는 이번에 시간에 쫓긴 듯했다. 남자는 돌멩이로 아이의 얼굴을 때린 뒤에 목을 졸라 죽였다. 그런 다음에 아이의 빨간 비닐 코트와 원피스를 잡아뜯듯이 열고 팬티를 벗긴 뒤 낡은 망치 손잡이 같은 것을 아이의 다리 사이에 쑤셔넣었다.

설상가상으로, 아이를 발견한 것은 다름 아닌 아이 엄마였다. 이름이 솔베이그라는 아이는 다른 피해자들보다 나이가 많았다. 열한 살이었다. 단네모라가탄 거리에 살았다. 집은 범행 현장에서 걸어서 오 분 거리였고, 사람들이 아는 한 아이가 공원에 갈 이유는 전혀 없었다. 아이는 단네모라가탄 거리와 노라스타숀스가탄 거리가 만나는 곳에 있는 사탕 가게로 초콜릿을 사러 나간 참이었다. 공원의 북동쪽 끄트머리에 있지만 실제 공원 경계에서는 벗어난 곳이었다. 심부름은 십 분도 걸리지 않을 일이었고, 아이는 공원에서 놀면 안 된다는 당부를 누차 들었으며, 어차피 그곳에서 노는 버릇이 없다고 했다. 아이가 나간 지 십오 분이 되자 엄마가 찾아 나섰다. 처음부터 함께 가면 좋았겠지만 십팔 개월 된 둘째 딸을 돌봐야 해서 그러지 못했다고 했다. 엄마는 금세 아이를 찾아냈고, 완전히 무너져서 지금은 병원에 있다고 했다.

그들은 선뜩한 보슬비를 맞으며 아이의 시체를 내려다보았다. 이토록 잔악하고 무의미한 죽음 앞에서 그들은 범행의 장본인보다 더 큰 죄책감을 느꼈다. 팬티는 발견되지 않았다. 초콜릿도 발견되지 않았다. 잉에문드 프란손이 배가 고파서 가져갔는지도 몰랐다.

그의 짓이라는 데는 의문의 여지가 없었다. 증인도 있었다. 프란손이 길에서 아이와 대화를 나누는 광경을 목격한 사람이 있었다. 하지만 둘은 친근한 사이로 보였기 때문에, 증인은 아이의 아빠가 딸을 찾아 나선 것이라고 생각했다. 경찰도 이제 잉에문드 프란손이 겉보기에 예의 바르고 상냥하고 믿을 만한 사람이라는 걸 알았다. 남자는 베이지색 코듀로이 재킷, 갈색 바지, 위쪽 단추를 끄른 흰 셔츠, 깨끗한 검정 신발 차림이었다.

사라진 팬티는 연한 푸른색이었다.

"틀림없이 가까운 데에 있을 거야." 콜베리가 말했다.

저 아래, 널찍한 상트에릭스가탄 거리와 노라스타숀스가탄 거리에 많은 차들이 붕붕대며 지나갔다. 마르틴 베크는 조차장에서 문어발처럼 뻗은 철도를 응시하며 조용히 말했다.

"주변의 모든 차량, 창고, 지하실, 다락을 샅샅이 뒤져. 지금. 즉시."

그리고 뒤돌아 내려갔다. 6월 20일 화요일 오후 3시였다. 비가 내렸다.

29.

수색은 화요일 오후 5시쯤 시작되었다. 이후 자정까지 이어졌고, 수요일 새벽이 되어 더욱 강화되었다.

동원 가능한 모든 일손이 밖으로 나갔고, 모든 경찰견과 차량이 움직였다. 수색은 처음에 도시의 북쪽에 집중되었다가, 차차 동심원을 그리며 퍼져나가 교외까지 뻗었다.

스톡홀름은 여름마다 수천 명의 사람이 야외에서 자는 도시였다. 부랑자, 마약중독자, 알코올의존자뿐만 아니라 숙소를 구하지 못한 여행자도 많았고, 일할 능력이 되고 일자리가 있는데도 살 곳을 구하지 못한 무주택자도 많았다. 서투른 도시계획으로 인해 주택난이 극심했기 때문이다. 사람들은 공원 벤치나 땅바닥에 신문지를 펼치고 그 위에서 잤고, 다리 밑에서 잤고, 선

창에서 잤고, 뒷마당에서 잤다. 폐가, 건축중인 건물, 방공호, 창고, 차량, 계단, 지하실, 다락, 헛간 등에 임시 거처를 마련하는 사람들도 많았다. 해안에 정박된 보트, 모터보트, 버려진 배도 있었다. 지상의 지하철역이나 철도역을 떠도는 사람도 많았고, 야외 경기장 같은 곳에 올라가는 사람도 많았으며, 도시 지리에 밝은 사람은 커다란 건물의 지하에 난 계단과 통로를 통해서 쉽게 땅속 세계로 내려갔다.

이날 밤, 사복 경찰과 제복 경찰은 그런 사람들을 수천 명 흔들어 깨웠고, 일어나서 똑바로 서라고 강요했고, 잠에 취해 멍한 얼굴에 휘황한 손전등을 들이대면서 신분증을 요구했다. 이 일을 대여섯 번씩 겪는 사람도 많았다. 그들이 이 장소에서 저 장소로 옮겨가서 누우면, 그들만큼이나 지친 다른 경찰이 다가와서 또 쿡쿡 찔렀다.

그것만 아니라면 거리는 조용했다. 창녀나 마약 판매상조차 감히 얼굴을 내밀지 않았다. 그들은 경찰이 어느 때보다도 그들에게 신경쓸 시간이 없다는 사실을 미처 몰랐다.

수요일 아침 7시가 되자 수색은 잠잠해졌다. 눈이 퀭하고 초췌한 경찰들은 몇 시간이라도 눈을 붙이려고 각자의 집으로 기어 들어갔고, 그렇지 않은 경찰들은 여러 경찰서의 소파나 나무 벤치나 휴게실에 통나무가 넘어지듯이 풀썩 쓰러졌다.

그날 밤, 뜻밖의 장소에서 뜻밖의 사람이 수십 명 발견되었지만 그들 가운데 잉에문드 루돌프 프란손이라는 이름의 남자는 없었다.

7시에 콜베리와 마르틴 베크는 쿵스홀름스가탄의 사무실에 있었다. 그들은 피곤이 극에 달해서 오히려 피로를 잊는 단계였다. 다시 쌩쌩해졌다고 할 수 있었다.

콜베리는 벽에 붙은 커다란 지도 앞에 뒷짐을 지고 섰다.

"그는 정원사였지. 시에 고용되어서 시내 공원들에서 팔 년간 일했으니, 그동안 공원을 속속들이 알게 되었을 거야. 지금까지 그는 시 경계를 벗어난 적이 없어. 자기가 아는 데만 다니는 거야."

"그게 확실하다면 좋겠지만." 마르틴 베크가 말했다.

"한 가지는 확실해. 그가 어젯밤에 공원에서 자지 않았다는 것. 스톡홀름 내의 공원에서는."

콜베리는 말을 끊었다가 생각에 잠긴 말투로 이었다.

"우리가 끝내주게 운이 나쁜 게 아닌 이상."

"맞는 말이야. 게다가 밤에는 제대로 확인하기 힘든 장소가 어마어마하게 많지. 유르고르덴 섬, 예르데트 주거 단지, 릴얀스 숲……. 도시 밖 장소들은 말할 것도 없고."

"나카 자연보호 구역."

"공동묘지."

"그래, 공동묘지……. 잠겨 있긴 하지만 그래도……."

마르틴 베크가 시계를 본 뒤에 이어 말했다.

"급한 질문은 이거야. 남자가 낮에는 뭘 할까?"

"그게 참 환상적이란 말이지. 남자는 드러내놓고 시내를 활보하는 것 같아."

"오늘 잡아들여야 해. 그 밖의 가능성은 생각할 수도 없어."

"맞아." 콜베리가 말했다.

심리학자들도 긴장하고 있었다. 그들은 잉에문드 프란손이 일부러 숨거나 시선을 피하지는 않을 것이라고 의견을 밝혔다. 남자는 자의식이 없는 상태일 테니 그런 비의식 상태에서도 지능적으로, 또한 원초적인 자기 보존 본능에 따라 행동할 것이라고 했다.

"그것참 유익한 가르침이로군." 콜베리가 비아냥거렸다.

잠시 후에 군발드 라르손이 들어왔다. 그는 나름의 노선을 따라서 독자적으로 움직이고 있었다.

"간밤에 내가 운전을 얼마나 했는지 아나? 340킬로미터나 달렸어. 빌어먹을 시내에서. 그것도 느릿느릿. 그자는 유령이 틀림없어."

"그것도 한 가지 가설이지." 콜베리가 말했다.

멜란데르는 다른 가설을 갖고 있었다.

"범행 패턴이 신경쓰인단 말이야. 첫 번째 살인 다음에는 즉시 후속 살인을 저질렀고, 그 뒤에는 팔 일 간격을 뒀지. 그러다가 이번에 또 살인을 했으니 다음에는……."

다들 나름의 견해가 있었다.

시민들은 공황에 빠져 히스테릭해졌고 경찰들은 과중한 업무에 시달렸다.

수요일 오전에 상황 점검 회의가 있었다. 겉으로는 낙천적이고 자신감 있는 분위기였다. 그러나 마음 깊은 곳에서는 누구나 옆 사람과 마찬가지로 두려움을 느꼈다.

"사람이 더 필요해. 주변 지역에서 가능한 인력을 모조리 긁어오게. 자원하는 사람도 많을 게야." 함마르가 말했다.

사복 경찰 이야기 역시 되풀이되는 제안이었다. 사복 경찰을 주요 장소에 배치할 것. 운동복이나 낡은 작업복을 가진 사람은 그것을 입고 풀숲에 숨어 있을 것.

"제복 경찰을 순찰대에 많이 배치해야 합니다. 시민들을 안심시키기 위해서요. 시민들에게 안전하다는 느낌을 줘야 합니다." 마르틴 베크는 주장했다.

하지만 방금 자신이 뱉은 말을 되새겨보니, 씁쓸한 절망감과 무력감이 덮쳐 왔다.

“모든 장소에서 신분증 확인을 필수로 해야 해.” 함마르가 말했다.

좋은 생각이었다. 하지만 별 성과는 없었다.

어떤 조치도 허사인 듯했다. 수요일은 한 시간 한 시간이 무겁게 흘러갔다. 십여 차례 경보가 울렸으나 유망한 것은 하나도 없었다. 실제로 모두 잘못된 제보로 밝혀졌다.

저녁이 왔다. 쌀쌀한 밤이 왔다. 일제 단속이 계속되었다.

누구도 잘 수 없었다. 군발드 라르손은 킬로미터당 사십육 외레의 보조금을 받는 자가용으로 다시 삼백 킬로미터를 운전했다.

“개들도 뻗었어. 경찰을 물고 자빠졌더라니까.” 라르손이 돌아와서 말했다.

6월 22일 목요일 아침, 일기예보는 푸근하지만 바람 많은 날이 될 것이라고 했다.

“오월주*로 변장하고 스칸센에 가서 서 있어야겠어.” 군발드 라르손이 말했다.

누구도 그에게 대꾸할 기력이 없었다. 마르틴 베크는 속이

---

* 일 년 중 낮이 제일 긴 하지는 보통 6월 21일인데, 이때 스웨덴 사람들은 오월주라는 나무 기둥을 세우고 춤을 추면서 성대한 축제를 즐긴다.

메스껍고 위가 울렁거렸다. 종이컵을 입술에 가져다 댈 때 손을 심하게 떠는 바람에 멜란데르의 압지에 커피를 쏟았다. 평소에 몹시 깐깐하게 구는 멜란데르가 오늘은 그 사실을 눈치도 못 채는 것 같았다.

멜란데르도 여느 때보다 훨씬 진지했다. 그는 범행 시간표를 궁리하고 있었다. 시간표에 따르면 다음 범행이 얼마 남지 않았다.

오후 2시, 그들을 구제하는 사건이 마침내 벌어졌다. 전화벨이었다. 뢴이 받았다.

"어디에서? 유르고르덴?"

뢴은 손바닥으로 수화기를 막고 다른 사람들에게 말했다.

"남자가 유르고르덴에 있대. 목격한 사람이 여럿 있대."

"운이 좋으면, 남자가 아직 유르고르덴 남쪽에 있을 거야. 그러면 우리가 남자를 구석으로 몰아넣을 수 있지." 콜베리가 동쪽으로 차를 몰면서 말했다. 그들 뒤로 멜란데르와 뢴이 바짝 따랐다.

유르고르덴은 섬이었다. 그곳으로 가려면 유르고르스브룬만과 운하를 넘는 두 다리 중 하나를 건너야 했다. 아니면 페리를 타거나 자기 배를 저어서 가야 했다. 섬에서 도심에 가까운

쪽 면적의 삼분의 일은 박물관, 그뢰나룬드 놀이공원, 여름에만 여는 식당, 모터보트나 요트 클럽, 스칸센 야외 박물관과 동물원, 감라유르고르스타덴이라고 불리는 작은 주거 지역으로 이뤄졌다. 나머지 면적은 잘 다듬어진 정원과 야생의 숲이 군데군데 섞인 녹지였다. 또한 오래된 건물들이 잘 보존되어 있었다. 장원 저택, 대저택, 기품 있는 빌라, 18세기 양식의 작은 목조 건물 등이 아름다운 정원에 둘러싸여 점점이 흩어져 있었다.

멜란데르와 뢴은 유르고르덴 다리로 꺾었지만, 콜베리와 마르틴 베크는 직진하여 유르고르스브룬 여관으로 향했다. 식당 앞에 경찰차가 몇 대 있었다.

경찰차 한 대가 운하를 넘는 다리를 차단하고 있었다. 다리 너머에서 다른 경찰차가 천천히 마닐라 농아학교 방향으로 움직이는 게 보였다.

다리의 북쪽 끝에 사람들이 무리지어 서 있었다. 마르틴 베크와 콜베리가 다가가자 나이 지긋한 남자 하나가 무리에서 떨어져 두 사람에게 왔다.

"두 분이 책임자라고 들었습니다." 남자가 말했다.

두 사람은 걸음을 멈췄다. 마르틴 베크가 고개를 끄덕였다.

"나는 뉘베리라고 합니다. 내가 살인범을 발견하고 경찰에 신고했습니다."

"남자를 어디에서 봤습니까?" 마르틴 베크가 물었다.

"그뢴달 저택 아래에서요. 남자는 길에 서서 그 집을 올려보고 있었습니다. 신문에서 본 몽타주와 인상착의가 같기에 쉽게 알아봤습니다. 처음에는 어떻게 해야 할지 모르겠더군요. 직접 남자를 잡아야 할지 말아야 할지. 가까이 다가갔더니, 남자가 혼잣말을 중얼거리는 겁니다. 하도 이상한 소리를 중얼거리기에 위험한 사람일지도 모른다는 생각이 들었습니다. 그래서 최대한 조용히 여관으로 돌아와서 경찰에 신고했습니다."

"혼잣말을 하더라 이거죠, 뭐라고 하는지 들었습니까?" 콜베리가 물었다.

"저기 가만히 서서 자기는 어디가 아프다고 중얼거렸습니다. 자기 이야기를 요상한 방식으로 하더라고요. 정말 그런 내용이었습니다, 자기는 어디가 아프다고요. 내가 신고하고 돌아와 보니 남자가 사라졌더군요. 나는 그때부터 경찰이 올 때까지 여기 다리 옆을 지키고 있었습니다."

마르틴 베크와 콜베리는 다리로 내려가서 경찰차의 경관과 이야기를 나눴다.

운하와 마닐라 농아학교 사이에서 남자를 본 증인이 몇 명 더 있다고 했고, 남자를 마지막으로 본 사람은 그뢴달 저택의 저 증인인 것 같았다. 경찰이 일대를 신속히 통제했기 때문에, 남자가 아직 유르고르덴 남쪽에 있다고 믿을 이유가 충분했다. 증인이 그뢴달 저택에서 남자를 본 뒤로 다리를 통과한 버스는 한 대도 없었다. 시내로 향하는 도로들은 즉시 차단되었다. 그전에 남자가 멀리 스칸센이나 유르고르스타덴까지 갔다고 보기는 힘들었다. 남자도 경찰이 총출동하는 소리를 들었을 테니, 남자를 불시에 체포할 기회는 없을 것이다.

마르틴 베크와 콜베리는 차로 돌아가 다리를 건넜다. 그들 뒤로 경찰차 두 대가 따라왔다. 그들은 농아학교와 다리 사이 도로에 차를 세우고, 그곳에서 수색을 조직하기 시작했다.

십오 분 뒤, 스톡홀름 내 몇몇 구역 경찰서의 여유 인원이 모두 현장으로 집결했다. 백여 명의 경찰관이 스칸센과 블록후수덴 사이의 일대를 뒤지기 시작했다.

마르틴 베크는 차에 앉아 무전으로 수색을 지시했다. 수색조는 무전기를 갖고 있었고, 역시 무전기를 장착한 경찰차들이 도로를 순찰했다. 경찰들은 죄 없는 행인 수십 명을 수시로 막아 세워 강제로 신분증을 요구했고, 당장 일대를 벗어나라고 지시했다. 도로에는 바리케이드를 세워, 시내로 들어가는 차를 모조리 멈추고 검사했다.

로센달 성 옆의 공원에서는 웬 청년이 신분증을 보여달라는 경찰의 요구에 당황하여 도주하다가 다른 경찰 두 명의 품에 안

기는 해프닝이 있었다. 청년은 자신의 이름과 도망친 이유를 밝히기를 거부했다. 청년의 몸을 수색했더니 코트 주머니에서 9밀리미터 패러벨럼 총탄이 장전된 권총이 나왔고, 청년은 곧장 가까운 경찰서로 인계되었다.

"이런 식이라면 스톡홀름의 모든 범죄자를 다 잡아들이겠는걸. 우리가 찾는 놈만 빼고." 콜베리가 말했다.

"어딘가 숨어 있을 거야. 이번에는 그자도 빠져나가지 못해." 마르틴 베크가 말했다.

"너무 확신하지 말라고. 우리가 이 일대를 무한정 차단할 수는 없어. 만약에 남자가 스칸센을 넘어갔다면……."

"그럴 시간은 없었어. 차가 있다면 또 모르겠지만 그럴 것 같지는 않고."

"왜? 훔쳤을지도 모르잖아."

무전기가 지글거리면서 목소리가 흘러나왔다. 마르틴 베크가 단추를 누르고 응답했다.

"97번 경찰차, 97번입니다. 남자를 찾았습니다, 오바."

"어디인가?" 마르틴 베크가 물었다.

"비스콥수덴 곶입니다. 보트 클럽 위쪽입니다."

"바로 가겠네."

그들이 비스콥수덴 곶까지 차를 몰아가는 데는 딱 삼 분이 걸렸다. 경찰차 세 대, 오토바이 경관 한 명, 사복 경관과 제복 경관 여러 명이 길에 서 있었다. 그리고 한 남자가 그들에 둘러 싸여 있었다. 가죽 재킷을 입은 경관이 남자의 팔을 등으로 꺾어 쥐고 있었다.

남자는 말랐고 키는 마르틴 베크보다 작았다. 코가 컸고, 눈은 청회색이었고, 빗어 넘긴 모래빛 머리카락은 정수리가 다소 성겼다. 갈색 바지, 넥타이를 매지 않은 흰 셔츠, 진갈색 재킷을 입었다. 마르틴 베크와 콜베리가 다가가자 남자가 물었다.

"대체 무슨 일입니까?"

"이름이 뭡니까?" 마르틴 베크가 물었다.

"프리스테드트. 빌헬름 프리스테드트."

"신분증이 있습니까?"

"아니요, 운전면허증을 다른 코트 주머니에 뒀습니다."

"지난 이 주 동안 어디에 있었습니까?"

"어디라뇨. 집에 있었습니다. 본데가탄 거리요. 아팠습니다."

"집에 혼자 있었습니까?"

이렇게 물은 것은 콜베리였다. 냉소적인 목소리였다.

"네." 남자가 간단히 대답했다.

"진짜 이름은 프란손이죠?" 마르틴 베크가 상냥하게 물었다.

"아니요, 프리스테드트라니까요. 팔을 이렇게 세게 잡아야겠습니까? 아픕니다."

마르틴 베크는 가죽 재킷을 입은 경관에게 고갯짓을 했다.

"됐어. 차에 태워."

마르틴 베크와 콜베리는 옆으로 물러났다. 마르틴 베크가 말했다.

"어때? 우리가 찾는 남자일까?"

콜베리가 머리를 긁적였다.

"모르겠어. 너무 단정하고 평범해. 외모는 일치하지만 신분증도 없고. 모르겠어."

마르틴 베크는 차로 걸어가서 뒷문을 열었다.

"유르고르덴에서 뭘 하고 있었습니까?"

"아무것도요. 그냥 산책 좀 했습니다. 대체 무슨 일입니까?"

"신분을 증명할 물건은 없고요?"

"안타깝게도 없어요."

"사는 데가 어딥니까?"

"본데가탄 거리요. 왜 이런 걸 묻습니까?"

"화요일에 뭘 했습니까?"

"그저께요? 집에 있었습니다. 아팠어요. 오늘이 내가 이 주만에 처음 외출한 날입니다."

"증명해줄 사람이 있습니까? 아플 때 옆에 있었던 사람이 있습니까?"

"아니요, 혼자 있었습니다."

마르틴 베크는 차 지붕을 손가락으로 똑똑 두드리면서 콜베리를 보았다. 콜베리가 반대쪽 문을 열고 차 안으로 몸을 숙여 물었다.

"삼십 분 전에 그뢴달 저택에서 혼잣말로 무슨 이야기를 했는지 물어도 되겠습니까?"

"뭐라고요?"

"좀 전에 그뢴달 저택 밑에 서서 혼잣말로 뭐라고 했다면서요."

"아! 그거요."

남자는 미소를 띠면서 읊었다.

"나는 병든 린덴나무, 젊은 나이에 시들었다네.

마른 나뭇잎들을 바람에 날려보내지. 내 머리에 달렸던 것들을.

이것 말입니까?"

가죽 재킷을 입은 경관이 눈을 동그랗게 뜨고 남자를 보았다.

"프뢰딩*." 콜베리가 말했다.

* 구스타프 프뢰딩(Gustaf Fröding), 1860-1911. 스웨덴의 유명한 서정시인으로 위의 시는 「생명과 푸르름을 주오」의 첫 연이다.

"네. 우리의 위대한 시인 프뢰딩입니다. 프뢰딩은 그뢴달에서 살다 죽었지요. 나이는 많지 않았지만, 신경쇠약에 걸려서."

"직업이 뭡니까?" 마르틴 베크가 물었다.

"정육점에서 일합니다."

마르틴 베크는 몸을 펴고, 차 지붕 너머로 콜베리를 보았다. 콜베리가 어깨를 으쓱했다. 마르틴 베크는 담배에 불을 붙여 한 모금 깊게 빨았다. 그리고 몸을 숙여 남자를 보았다.

"좋습니다. 처음부터 다시 하죠. 이름이 뭡니까?"

햇살이 차 지붕에 환하게 부딪혔다. 뒷좌석에 앉은 남자는 눈썹을 찌푸리면서 대답했다.

"빌헬름 프리스테드트."

30.

마르틴 베크를 시골뜨기로 착각하는 사람이 있을지도 모르고, 콜베리를 성범죄 살인범으로 착각하는 사람이 있을지도 모른다. 누군가는 가짜 수염을 붙인 뢴을 산타클로스로 믿을지도 모르고, 혼란한 나머지 군발드 라르손을 중국인으로 착각하는 증인이 있을지도 모른다. 부국장에게 옷을 잘 입히면 잡역부로 변장시킬 수 있을지도 모르고, 국장을 나무로 변장시킬 수도 있을 것이다. 누군가를 잘 설득하면 내무장관을 평범한 경관으로 믿게 만들 수 있을지도 모른다. 2차세계대전의 일본군이나 편집광적인 몇몇 사진작가처럼 수풀로 변장하고서 짐짓 잘 숨은 듯 시늉할 수도 있을 것이다. 사람을 속이는 데 불가능한 일은 없는 법이다.

하지만 세상의 그 무엇도 사람들이 크리스티안손과 크반트를 딴 사람으로 착각하도록 만들 수는 없다.

크리스티안손과 크반트는 둘 다 경찰모를 썼고 도금 단추가 달린 가죽 재킷을 입었다. 둘 다 허리띠에서 대각선으로 이어진 어깨띠를 맸고, 권총과 경찰봉을 지녔다. 차림이 그런 것은 두 사람 다 기온이 20도 아래로 내려가면 추위를 탔기 때문이다.

그들은 스코네 출신이었다.

둘 다 키가 186센티미터였고, 눈동자가 파랬다. 둘 다 어깨가 넓고 금발에 몸무게는 90킬로그램 이상 나갔다. 그들은 하얀 흙받이가 달린 검정 플리머스를 몰았다. 차에는 탐조등과 무전 안테나가 달려 있고, 지붕에는 오렌지색 경광등 하나와 빨간 등 두 개가 붙어 있었다. 흰 활자체로 '경찰'이라는 글자가 네 군데나 씌어 있었다. 양쪽 문에, 앞 보닛에, 뒤꽁무니에.

크리스티안손과 크반트는 순찰 경관이었다.

두 사람은 경찰이 되기 전에 위스타드의 남부 스코네 보병연대에서 하사관으로 근무했다.

둘 다 유부남에 각자 아이가 둘 있었다.

두 사람은 오랫동안 함께 일해왔는데, 순찰조 단짝들만이 가능한 방식으로 서로를 속속들이 알았다. 두 사람은 동시에 전근을 신청했고, 서로를 제외한 다른 동료들과는 사이가 껄끄러웠다.

사실 두 사람은 닮지 않았다. 서로 신경을 긁는 일도 자주 있었다. 크리스티안손은 온화하고 사람을 잘 얼렀으나, 크반트는 다혈질이고 거칠었다. 크리스티안손은 제 아내 이야기를 절대 하지 않았지만, 크반트는 제 아내 이야기 말고는 할 줄 아는 이야기가 없었다. 크리스티안손은 이제 크반트의 아내에 관해서 모르는 게 없었다. 그녀가 무슨 언행을 했는가는 물론이고, 그녀의 몸과 일상적인 습관에 관한 은밀한 내용까지 다 알았다.

사람들은 두 사람을 가리켜 서로 완벽하게 보완하는 관계라고 했다.

두 사람은 수많은 도둑과 주정뱅이를 잡아들였고, 수백 건의 부부싸움을 저지했다. 크반트 자신이 소동을 일으킨 일도 몇 번 있었다. 크반트의 신조에 따르면, 무릇 사람들이란 경찰 두 명이 자기집 현관에 나타나면 반드시 시끄럽고 성가시게 구는 법이었다.

두 사람은 어떤 종류로든 눈부신 특종을 올린 적이 없었고, 신문에 이름이 난 적도 없었다. 한번은 말뫼에서 근무할 때 만취한 기자 하나를 응급실로 데려간 일이 있다. 손목을 유리에 베였던 그 기자는 육 개월 뒤에 살해당했다. 두 사람이 이른바 명성이라는 것에 가장 근접한 때는 그때였다.

순찰차는 두 사람의 제이의 집이었다. 차에는 주정뱅이들이 남긴 희미한 술냄새와 뭐라 설명할 수 없는 퀴퀴하고 친밀한 분위기가 감돌았다.

어떤 사람들은 두 사람이 거드름을 피운다고 생각했다. 둘 다 스코네 억양을 썼기 때문이다. 반면에 두 사람은 사투리의 발음과 어휘에 대한 이해가 없는 사람들이 자신들의 말투를 흉내내는 것을 못마땅해했다.

크리스티안손과 크반트는 사실 스톡홀름 경찰이 아니었다. 그들은 스톡홀름 경계 밖인 솔나 지역의 순경이었다. 그들이 공원 살인에 대해서 아는 내용은 신문에서 읽거나 라디오로 들은 게 거의 전부였다.

6월 22일 목요일 2시 30분이 좀 넘었을 때, 그들은 칼베리의 육군사관학교 앞에 있었다. 이십 분만 있으면 교대 시간이었다.

운전대를 잡은 크리스티안손은 옛 연병장 앞에서 차를 돌려, 칼베리 해변을 따라 서쪽으로 갔다.

"잠깐만 세워봐." 크반트가 말했다.

"왜?"

"보트 구경하려고."

한참 뒤에 크리스티안손이 하품을 하면서 물었다.

"다 봤어?"

"응."

천천히 다시 차를 몰았다.

"공원 살인범이 잡혔다지. 유르고르덴에서 포위됐대." 크리스티안손이 말했다.

"나도 들었어."

"우리 애들이 스코네에 있는 게 다행이지."

"응. 있잖아, 웃긴 게……."

크반트가 말을 멈췄다. 크리스티안손은 대꾸하지 않았다.

"웃긴 게, 나는 시브랑 결혼하기 전에 맨날 여자애들을 쫓아다녔잖아. 이 여자 저 여자 멈출 줄을 몰랐지. 남들은 나더러 남자답다고 했지만 사실 나는 호색한이었거든." 크반트가 이어 말했다.

"그래, 그랬지." 크리스티안손이 하품을 하면서 거들었다.

"그런데 지금은, 허, 지금은 내가 풀밭에 방목된 늙은 말처럼 느껴진단 말이야. 나는 침대에 눕자마자 곯아떨어져. 깼을 때 맨 먼저 드는 생각도 신 우유랑 시리얼이야."

크반트는 의미심장하게 말을 멎었다가 덧붙였다.

"이렇게 슬금슬금 나이가 드는 거겠지."

크리스티안손과 크반트는 딱 서른이었다.

"그래."

크리스티안손은 칼베리스브론 다리를 지났다. 이십 미터만 더 가면 도시 경계였다. 만약에 유르고르덴에서 공원 살인범이 포위되지 않았다면, 그들은 여기에서 에켈룬스보겐 거리로 우회전한 뒤에 새로 지어진 아파트 단지 주변에 조금 남은 숲을 살펴봤을지도 모른다. 이제는 그럴 이유가 없었다. 그리고 하루에 경찰대학을 두 번 보는 일은, 피할 수 있다면 가급적 안 하고 싶었다. 그래서 크리스티안손은 구불구불한 해안도로를 따라 곧장 서쪽으로 차를 몰았다.

탈루덴을 지날 때, 크반트가 카페 앞이나 주차장의 차량들 주변에서 어정거리는 십 대들을 보면서 심술궂게 말했다.

"제대로 하자면 우리가 차를 세워서 저 녀석들의 녹슨 고물차를 뒤져봐야 하는데."

"그건 교통과 친구들 일이지. 우리는 십오 분 안에 경찰서로 돌아가야 해."

두 사람은 한동안 말이 없었다.

"성범죄자를 잡아들여서 다행이야." 크리스티안손이 말했다.

"벌써 스무 번쯤 한 소리 말고 다른 말을 할 수 없어?"

"그게 쉽나."

"오늘 아침에 시브가 무진장 심기가 불편했어." 크반트가 다른 이야기를 꺼냈다. "시브가 왼쪽 가슴에 덩어리가 잡힌다고 하더란 얘기, 내가 자네한테 했던가? 암일지도 모른다고 하더란 얘기?"

"그래, 했어."

"아. 뭐, 하여튼. 시브가 그걸 가지고 너무 오래 징징댄다는 생각이 들어서, 내가 직접 만져보기로 작정했어. 오늘 아침에 시브는 자명종이 울려도 계속 죽은 물고기처럼 누워 있었고, 당연히 나는 먼저 일어났지. 그래서 내가……."

"그래, 벌써 다 얘기했어."

두 사람은 칼베리 해변의 끝에 다다랐다. 하지만 크리스티안손은 경찰서로 가는 최단 거리인 순드뷔베리스베겐 거리로 넘어가는 대신, 계속 직진하여 후부스타알레로 갔다. 요즘 통행이 거의 없는 길이었다.

나중에 많은 사람이 그에게 왜 하필 그 길을 택했느냐고 물었지만, 그가 답할 수 있는 질문이 아니었다. 그냥 그 길로 간 것뿐이었다. 게다가 크반트도 뭐라 하지 않았다. 순경으로 잔뼈가 굵은 사람답게 크반트는 쓸데없는 질문 따위는 하지 않았다. 그저 생각에 잠겨 이렇게 말했을 뿐이다.

"아니, 대체 왜 그렇게 구는지를 도통 모르겠어. 시브 말이야."

두 사람이 탄 차는 후부스타 성을 지났다.

성이라기에는 좀 민망하지, 크리스티안손은 지금껏 오백 번쯤 떠올렸을 생각을 또 떠올렸다. 진짜 성은 내 고향 스코네에 있지. 백작이나 남작이 사는 진짜 성. 그러다 크리스티안손이 말했다.

"이십 크로나만 빌려줄래?"

크반트가 끄덕였다. 크리스티안손은 늘 돈에 쪼들렸다.

차는 천천히 나아갔다. 오른쪽에는 고층 아파트들이 선 신흥 주거 지역이 있었고, 왼쪽에는 도로와 울브순다 호수 사이에 좁지만 나무가 빽빽한 녹지가 있었다.

"잠깐 세워봐." 크반트가 말했다.

"왜?"

"본능의 부름이야."

"거의 다 왔는데."

"못 참겠어."

크리스티안손은 왼쪽으로 틀었다. 눈에 들어온 공터 옆에 천천히 차를 댔다. 크반트가 내렸다. 크반트는 차 뒤로 돌아서 낮은 덤불로 가더니 다리를 넓게 벌리고 서서 휘파람을 불면서 바지 지퍼를 내렸다. 시선은 덤불 너머를 보았다. 그러다 문득 고개를 돌렸다. 불과 오 미터쯤 떨어진 곳에 웬 남자가 서 있었다. 자신과 같은 용무를 보는 게 분명했다.

"미안합니다." 크반트는 점잖게 고개를 딴 데로 돌리면서 말했다.

그러고는 옷을 바로 하고 차로 돌아왔다. 크리스티안손은 차 문을 열고 앉아서 밖을 보고 있었다.

크반트가 차에서 이 미터쯤 떨어진 곳까지 와서 우뚝 서더니, 이렇게 말했다.

"하지만 저 남자 생긴 게…… 저 뒤에 앉아 있는 게……."

동시에 크리스티안손이 말했다.

"이봐, 저기 저 남자……."

크반트가 빙글 돌아 덤불 옆의 남자에게 성큼성큼 다가갔다.

크리스티안손이 차에서 내리기 시작했다.

남자는 베이지색 코듀로이 재킷에 구저분한 흰 셔츠, 구겨진 갈색 바지, 검정 신발 차림이었다. 중키였고, 코가 컸고, 성긴 머리카락은 똑바로 뒤로 넘겼다. 남자는 아직 옷을 바로 하지 못했다.

크반트가 남자로부터 이 미터 떨어진 곳까지 다가가자, 남자가 오른팔을 들어 얼굴을 가리면서 말했다.

"때리지 마세요."

크반트는 흠칫 놀랐다.

"허참!"

그날 아침에 크반트의 아내도 남편더러 덩치만 큰 쌍놈이라고, 세상 사람 누구나 척 보면 그걸 알 거라고 말하긴 했지만, 그래도 이건 심했다. 크반트는 자제하면서 물었다.

"여기에서 뭐합니까?"

"아무것도 안 합니다."

남자는 수줍고 어색하게 미소 지었다. 크반트는 남자의 옷가지를 눈여겨보았다.

"신분증 있습니까?"

"네. 주머니에 연금 수령증이 있습니다."

크리스티안손이 다가왔다. 남자가 크리스티안손에게도 말했다.

"때리지 마세요."

"당신 이름이 잉에문드 프란손입니까?" 크리스티안손이 물었다.

"네."

"우리랑 함께 가줘야겠습니다." 크반트가 남자의 팔을 잡으면서 말했다.

남자는 선선히 차로 끌려갔다.

"뒷자리에 타세요." 크리스티안손이 말했다.

"지퍼도 채워요." 크반트가 지시했다.

남자는 잠깐 망설였지만, 미소를 띠면서 명령에 따랐다. 크반트도 뒷좌석에 올라 남자의 옆에 앉았다.

"연금 수령증 좀 봅시다." 크반트가 말했다.

남자는 손을 뒷주머니에 넣어 수령증을 꺼냈다.

크반트가 그것을 보고 나서 크리스티안손에게 넘겼다.

"의심의 여지가 없는데." 크리스티안손이 말했다.

크반트가 못 믿겠다는 듯이 남자를 응시하면서 말했다.

"그래. 분명히 그 남자야."

크리스티안손이 차를 돌아와서 반대쪽 문을 열고 남자의 재킷 주머니를 뒤졌다.

가까이 보니 남자의 뺨은 푹 꺼졌고, 턱은 안 깎은 지 며칠 된 듯한 희끗한 수염으로 뒤덮였다.

"이거." 크리스티안손이 재킷 안주머니에서 뭔가를 꺼냈다.

그것은 연한 푸른색 여자아이 팬티였다.

"흠. 이걸로 확실해졌어. 안 그래?" 크반트가 말했다.

"그런 것 같군." 크리스티안손이 말했다.

"내가 그 애한테서 초콜릿을 하나 가져왔어요. 꼬마 남자애한테는 지하철 티켓을 줬어요. 다 쓴 것도 아니었어요. 더 탈 수 있는 거였어요." 잉에문드 프란손이라는 남자가 말했다.

크리스티안손은 남자의 주머니에서 다른 것은 더 발견하지 못했다. 크반트가 자기 쪽의 문을 쾅 닫고는 말했다.

"초콜릿이라니! 티켓이라니!" 크반트는 이렇게 말하고는 남자에게 물었다. "당신이 세 아이를 죽였죠? 그렇죠?"

"네." 남자가 대답했다.

남자는 미소를 지으면서 고개를 흔들었다.

"어쩔 수 없었어요."

크리스티안손은 아직도 차 밖에 서 있었다.

"어떻게 아이들을 유인했죠?" 크리스티안손이 물었다.

"아, 나는 아이들을 잘 다룹니다. 아이들은 나를 좋아해요. 나는 아이들에게 뭘 보여주죠. 꽃 같은 것을."

크리스티안손이 잠시 생각하다가 물었다.

"어젯밤에 어디에서 잤죠?"

"북쪽의 묘지에서요."

"내내 거기에서 잤나요?" 크반트가 물었다.

"가끔만요. 다른 묘지에서도 잤습니다. 사실 잘 기억이 안 납니다."

"낮에는, 낮에는 어디에 있었죠?" 크리스티안손이 물었다.

"여기저기. 교회에 많이 있었어요. 교회는 아름답죠. 완벽하게 고요하고, 조용하고. 몇 시간이라도 앉아 있을 수 있고……."

"집에는 일부러 돌아가지 않나요? 네?" 크반트가 말했다.

"한 번 갔었습니다. 신발에 뭐가 묻었기 때문에……."

"그래서?"

"신발을 벗고 오래된 운동화를 신었습니다. 물론 그리고 새 신발을 샀죠. 비쌉니다. 어처구니없게 비쌉니다, 정말이지."

크리스티안손과 크반트는 계속 남자를 쳐다보았다.

"그리고 재킷을 가져왔습니다."

"그렇군요." 크리스티안손이 말했다.

"밤에 밖에서 자면 꽤 쌀쌀하거든요." 남자가 스스럼없이 말을 이었다.

두 사람의 귀에 누군가의 서두르는 발소리가 들렸다. 푸른 하우스코트를 입고 나무 밑창 신발을 신은 젊은 여자가 달려왔다. 여자는 순찰차를 보고는 그 자리에 우뚝 섰다.

"오, 설마 아니겠죠……. 우리 딸이…… 딸이 안 보여서……. 고작 몇 분 등을 돌리고 있었는데 아이가 사라졌어요. 혹시 딸을 보셨나요? 빨간 원피스를 입고 있는데……." 여자가 헐떡거리면서 말했다.

크반트가 창문을 감아 내리면서 대뜸 뭐라고 말하려다가, 생각이 바뀌었는지 정중한 목소리로 천천히 말했다.

"부인, 아이는 저기 덤불 뒤에서 인형을 갖고 놀고 있습니다. 아이는 괜찮습니다. 몇 분 전에 제가 봤습니다."

크리스티안손은 본능적으로 연푸른색 팬티를 뒤로 숨겼고,

여자에게 미소를 지으려 노력했다. 결과는 참혹했다.

"걱정하실 것 없습니다." 크리스티안손은 맥없이 말했다.

여자는 덤불로 달려갔다. 잠시 뒤에 그들은 어린 여자아이가 또랑또랑 말하는 소리를 들었다.

"안녕, 엄마!"

잉에문드 프란손의 얼굴이 무표정해졌고, 두 눈이 멍해지면서 정면을 응시했다.

크반트가 남자의 팔을 세게 잡으면서 말했다.

"움직이자고, 칼레."

크리스티안손은 문을 쾅 닫으며 운전석에 앉아 시동을 걸었다. 차를 후진하여 도로로 빼면서 말했다.

"그것참 이상하네……."

"뭐가?" 크반트가 물었다.

"유르고르덴에서 잡았다는 사람은 누구지?"

"젠장, 그래, 나도 궁금하네……." 크반트가 말했다.

"부탁인데 그렇게 세게 잡지 마세요. 아픕니다." 잉에문드 프란손이 말했다.

"닥쳐요." 크반트가 말했다.

마르틴 베크는 여태 유르고르덴의 비스콥수덴에 있었다. 여기에서 후부스타알레까지는 정확히 팔 킬로미터 떨어져 있었다. 그는 손가락으로 턱을 감아쥐고 콜베리를 바라보며 가만히 서 있었다. 콜베리는 얼굴이 벌겠고 온몸에서 땀을 흘렸다. 흰 헬멧을 쓰고 등에 무전기를 단 오토바이 경관이 방금 그들에게 경례를 하고 굉음을 내며 떠난 뒤였다.

이 분 뒤에 멜란데르와 뢴은 자기 이름을 프리스테드트라고 밝힌 남자와 함께 본데가탄 거리에 있는 남자의 집에 도착했다. 신분을 증명할 기회를 주기 위해서였다. 그렇지만 이것은 형식적인 절차에 지나지 않았다. 마르틴 베크도 콜베리도 자신들이 잘못 짚었다는 것을 더는 부인하지 않았다.

경찰차 한 대만 남아 있었다. 콜베리는 운전석의 문을 열어 둔 채 운전사 옆에 서 있었고, 마르틴 베크는 몇 미터 떨어져 있었다.

"뭔가 연락이 왔습니다. 무전으로 뭔가 들어왔습니다." 차 안에 있던 경관이 말했다.

"뭔데?" 콜베리가 시무룩하게 물었다.

경관이 귀를 기울였다.

"솔나의 순찰조가."

"뭐?"

"남자를 잡았답니다."

"프란손을?"

"네. 차에 태웠답니다."

마르틴 베크가 다가왔다. 콜베리가 이야기를 더 잘 들으려고 몸을 숙였다.

"뭐라고 하는데?" 마르틴 베크가 물었다.

"틀림없답니다." 순찰차에 앉은 경관이 대답했다. "신분을 확인했답니다. 남자가 자백까지 했고요. 게다가 주머니에 연푸른색 여자아이 팬티가 있었답니다. 현장에서 잡혔답니다."

"뭐라고! 현장에서 잡혀? 남자가 또……." 콜베리가 외쳤다.

"아니요, 늦지 않게 끼어들었답니다. 아이는 무사합니다."

마르틴 베크가 경찰차 지붕 모서리에 이마를 댔다. 먼지투성이 금속 지붕은 뜨거웠다.

"맙소사, 렌나르트. 다 끝났어." 마르틴 베크가 말했다.

"그래. 어쨌든 이번만큼은." 콜베리가 대답했다.

김명남
KAIST 화학과를 졸업하고 서울대 환경대학원에서 환경 정책을 공부했다. 인터넷 서점 알라딘 편집팀장을 지냈고, 지금은 전문 번역가로 활동하고 있다. 옮긴 책으로는 『문학은 어떻게 내 삶을 구했는가』, 『우리 본성의 선한 천사』, 『세상에서 가장 재미있는 진화』, 『블러디 머더—추리 소설에서 범죄 소설로의 역사』, 『우리는 언젠가 죽는다』, 『소름』 등이 있다.

발코니에 선 남자 — 마르틴 베크 시리즈 3

1판 1쇄 2017년 11월 15일
1판 3쇄 2023년 7월 3일

지은이 마이 셰발 · 페르 발뢰
옮긴이 김명남

책임편집 이현 | **편집** 임지호 | **외주교정** 김지연
표지디자인 이경란 | **본문조판** 이원경
저작권 박지영 형소진 최은진 오서영
마케팅 정민호 김도윤 한민아 이민경 안남영 김수현 왕지경 황승현 김혜원
브랜딩 함유지 함근아 박민재 김희숙 고보미 정승민
제작 강신은 김동욱 이순호 | **제작처** 상지사

펴낸곳 (주)문학동네 | **펴낸이** 김소영
출판등록 1993년 10월 22일 제2003-000045호

주소 10881 경기도 파주시 회동길 210
문의 031-955-2637(편집) 031-955-2696(마케팅) 031-955-8855(팩스)
전자우편 editor@elmys.co.kr | **홈페이지** www.elmys.co.kr

ISBN 978-89-546-4837-0 04850
978-89-546-4440-2 (세트)

엘릭시르는 출판그룹 문학동네의 장르문학 브랜드입니다.

잘못된 책은 구입하신 서점에서 교환해드립니다.
기타 교환 문의 031) 955-2661, 3580